ATRIUM

IRISH CRIME

KEN BRUEN

JACK TAYLOR FÄHRT ZUR HÖLLE

Deutsch von
HARRY ROWOHLT

Atrium Verlag · Zürich

Für John Kennedy.
Mein Freund, du fehlst mir so.

PROLOG

Das Mädchen lag auf den Knien und bohnerte den Fußboden. Es trug einen unförmigen ausgebleichten Putzkittel. Eine makellos weiße Schürze legte Zeugnis ab von der Wäscherei, in die das Mädchen verbannt war. Seit drei Stunden versuchte das Mädchen, den Fußboden auf Hochglanz zu bringen – es war ihm bewusst, dass es nicht fertig war, bevor sein Gesicht von der glatten Oberfläche gespiegelt wurde. Das Baby, das es hatte aufgeben müssen, schwärte in der Seele des Mädchens wie eine Wunde, versengte die Gebete, die das Mädchen gen Himmel zu stoßen versuchte.

Ein Schwindel überkam sie, zwang sie noch tiefer zu Boden, und sie wischte sich mit einem Lumpen, den sie unter dem Ärmel immer parat hatte, den Schweiß von der Stirn. Sie hörte Schritte und das Klacken von Absätzen auf dem Holzfußboden, eine Nonne, die sich näherte. Die Stimme kam wie ein Peitschenhieb.

»Wer hat dir gesagt, dass du aufhören sollst zu arbeiten, du stinkfaule Schlampe?«

Sie hütete sich, etwas zu erwidern, hob aber kurz den Kopf, um zu sehen, um welche der Nonnen es sich handelte. Der schwere schwarze Rosenkranz kam zu schnell herabgesaust, als dass sie sich hätte ducken können, und er erwischte sie voll im Gesicht, schnitt ihr in die Wange und hinterließ einen Striemen am Auge. Das Blut spritzte hervor, besudelte den sauberen Fußboden. Wieder hob die Nonne den Rosenkranz und sagte:

»Jetzt sieh dir an, was du mit dem schönen Fußboden gemacht hast, du gottverdammtes Straßenmädchen.«

Das Mädchen biss sich auf die Unterlippe, um nicht laut herauszuweinen. Wenn sie sahen, dass man weinte, schien sie das zu noch schlimmeren Exzessen anzustacheln. Im Geiste rief sie einen Gott an, der sie schon so lange verlassen hatte, und es gab keine Familie, an die sich je wenden konnte. Die Nonne hob den Rosenkranz bereits zu einem letzten und tödlichen Schlag.

Der Dezember ist ein harter Monat. Scheiß auf die ganze Festvorbereitung. Wenn man allein ist, foppt sie einen an jeder Ecke. Man schlägt ein altes Buch auf und findet eine Liste von Freunden, denen man einst Karten geschickt hat. Jetzt sind sie alle tot oder verschwunden. Der Fernseh ist mit Spielsachen für Kinder vollgestopft, die man nie hatte, und jetzt ist es ein bisschen spät dafür, ein bisschen sehr spät. Das Radio spielt Balladen, die einst mit Bedeutung oder gar Hoffnung befrachtet waren.

Es heißt, das ganze Ausmaß der Einsamkeit erschließe sich erst in der Küche, wenn man eine Einzelmahlzeit bereite. Alles nur Einzelstücke: eine Tasse, ein Besteck, ein Teller und höchstwahrscheinlich auch nur ein einziger lausiger Plan. Lebe lang genug und entwickle persönliche Eigenschaften, die an Obsessionen grenzen. Sobald man aufgegessen hat, wäscht man den Teller ab. Warum? Wer zum Teufel wird sich beschweren? Soll sich der Scheiß doch eine Woche lang stapeln, und dann wollen wir mal sehen, wem das was ausmacht; er stapelt sich aber nicht, weil man ihn nicht lässt, weil man das nicht kann. Die Rituale, die man entwickelt hat, sind alles, was einen noch mit dem Menschengeschlecht verbindet, und das Schlimmste daran ist, dass man das weiß.

Mann, ich habe in den vergangenen Jahren einige Heimstätten durchlaufen. Ich hatte eine Wohnung am Kanal, und wenn ich da auch nicht glücklich war, dann doch fast so zufrieden, wie es eben gehen mag. Wurde entmietet und bin in Bailey's Hotel gezogen, eins der wenigen privaten, die es noch in Galway gibt.

Dann, infolge eines Falls, in dem ich ermittelt hatte, schien ich endgültig auf den Hund gekommen zu sein und zog in ein Haus im Hidden Valley. Das war prima. Habe ich genossen. Steinfußböden, offener Kamin, Tiefkühltruhe, Nachbarn, Bücher ... im Holzregal ... die ganze Mitbürgerkiste. Aber ich hab mir die Sache versiebt und den Fall mit der schlimmsten Beurteilung abgeschlossen, die ich mir in meiner gesamten bewegten Karriere gefallen lassen musste. Das Schuldbewusstsein frisst immer noch an mir. Die Reihe der Toten, die mich wieder und wieder im Schlaf anklagen, sie kommen in schweigendem Grausen, den Blick auf mich gerichtet, und ich zucke und stöhne in vergeblicher Hoffnung auf ein Entkommen.

Also saufe ich. Ich bin weit über mein Verfallsdatum hinaus gediehen und lebe auf gepumpte Zeit, wenig gepumpte Zeit. Mit mir hätte schon längst Schluss sein sollen. An vielen Tagen wünsche ich mir, es wäre Schluss.

In den ersten beiden Dezemberwochen war ich trocken. Um bereit zu sein. Ich wusste, dass ich das ganze Fiasko nie nüchtern überstehen würde, und quetschte ein bisschen Wohlverhalten dazwischen. Auch so eine von Alkoholikern gepflegte Illusion. Diese Lügen sind fast so überlebenswichtig wie der Alkohol. Man umarmt sie herzlich wie ein Gebet, und sie kommen mindestens doppelt so sehr von Herzen. Der beständige Regen und die Scheißkälte, die setzen sich in den Knochen fest. Unterwegs war ich mal ernsthaft kokainsüchtig gewesen, aber sogar das verkniff ich mir. Also suchten mich die Kälteschauer und der Schüttelfrost und der Tremor und der olle Blues heim.

Ich wohnte wieder in Bailey's Hotel. Direkt bei der Touristen-Information gelegen, ist es nicht leicht zu finden und überlebt gegen jede Wahrscheinlichkeit. Es gehört einer Witwe in den Achtzigern, die mich aus irgendeinem Grunde mag und mir trotz meiner schlimmsten Exzesse immer ein Zimmer frei hält. Sie hat die fixe Idee, ich hätte ihr mal geholfen; falls ich ihr tatsächlich geholfen haben sollte, habe ich vergessen, wie und auch wann. Ich bin dankbar, dass sie mich nicht beurteilt. Vielleicht weil wir beide zu dieser bedrohten Art gehören, dem »Alten Galway«, und unsere Zeit eindeutig abgelaufen ist. Wenn wir weg sind, wird das Hotel in Luxus-Apartments umgewandelt, und irgendein Yuppie wird die Knochen von uns zwei Alten, die wir Illusionen nachhingen, mit Füßen treten.

Ihr Personal besteht hauptsächlich aus Janet, einer Frau, so alt wie sie selbst, die Pisspottschwenkerin, Zimmermädchen, Gewissen, Putzfrau und so fromm ist wie nur je eine Frau, die ich gekannt habe. Weil ich so viele Bücher lese, glaubt Janet, ich wäre wer. Dies ist eine alte irische Ansicht, mit der man leider immer weniger Menschen hinters Licht führen kann. Ich hatte einen Kalender an der Wand. Vorne drauf war das Allerheiligste Herz Jesu Christi, und die Tage waren mit Sinnsprüchen versehen, damit sie sich erbaulicher gestalteten. Ich kann nicht sagen, dass meine Tage dadurch erbaulicher geworden wären. In Rot hob sich der 18. ab wie eine Leuchtbake. Der 18. ist der Geburtstag meines Vaters. Da würde ich wieder anfangen zu saufen. Das schiere Wissen um den genauen Zeitpunkt, zu dem ich wieder ein Glas heben würde, half mir durch so manche unerträgliche Stunde. Ich hatte gut geplant. Hatte vier Flaschen Black Bushmill's, vierundzwanzig *pint*-Dosen Guinness und eine Unze Koks. Ganz ehrlich, und das war nur zum Vorglühen – und für die stille Zeit der Weihnacht, wenn alles dicht sein würde. Mir schien das ein einigermaßen anständiger Plan zu sein.

Der Tag kam, und ich schlug nach allen Regeln der Kunst zu. Dauerte eine Woche bis Filmriss und wieder ins Krankenhaus. Sie waren nicht erfreut, mich zu sehen, und lasen mir eine mittlere Levite. Sie waren nicht mit dem Herzen dabei, weil sie wussten, dass ich wieder saufen würde. Mitte Januar war ich zurück im Bailey's, versuchte, mein Trinken zu rationieren, mied Koks und durchlitt eine Depression wie die Tiefen der Hölle. Ich saß auf meinem Bettrand und ließ mir einige Zeilen von Ann Kennedy durch den Kopf gehen.

Anweisungen zur Beerdigung

Diese Zeilen:

Vielleicht kennen Sie die Stelle,
Denn dort ruht
Marilyns Asche
In einer bleichen Marmorgruft
Mit Blick auf unsere Familie.

Werden Sie schlau draus.

Ich kann es nicht.

In Balham gibt es eine Kneipe, die ausschließlich für Wahnsinnige gedacht ist. Etwa hundert Meter von der Bingo-Halle entfernt, also völlig angemessen. Sogar die Bedienung ist ernsthaft gestört. Wenn ich mies drauf war, was häufiger vorkam, ging ich dahin und mischte mich unter das Volk. Man lernte immer einen kennen, der die Hölle von innen gesehen hatte. Kurz nach meiner Ehe war ich dorthin gegangen, hatte eine *pint* und einen Whiskey bestellt und meine Zukunft überdacht. Ein Typ neben mir streute sich lösliches Aspirin in seine *pint* mildes Dunkles.

Ich fragte nicht.

Er sagte:

»Sie platzen doch gleich.«

Ich sah ihn an. Eine Tätowierung im Nacken, die entweder ein Anker oder ein Hakenkreuz darstellte, eine Narbe von der linken Augenbraue bis zur Oberlippe. Wie so viele hatte er sanfte Augen. Klar, Wahnsinn war auch mit drin, aber normal lässt sich diese Sanftheit nicht erhalten. Ich sagte:

»Wenn Sie's mir sagen wollen.«

Schön neutrales Gelände. Er genoss meine Antwort, dann:

»Verhindert den Kater.«

»Aha.«

Dann schob er das Glas oh-so-vorsichtig nach links und rief nach einer *pint* obergärigem Bitter. Er sagte:

»Der Trick ist, dass man es nicht trinkt.«

An jenem Tag und an herzlich wenigen anderen Tagen trug ich den Ehering. Hell glänzend, war er in der Pinte wie ein Bote aus einer anderen Welt. Der Typ fasste den Glanz ins Auge, sagte:

»Sie sind verheiratet.«

»Jawoll.«

»Sie wissen, was das Beste daran ist.«

»Nein.«

»Man kann Sie nicht mehr schwul nennen.«

Ich hatte gerade wieder meinen üblichen Brief bekommen, vom

MINISTERIUM DER JUSTIZ

Sehr Geehrter,
in Übereinstimmung mit den Bedingungen der Beendigung Ihres Dienstverhältnisses sind Sie verpflichtet, sämtliche in Regierungseigentum befindlichen Gegenstände gem. Abschn. 5937A Uniform- und Ausrüstungs-Verf. zu hinterlegen bzw. zu erstatten. Wie wir erfahren mussten, haben Sie es unterlassen, Art. 8234 zurückzugeben, einen materialausgabeüblichen Garda-Allwettermantel.
Wir gehen von einer unverzüglichen Rückgabe o.g. Artikels aus und verbleiben
mit Vorzüglicher
B. Cosgrove

Ich tat, was ich immer tat.

Zerknüllte ihn und warf ihn mit Unterschwung rasant durchs Zimmer. Seit Jahren bekam ich nun schon Variationen desselben Briefs. Egal, wo ich wohnte, am Kanal, in Bailey's Hotel, London oder im Hidden Valley – irgendwann trafen mich diese Sendschreiben an.

Ich war Polizist gewesen, und wenn das auch nicht die besten Jahre meines Lebens waren, so doch bestimmt die sinnvollsten. Ich war in Templemore ausgebildet worden, und mir stand eine prima Karriere bevor. Das klingt heute seltsam, aber damals war es mir echt wichtig. Als ich zum ersten Mal in meiner Uniform mit den glänzenden Knöpfen die Straße entlangschritt, die Mütze im vorgeschriebenen Winkel, den Schlagstock griffbereit, dachte ich, ich könnte alles anders, besser machen. Mein erstes richtiges Einschreiten passierte, nachdem ich etwa einen Monat aktiven Dienst geschoben hatte. Ich ging zusammen mit einem älteren Polizeimeister Nachtstreife. Wir wurden zu einer Familienstreitigkeit gerufen und fanden einen betrunkenen Ehemann ausgesperrt vor dem Haus. Der Polizeimeister sagte:

»Wenn wir ihn festnehmen müssen, bleib hinter ihm.«

Ich dachte, er zieht meinen Mut in Zweifel, und prompt wurde der Mann, nachdem wir versucht hatten, mit ihm zu reden, ausfallend, und wir verwarnten ihn. Er trug uns auf, wir sollten uns selbst ficken, und der Polizeimeister sagte, wir würden ihn festnehmen müssen, wobei er mir zuzwinkerte. Voller Jugendelan und Tollkühnheit ging ich den Typ frontal an, und er bekotzte mich von oben bis unten. Ich kann den Polizeimeister immer noch lachen hören. Die nächsten paar Jahre waren gut, bis ich mich zu sehr dem Kruge ergab, was meinen Vorgesetzten Grund zur Sorge gab, bis sie mich dann irgendwann rausschmissen. Ich behielt den Allwettermantel, und er erinnerte mich an die eine Chance, die ich gehabt hatte, mein Leben mit Bedeutung zu erfüllen.

Dies Kleidungsstück war die einzige Verbindung zu meiner beruflichen Karriere. Kein Gütesiegel, aber immerhin ein Beweis.

Mein letzter Fall hatte mir Unterkunft geboten, ein Haus im Hidden Valley. Ich hatte für meine Verhältnisse in Saus und Braus gelebt. Es endete in einer Katastrophe. Ich war wieder in Bailey's Hotel gezogen.

Bei Mrs Bailey hatte man den Eindruck, sie hätte die Unterzeichner des Aufrufs zur Osterrebellion von 1916 noch persönlich gekannt. Sie hatte diese frische, makellose Haut, die das alleinige Vorrecht von Nonnen zu sein scheint. Ihre Augen waren eine Mischung aus Weisheit und Schalk. Kann es eine bessere Kombination geben? Einmal hatte sie mir gesagt:

»Für Sie wird es hier immer ein Zimmer geben.«

Das mag nun nicht als Wohlstand zählen, aber es stellt einen Reichtum von großer Erlesenheit dar. Ein pensionierter Richter hatte mein altes Zimmer übernommen. Auch er war altes Galway und brauchte keine weitere Empfehlung. Ich bekam die Dachkammer. Ich mochte sie. Das Oberlicht gab einem die trügerische Empfindung von Licht. Alles Wesentliche:

Dusche
Teekessel
Telefon
Fernseh.

Brauchte nicht lang zum Auspacken. Und auch hier nur das Nötigste:

Altkleidersammlungsanzug
Lederjacke
Artikel 8234
3 Jeans
Bally-Stiefel
Tennisschuhe.

Und natürlich meine Bücher.

Und Musik. Alles von

Johnny Duhan
den Cowboy Junkies
John Stewart
Van Morrison.

»Ich baute ein Haus und stellte fest –
wieso war ich überrascht? –, dass Thoreau recht hat.
Wenn ein Mann eine Scheune baut,
wird die Scheune sein Gefängnis.«

Gary Paulsen, *Freiheit ohne Grenzen.*
Mit der Harley durch die USA

Eines Montagmorgens im späten Januar hatte ich einen alkoholbedingten Anfall. Sehr viel schlimmer kann es nicht werden. Batsch zurück ins Krankenhaus. Ein Arzt ragte über mir und sagte:

»Mr Taylor, haben Sie eine Ahnung, was Ihnen zugestoßen ist?«

»Nein.«

»Der nächste Anfall könnte Sie umbringen.«

»Ich werde aufpassen.«

Er sah auf meine Tabelle, schüttelte den Kopf und sagte:

»Aufpassen nützt nichts. Sie können nicht trinken.«

Der Vorfall verschreckte mich. Als ich aus dem Krankenhaus raus war, trank ich nicht. Aber das hatte ich schon tausendmal durchgemacht. Früher oder später verlor die Angst ihren Schrecken, oder ich sagte mir: »Scheiß drauf«, und soff wieder.

Ich versank in einer immer tieferen Depression. Aus dem Bett aufzustehen gestaltete sich zunehmend schwierig. Nachts weckten mich massive Angstzustände, stündlich. Ausgelaugt kroch ich aus dem Bett und zwang mich zum Duschen. Essen war uninteressant, aber ich versuchte es. Fragte mich: »Wozu überhaupt?« Rasierte mich und war entsetzt, wie eingefallen mein Gesicht war. Aber, Hölle, ich hatte tolle Zähne.

In meinem letzten Fall hatten mich zwei Brüder vermöbelt. In Amerika wären sie Wohnanhängercampingplatzgesocks gewesen. Hier waren sie »Junggesellen«. Was heißen sollte, es war ihre eigene Wahl. Zur Agenda ihrer Hassobjekte gehörten die *tinkers*. Ich hatte für die Landfahrer gearbeitet. Ich war von einer Beerdigung nach Hause gekommen, hatte mich volllaufen lassen und Fritten gegessen, das irische Nirwana, oder, wie die Puristen sagen mochten, *Tír na nÓg*.

Die Brüder hatten mir mit einer Eisenstange aufs Maul gehauen. Wochen zahnärztlicher Kunst resultierten in einem Lächeln, welches leuchtete.

Ich hatte mal gehört, Depression sei, wie unter trübem, stinkigem Wasser gefangen zu sein, ohne die Oberfläche durchbrechen zu können.

Das passte.

Jeder Tag war öder als der Tag davor. Der Höhepunkt war Insbettgehen, damit ich einfach vergehen konnte. Wenn ich aus irgendwas Trost herausquetschen konnte, dann aus dem Gedanken an Selbstmord. Man sitzt tief in der Scheiße, wenn das der einzige Lichtblick ist. Monate zuvor war ich in einer Kaschemme bei der Merchant's Road versackt. Die Bedrohung in der Luft mit Händen zu greifen, hatte mich dorthin gezogen. Ein russischer Seemann, seit acht Monaten im Trockendock, verkaufte mir eine .32er Heckler & Koch. Ein ganz böses Gerät; ich war erstaunt, es zu kriegen, und dann noch so billig.

Meist hielt ich sie nachts in der Hand und dachte:

»Etwas höher, dann abdrücken.«

Ich kann nicht sagen, warum ich es nicht machte. Versuchte, zu Büchern zurückzukehren. Das Lesen hatte es immer gegeben. Egal, was schiefging, lesen konnte ich immer. Klappte aber nicht mehr. Alle meine Alten, auf die immer Verlass gewesen war,

Thomas Merton
Nelson Algren
Walter Macken
Francis Thompson.

Nix.

Haben es nicht gebracht.

Kehrte zu einem Schriftsteller zurück, der mir die Schwärze geben würde. Derek Raymond, Begründer des englischen *Noir.* Auch als Robin Cook bekannt. Er hatte sich zeitlebens zum Kriminellen, zum Beschädigten hingezogen gefühlt. Die Erziehung in jener »Brutstätte des Arschfickens«, Eton, war, sagte er, »eine hervorragende Vorbereitung auf jede Art von Laster«. Eine fast zum Tode führende Langeweile brachte ihn dazu abzuhauen, erst nach Paris ins legendäre Beat Hotel, dann auf die Lower East Side von New York. Die erste seiner fünf Ehen ging nach fünfundsechzig Tagen den Bach runter.

Meine eigene Ehe war fast parallel verlaufen. Ich plante keine vier weiteren.

Er sagte:

> *Ich wusste, dass etwas nicht stimmte, als ich nach Hause kam, die Einkäufe in der Küche abstellte und der Tisch ganz furchtbar an zu husten fing.*

Kein Wunder, dass ich ihn liebte.

Er schrieb eine Unmasse von Büchern und wurde Kultautor, d. h.: gute Kritiken, kein Geld. Das verdross ihn nicht über Gebühr. Er sagte:

> *Ich habe Leute wie Kingsley Amis beobachtet, wie sie sich abmühten, einen Platz im Aufzug nach oben zu ergattern, während ich den Aufzug nach unten ganz für mich allein hatte.*

An solchen Stellen liebe ich ihn am meisten.

Als er sich den fünfzig näherte, begann er mit den »Factory«-Romanen. Unversöhnlich schwarze Thriller – der Protagonist von persönlichen Tragödien verfolgt und wie besessen von Todesfällen, die keinen anderen kümmern –, zeigen sie London in Verzweiflung. Und ständig scheuert und kratzt das »übersinnlich üble Wetter«.

Die Krönung war das erstaunliche Buch *Ich war Dora Suarez*. Über seinen *Roman in Trauer* schrieb er:

> *Wenn ich keine Schuld auszutreiben gehabt hätte, dann hätte ich nicht gewusst, wo die Straße zur Hölle verlief … Sie war meine Sühne für fünfzig Jahre Gleichgültigkeit gegenüber dem Zustand dieser Welt. Es war eine schreckliche Reise durch meine eigene Schuld und durch die Schuld der anderen.*

Als er dreiundsechzig war, wurde er durch Leberkrebs und Suff vom Platz gestellt. Ich hatte seine Werke an der Wand aufgereiht, wie Kugeln, die ich nur nachzuladen brauchte. Seine letzten Jahre verbrachte er in einem spartanischen Wohnschlafzimmer in Willesden.

Wenn ich damals zu blöd gewesen war, ihn zu betrauern, so holte ich das jetzt gründlich nach.

Ich konnte seinen Finger am Abzug meiner Heckler & Koch spüren.

In meinem vorigen Fall hatte ich mich der Hilfe eines harten Mannes namens Bill Cassell versichert. Ich bat ihn, ein junges Mädchen zu beschützen, und das tat er. Dann begab ich mich noch tiefer in seine Schuld, indem ich ihn darum bat, einen Killer zu eliminieren. Derartige Hilfe ist nicht gerade billig. Gab ihm einen Riesenhaufen Geld, aber ich schuldete ihm noch einen Gefallen, und der machte mir am meisten Sorgen. Wenn man einem Mann wie ihm was schuldet, muss man liefern, und das Grässliche ist das Warten auf das, worum er einen bitten wird. Er warnt einen zwar im Vorfeld, aber ich hatte den Handel trotzdem abgeschlossen. Er ist der ernsthaft harte Mann; sogar die Bullen machen einen weiten Bogen um ihn. Er kennt keine Reviergrenzen, es gibt keine Linie, die er nicht überschreiten würde, und man kann nur hoffen, dass es nicht doch eine gibt, die er dann überquert, um zu einem zu gelangen. Der Anruf kam an einem Sonntagabend. Er eröffnete mit:

»Sie sind schwer zu finden.«

»Sie haben es aber geschafft.«

Leises Gackeln.

»Ja.«

»Was macht die Gesundheit, Bill?«

Was sollte sie bei Leberkrebs wohl machen? Aber ich fand, ich sollte es wenigstens versucht haben. Er sagte:

»Beschissen.«

»Das tut mir leid, Bill.«

»Sie werden wissen, warum ich anrufe, Jack.«

»Mein Deckel ist fällig?«

»Stimmt.«

»Was wollen Sie?«

»Nicht am Telefon. Sweeney's um zwölf, morgen.«

»Ich bin vom Saufen runter.«

»Ich hörte davon. Sie werden nicht lange bei Sweeney's sein müssen.«

»Ich nehme an, das ist ein Trost.«

»Man muss ihn nehmen, wo man ihn kriegt.«

»Ich werd's versuchen.«

»Zwölf, Jack, kommen Sie nicht zu spät.«

Klick.

Die Depression hockte auf mir wie Beton. Ich hatte Bills Anruf erwartet, aber jetzt brachte ich nicht einmal mehr Besorgnis auf. Alles, was mit Bill zu tun hat, erfordert ein hohes Maß an Unbehagen. Zwang mich, meinen Mantel anzuziehen, einen kleinen Gang zu machen. Lieber hätte ich mich in einer Ecke zusammengerollt und geweint. Als ich an der Rezeption vorbeikam, sagte Mrs Bailey:

»Mr Taylor!«

»Bitte Jack.«

Ich wusste, dass sie nie so vertraulich werden würde. Sorge sprach aus ihrem Gesicht. Sie fragte:

»Bei Ihnen alles in Ordnung?«

»Anflug von Grippe.«

Das ließen wir kurz über uns schweben. Dann sagte sie:

»Ein Stärkungsmittel würde Ihnen guttun.«

»Stimmt.«

Sie sah aus, als hätte sie dem tonnenweise was hinzuzufügen, ließ es mir aber durchgehen und sagte:

»Wenn ich irgendwas tun kann ...«

»Danke.«

Ich ging zum Eyre Square.

Rotten junger Leute liefen herum, alle mit Bierdosen, kleinen Flaschen Apfelwein.

Suff
Suff
Suff

Ich ging zu Nestor's. Jeff versah den Tresen. Er strotzte vor Gesundheit. Er und seine Freundin Cathy hatten neulich eine Tochter bekommen, ein Baby mit Down-Syndrom. Er sagte:

»Mann, Jack, wo warst du denn?«

»Zurückhaltung geübt.«

»Geht es dir einigermaßen gut? Du siehst aus, ich weiß nicht, als spukte es bei dir.«

Ich jonglierte mit der Formulierung, wiederholte:

»Als spukte es bei mir, das ist der Fachausdruck. Ich lebe ohne Lullen, Koks und Alk. Warum in aller Welt sollte es mir dann nicht mindestens unterdurchschnittlich gehen?«

Er war erstaunt, sagte:

»Ohne Lullen ... Ohne Koks ... Mensch, Jack, ich bin beeindruckt.«

Der Wachposten, seit Weihnachten im Halbkoma, hob den Kopf, sagte:

»Bekommt Ihnen gut«,

und sackte zurück auf den Tresen.

Zu der Zeit, als ich noch bei Grogan's trank, waren immer zwei Männer am Tresen aufgebockt, einer an jedem Ende, mit identischen gefütterten Jacken, Schiebermützen und Trevira-Hosen bekleidet. Die Wachposten nannte ich sie. Sie sprachen nie miteinander. Nie auch nur eine Anwesenheitsbestätigung. Vor ihnen immer je eine halb ausgetrunkene *pint;* egal, zu welcher Stunde man sie heimsuchte, nie variierte der Pegel im Glase. Als Grogan's den Besitzer wechselte, bekam der eine einen Herzinfarkt, und der andere zog zu Nestor's. Jeff sagte:

»Da war ein junger Typ hier, der hat dich gesucht.«

»Wie jung?«

»Vielleicht fünfundzwanzig.«

»Das ist jung. Was wollte er?«

»Irgendwas mit Arbeit.«

»Wie er heißt, hat er nicht gesagt?«

Er kruschelte in einem Haufen Papiere, fand den Zettel, las:

»Terry Boyle.«

»Was war er für einer?«

»Äh … höflich. Ach ja, und er hatte einen guten Anzug an.«

»Und daraus lernen wir *was?*«

»Ich weiß nicht. Wenn er wiederkommt, soll ich ihn was Bestimmtes fragen?«

»Ja, frag ihn, wo er den Anzug herhat.«

Ich ging zurück zum Hotel und maulte:

»Na? War das jetzt so schwer? Du warst in einer Kneipe, hast nichts getrunken und dich gut benommen.«

Als ich auf meinem Bett lag, fragte ich mich:

»Geht es dir dadurch besser?«

Einen Scheiß ging es mir dadurch besser.

*»Wir haben oft gelesen, dass ihr die Bürgerwehren seid,
verantwortlich für die Aufrechterhaltung der Ordnung,
des öffentlichen Friedens und der öffentlichen Sicherheit ...,
entwaffnete Bürgerwehren.
Entwaffnet in der Tat, in dem Sinne, dass ihr nicht
mit materiellen Waffen versehen seid, dafür aber mit
den viel wertvolleren Waffen Wachsamkeit, Eifer,
Pflichtbewusstsein und Mut ausgestattet.«*

Papst Pius XI.

Ich hatte Alvarez' Studie über den Selbstmord gelesen, *Der grausame Gott.* War bis zum Kapitel gediehen, in dem er seinen eigenen fehlgeschlagenen Versuch erörtert.

Egal wie, ich wollte es nicht vermasseln. Las, was die medizinischen Fachleute zu sagen hatten.

Dies.

»Die meisten Suizidalen werden ihre Absichten bekannt geben, verbal oder nonverbal.«

Ich griff nach einer Zigarette, merkte, dass ich nicht mehr rauchte. Las weiter.

In Amerika gibt es BÜW-Interventionen: Befragen, Überreden, Weitervermitteln. Ich hatte in der Zeitung davon gelesen.

Das funktionierte so, dass man zuhörte und dann den PS, den Potenziell Suizidalen, dazu überredete, professionelle Hilfe anzunehmen, schnell. Die heiße Phase einer Suizidkrise dauerte drei Wochen. Potenziell Suizidale machen Vorhersagen, wie »Vor Weihnachten bin ich tot« oder »Ich werde den Sommer nicht erleben«.

Dann watete ich durch einen Wust medizinischer Fachausdrücke, bis ich an diese Stelle kam: »Die ›Wächter‹ oder ›Pförtner‹ oder ›Schrankenwärter‹ sind die Ersten, denen klar wird, dass der Potenziell Suizidale es ernst meint. Sie sind der erste ›Finder‹. Es ist ihre Pflicht, ihre Verantwortung, den Potenziell Suizidalen der Hilfe zuzuführen.«

Ich hörte auf zu lesen. Endlich hatte ich eine Bezeichnung für mich. Ein »PS«, eine Art verspäteter Briefschluss.

Schrankenwärter! Das Dumme war, dass ich niemanden für die Rolle hatte.

Sweeney's ist eine harte Kneipe. Jedem, der zufällig dort hineinstolpert, wird schnell die Tür gezeigt.

Freundliche Begrüßungen nicht inbegriffen. Bill Cassell

hielt dort Hof, solang ich denken kann. Als ich eintrat, verstummte der Laden. Dann, als alle registriert hatten, dass nur ich es war, wurden die Gespräche wieder aufgenommen. Ich war immerhin ein vertrautes Gesicht. Bill saß an seinem üblichen Tisch und sah noch schlimmer aus als bisher. Die Augen waren allerdings so strahlend und unnachgiebig wie immer. Er sagte:

»Ich habe Kaffee bestellt.«

»Kaffee ist gut.«

Ich setzte mich gegenüber von ihm hin. Der Tresenmensch brachte den Kaffee. Niemand sprach. Als er wieder weg war, sagte Bill:

»Du siehst gar nicht mal so gut aus, Jack.«

»Das saubere Leben bringt mich um.«

»Du schuldest mir doppelt, Jack.«

»Stimmt.«

»Du kannst mit einem einzigen Job schuldenfrei werden.«

»Okay.«

Er lehnte sich zurück, fixierte mich, fragte:

»Was weißt du über die Magdalenen-Wäscherei?«

»Die Maggies?«

Zorn erleuchtete seine Augen, und er schnappte:

»Nenn sie nicht so.«

So nannte man die Magdalenen-Mädchen. In den Fünfzigerjahren wurden unverheiratete Mädchen dort von ihren Familien oder der Kirche untergebracht. Die Bedingungen waren entsetzlich und die Mädchen fürchterlichem Missbrauch ausgesetzt. Die ganze Geschichte war erst vor Kurzem enthüllt worden.

Er fragte:

»Erinnerst du dich an meine Mutter?«

»Nein ...«

»Sie war dort. Es ist ihr schrecklich ergangen. Sie haben ihr den Kopf rasiert, sie in feuchte Laken gewickelt. Aber sie ist entkommen, hat meinen Vater kennengelernt und mich zur Welt gebracht. Das meiste darüber habe ich von meinem Vater erfahren, nach ihrem Tod. Da war eine Frau namens Rita Monroe. Sie hat meiner Mutter bei der Flucht geholfen.«

Er verstummte. Die Geschichte schien ihn ausgelaugt zu haben. Ich wartete, bis er wieder etwas Energie hatte, und fragte:

»Was soll ich für dich tun.«

»Rita Monroe finden.«

»Kannst du das nicht selber?«

»Ich hab's versucht.«

»Aber nach so langer Zeit ist sie wahrscheinlich tot.«

»Dann soll es eben so sein. Wenn sie noch lebt, möchte ich ihr persönlich danken.«

»Mensch, Bill, wo soll man da suchen. War sie Nonne?«

»Nein, sie gehörte zum Laienpersonal, auf das sie manchmal zurückgriffen. Du hast ein Händchen für Lösungen; irgendwie machst du immer deinen Job.«

»Ich werd's versuchen.«

»Das wird nicht genügen, Jack. Vielleicht weißt du, vielleicht auch nicht, dass ich eine neue Hilfe habe, außer meinem üblichen Jungen. Das ist der Große, der mit dem weißen Trainingsanzug, der, den du siehst. Aber mein neuer Junge, den wirst du gar nicht sehen wollen, nie. Er ist aus Dublin, und ich verwende ihn, um ... sagen wir mal ... eine Schuld endgültig begleichen zu lassen. Vertrau mir, du wirst ihn nie zu sehen wünschen. Zuerst wirst du ihn riechen, weil der irre Blödmann ständig *Juicy Fruit* kaut, kennst du das Zeug? Er kommt von hinten, und man glaubt, Wegelagerer hätten einem mit Raumspray aufgelauert. Ich kann dir sagen ... Nev, eine echte Marke.«

Ich erwiderte nichts; meine Augen schweiften zum Tresen, die Schnapsflaschen riefen nach mir. Er sagte:

»Und bleib nüchtern.«

Ich nahm an, wir wären fertig, stand auf, um zu gehen, da sagte er:

»Du hast zweifellos die Geschichten über mich gehört.«

Die Geschichten waren Legion. In ihnen ging es meist um massive Vergeltung. Ich nickte, und er sagte:

»Dieser Imbiss, die haben mich missverstanden.«

Eine der meistwiederholten Geschichten. Der Besitzer schuldete Bill Geld und zahlte nicht. Es hieß, Bill hätte das Gesicht des Typs in die Frittüre gehalten. Er sagte:

»Ich habe sein Gesicht nicht in die Frittüre gehalten.«

»Ich habe das sowieso nie geglaubt.«

Er sah mich direkt an und sagte:

»Es waren seine Eier.«

Nachdem ich Bill verlassen hatte, spürte ich, wie mir leichter ums Herz wurde. Nicht sehr viel leichter, aber leicht genug, um »Tag« zu antworten, wenn jemand »Tag« gesagt hatte. Der erste Lichtschimmer in der Dunkelheit seit Langem. Ich erwartete nicht, Rita Monroe zu finden, aber ich konnte es wenigstens versuchen.

Im Hotel fing ich schon mal an. Fragte Mrs Bailey:

»Haben Sie je von einer Monroe gehört?«

»Aus Galway?«

»Ich weiß nicht ... Eine Rita Monroe.«

Sie dachte ernsthaft darüber nach, dann:

»Nein, das ist ein ungewöhnlicher Name, den hätte ich mir gemerkt. Fragen Sie Janet. Die kennt jeden.«

Janet wusste auch nichts. Als Nächstes ans Telefonbuch, fand zehn eingetragene Monroes. Rief sie alle an. Nirgends eine auch nur verwandte Rita. Zog bei den Eintragungen im Kirchenbuch eine weitere Niete. Sie konnte natürlich geheiratet haben. Ich brauchte jemanden, der mit den Magdalenen vertraut war. Ging in die Forster Street, wo das Gebäude gestanden hatte.

Längst abgerissen, stattdessen Luxus-Apartments. Ich fragte mich, ob die, die jetzt da wohnten, wussten, was da vorher gewesen war. Ein älterer Mann kam hügelab, seine Schritte extrem vorsichtig setzend. Er bemerkte meinen Blick, sagte:

»Nawiegehts.«

Ich dachte mir, viel Sinn hat es nicht, sagte aber:

»Selber nawiegehts. Sie sind doch bestimmt aus Galway, würde ich sagen.«

»Geboren und aufgewachsen.«

Dies mit einer Mischung aus Stolz und sonst was. Ich fragte:

»Erinnern Sie sich an die Magdalenen?«

Er sah mich irritiert an, als hätte ich seine Geistesgaben angezweifelt. Fast rief er:

»Wie denn wohl nicht?«

»Nein, ich wollte Sie nicht kränken. Man hört nur nicht mehr viel von ihnen.«

Er spie auf die Straße, sagte:

»In Vergessenheit zu geraten, ist das Beste, was ihnen passieren kann. Das war wie ein Konzentrationslager. Die waren schlimmer als die Nazis.«

»Wer?«

»Alle, die irgendwie mit der Leitung betraut waren. Mögen sie in der Hölle rösten.«

Nachdem er seins gesagt hatte, streifte er an mir vorbei und weg. Ich ging zu Nestor's. Der Wachposten war auf seinem

Platz, samt seiner gewohnten halben *pint*. Jeff füllte die Getränke auf, sagte:

»Jack, du siehst besser aus.«

»Geht mir auch besser.«

»Was kann ich dir machen, Kaffee?«

»Klar. Könnte ich mal mit Cathy reden?«

»Ja.«

Er rief nach ihr, wandte sich wieder mir zu, fragte:

»Arbeitest du an was?«

»Vielleicht.«

»Du hast dies Schimmern im Auge. Nicht, dass du je auf mich hören wolltest, aber meinst du, das ist eine gute Idee? Deine letzten paar Fälle haben dich fast umgebracht.«

»Dieser ist anders.«

»Das hoffe ich, das hoffe ich wirklich.«

Cathy kam runter und verpasste mir zuallererst eine dicke Umarmung. Sie sagte:

»Du hast dir den Bart abrasiert.«

»Was soll ich sagen. Eine Veränderung, vielleicht zum Besseren.«

Sie musterte mich, sagte:

»Ein bisschen Nahrung würde dir guttun.«

Ich lauschte ihrer Stimme voller Verblüffung. Als ich sie kennenlernte, war Cathy eine kantige, kratzige Londoner Punkmaus gewesen. Sie hatte Narben an den Armen und eine Ausdrucksweise, bei der man keinen Hund vor die Tür jagen mochte. Dann traf sie Jeff und wurde zur Eingeborenen. Hie und da gab es noch Spuren Londons in ihrem Vokabular, aber sie wurden immer seltener. Ich vermisste die alte Version. Sie sagte:

»Dein Teint ist rein, deine Augen sind klar.«

»Also?«

»Also hast du aufgehört.«

»Ich versuch's.«

»Es gibt Hilfe, Anonyme Alkoholiker, Anonyme Koksschnupfer.«

Ich schüttelte den Kopf, und sie sagte:

»Es ist fast unmöglich, es allein zu schaffen.«

»Könnten wir allmählich mal das Thema wechseln? Ich brauche deine Hilfe.«

In der Vergangenheit hatte Cathy sich als sehr findig erwiesen. Sie besaß die Fähigkeit, a) an Informationen zu kommen, und zwar b) schnell. Sie fragte:

»Was brauchst du?«

»Schon mal von den Magdalenen gehört?«

»Nein.«

»Okay, ich versuche, eine Frau namens Rita Monroe aufzuspüren.«

»Kein Problem, ich klemm mich gleich dahinter.«

Sie stellte keine weiteren Fragen, also sagte ich:

»Ich werde dich natürlich bezahlen.«

»Das wäre dann das erste Mal.«

Brendan Flood war ein Ex-Polizist, der die Religion entdeckt hatte. Bei unserem ersten Treffen hatte er mich halb umgebracht, mir die Finger gebrochen und mich liegen gelassen, in der Annahme, ich wäre tot. Durch eine haarsträubende Verkettung von Umständen waren wir seltsame Verbündete geworden. Er hatte mir bei der Lösung eines Falles geholfen. Als ich mich letztes Mal seiner Hilfe versichert hatte, ignorierte ich seinen Beitrag, und ein Unschuldiger musste dran glauben. Seitdem hatte ich ihn nicht gesehen.

Rief ihn an, und widerstrebend ließ er sich zu einem Treffen herbei. Wie üblich verabredete er sich bei Supermac's. Da konnte er dann große Behälter voller Currypommes anjiepern. Ich konnte ihn fragen, ob ich ihm welche spendieren soll, und er konnte ablehnen, als Buße. Ich war zuerst da, holte mir einen doppelten Cheeseburger und einen Milkshake. Knabberte und nippte bereits, als er erschien. Er trug eine gefütterte Jacke mit Lederflicken an den Ärmeln. Die Jacke stand offen und enthüllte ein schweres Silberkreuz an einer noch schwereren Kette. Ich sagte:

»Danke fürs Kommen.«

»Es war Gottes Wille.«

Ich schob das Essen beiseite, und er sagte:

»Es ist Sünde, Nahrungsmittel zu verschwenden.«

»Wollen Sie sie?«

»Ich enthalte mich.«

»Naturgemäß.«

Er setzte sich, faltete die Hände wie ein Bittsteller oder ein Blödmann und sagte:

»Ich glaube, Sie haben eine neue Seite aufgeschlagen.«

»Sie glauben was?«

»Dass Sie sich von Ihren verschiedenen Lastern losgesagt haben.«

»Die haben sich eher von mir losgesagt.«

Er lächelte fein, Frömmigkeit troff ihm aus allen Poren, und sagte:

»Unsere Gebete wurden erhört.«

»Was?«

»Unsere Dienstagabendgruppe; wir haben namentlich und gezielt für Sie gebetet.«

»Danke.«

Er beugte sich vor, legte mir die Hand auf den Arm, sagte:

»Nun, da Sie den rechten Pfad eingeschlagen haben, sollten Sie kommen und Zeugnis ablegen. Bei uns sprechen die Menschen teilweise in Zungen.«

»Mit Belag oder ohne?«

Er zog die Hand zurück, als hätte er sich verbrannt, und sagte:

»Meiden Sie die Bank, allwo die Spötter sitzen, Jack Taylor.«

Ich bekam allmählich Kopfschmerzen und fragte:

»Könnten Sie für mich jemanden ausfindig machen?«

Er schüttelte den Kopf, sagte:

»Ihr Erscheinen ist meist von üblen Folgen geprägt.«

»Dies ist aber ganz was anderes. Es gab da eine Frau, Rita Monroe, und die war ein anständiges Menschenwesen.«

Er dachte darüber nach, fragte:

»Sie wünschen diese Frau zu lokalisieren?«

»Das trifft es genau.«

»Ich werde Einkehr halten und den Herrn um eine Anweisung bitten.«

*»Wenn man sein ganzes Leben
auf einer Schnellstraße verbringen würde,
würde man sich an gar nichts erinnern.«*

Rupert Thomson, *Kwench!*

Von meinen Aktivitäten beseelt, holte ich mir was Scharfes vom Inder und machte es mir vor dem Fernsehr bequem. Glotzte mehrere Stunden, ohne übermäßig viel wahrzunehmen. Dann kam *Buffy – Im Bann der Dämonen.* Gegen meinen Willen begann ich aufzupassen. Graf Dracula hatte einen Gastauftritt. Buffy fragte ihn, warum er gekommen sei. Er fauchte:

»Wegen der Sonne?«

Lächelte gegen meinen Willen. Dann kam *Angel.* Er ist auch Vampir, aber kein Bösi, sondern ein Liebi. In dieser Folge wurde er dazu gezwungen, in einer Karaoke-Bar zu singen, da half kein Protest:

»Drei Dinge tue ich nie: sonnenbaden, mich mit Frauen verabreden und öffentlich singen.«

Er richtete »Mandy« von Barry Manilow übel zu. Aber der Moderator, grün, schuppig und mit roten Augen, war beeindruckt und sagte:

»Kein Zerstörer von Welten kann was gegen Manilow haben.«

Das Telefon klingelte. Ich ging ran, hörte:

»Mr Taylor?«

»Ja?«

»Hier ist Terry Boyle.«

»Und soll mir das irgendwas sagen?«

»Ich habe bei Nestor's mit Ihrem Freund Jeff gesprochen. Es ging um einen Auftrag.«

»Ah ja, der Typ mit dem Anzug.«

»Ich hoffe, ich störe Sie nicht gerade bei etwas Wichtigem.«

»Oh doch ..., bei einer Folge von *Angel.*«

»Ist das Ihr Ernst?«

»Und wie. Gerade hab ich *Buffy* gesehen. Also, was wollen Sie?«

»Ich brauche Ihre Hilfe.«

»Ich bin bereits an was dran.«

»Könnte ich den Auftrag nicht wenigstens kurz schildern?«

»Doch.«

»Vielleicht könnte ich Sie zum Mittagessen einladen. Würde Ihnen die Brasserie morgen um eins passen?«

»Okay.«

»Danke, Mr Taylor, Sie werden es nicht bereuen.«

»Das glaube ich aber doch.«

Klick.

Bei *Angel* lief der Abspann. Ich überlegte, ob ich mir noch *Sky News* ansehe, spürte aber, wie mich die Müdigkeit anflog. Im Bett war mir, als nähme ich seit Ewigkeiten zum ersten Mal einen schwachen Hoffnungsschimmer wahr. Wenn ich mich nur an dies zerbrechliche Gefühl klammern konnte, gelang es mir vielleicht, mich durchzukämpfen. Es kann nicht überraschen, dass ich von Vampiren träumte. Nur dass sie alle aussahen wie Bill Cassell. Sein üblicher Kümmerer war natürlich auch dabei, der große Typ, und ein dritter Mann, den ich nicht sehen konnte. Als ich den Traum noch einmal durchlaufen ließ, fiel mir dies Zitat aus *Das wüste Land* von T. S. Eliot ein, in dem es um »den Dritten« geht, »der dir immer zur Seite geht«.

Als ich aufwachte, glaubte ich, ich rieche etwas Seltsames. Brauchte etwas Zeit, bis ich es identifiziert hatte.

Juicy Fruit.

Ich trug den Anzug aus der Altkleidersammlung bzw. von der Altenhilfe. War zweifellos einst ein anständiges Teil gewesen. Ich hatte mich aus zwei Gründen für ihn entschieden: Er war dunkel, und er war billig. Überprüfte mich im Spiegel. Ich sah aus wie ein Leichnam, bei dem der Bestatter versagt hatte. Trug ein weißes Hemd und einen Wollschlips. Unterstrich zusätzlich das Lausige des Anzugs. Als ich in die Brasserie kam, näherte sich ein Wahnsinnsklopfer von einem Mädchen und fragte:

»Tisch für eine Person?«

»Ich weiß nicht, ich bin mit einem Mr Boyle verabredet.«

Ihre Miene erhellte sich:

»Ah, Terence.«

Mir sank das Herz, und sie setzte hinzu:

»Er ist an seinem üblichen Tisch, hier drüben.«

Sie führte mich ins Zentrum, strahlte:

»Voilà.«

Terry Boyle stand auf, lächelte.

»Jack Taylor?«

»Ja.«

Ich hoffte, dass man sah, wie mürrisch ich war. Er streckte die Hand aus, sagte:

»Wie schön, dass Sie es einrichten konnten!«

»Ja.«

Er war gut gebaut, etwa eins fünfundachtzig, blondes Haar, frischer Teint. Nicht gut aussehend, aber das, was man vorzeigbar nennt. Dunkelgrauer Anzug, der »Teuer!« schrie. Altersmäßig im Dreißigerbereich. Die erste irische Generation, die ohne das Schreckgespenst von Arbeitslosigkeit und Auswanderung aufgewachsen war, unbefangen, voller Selbstvertrauen und natürlicher Zuversicht.

Das Gegenteil von allem, womit ich aufgewachsen war. Sie befanden sich mit der Welt auf Augenhöhe. Wir hatten uns ängstlich, mangelhaft ausgestattet, missgünstig und ... ja, widerwillig ins Leben geschlichen. Meine Reaktion war der Suff gewesen. Seine Generation ging spielerisch mit den Getränken um. Er sagte:

»Setzen Sie sich doch.«

Ich setzte mich und beschloss, meinen Anzug bei der ersten sich bietenden Gelegenheit zu verbrennen. Er fragte:

»Was zu trinken?«

»Vielleicht ein Wasser.«

»Ich hab gehört, Sie hätten ... wissen Sie ... ein Problem.«

Heiland, gab es jemanden, der das noch nicht gehört hatte? Ich fragte:

»Wo haben Sie das gehört?«

»Von Hauptkommissar Clancy. Er war ein Freund der Familie.«

Die Kellnerin kam angehoppelt:

»Schon was gefunden, Jungs?«

»Jack, wonach steht Ihnen der Sinn?«

»Sie scheinen sich hier auszukennen, ich schließe mich an.«

»Die Spaghetti sind der Hammer ... Ist das okay? Vielleicht eine Vorspeise?«

Ich schüttelte den Kopf. Was ich vorweg gebraucht hätte, war ein dreifacher Scotch. Er schenkte Wasser in Gläser, sagte:

»Hier gibt es ausgezeichnet zu futtern. Sie werden begeistert sein.«

»Ich kann es kaum erwarten.«

Er sah mich forschend an, sicherte über die Schulter, sah dann wieder mich an:

»Ich bin schwul.«

Ich drehte mich um, rief der Kellnerin zu:

»Glas Wein.«

Terence war schockiert, stotterte:

»Bitte nicht, ich wollte Sie zu nichts verleiten.«

Ich lachte, wiederholte:

»Zu nichts verleiten! Ein toller Ausdruck. Ich kenne Sie gerade mal zehn Minuten, und Sie nehmen allen Ernstes an, Sie könnten mich zu etwas verleiten.«

Heiland, ich schrie ja. Die Kellnerin kam mit dem Getränk. Stellte es mitten auf den Tisch, ins Niemandsland, Weißwein in einem langstieligen Glas, an das sich Feuchtigkeitsperlen klammerten wie unbegründete Hoffnungen. Terence versuchte es noch mal.

»Ich wollte nicht … mit meiner sexuellen Orientierung herausplatzen. Aber ich fand es am besten, von vornherein klare Verhältnisse zu schaffen.«

Ich beugte mich vor, nah an sein Gesicht heran, fragte:

»Weshalb glauben Sie, Ihre sexuelle Identität könnte für irgendjemanden auch nur von allergeringstem Interesse sein?«

Er senkte den Kopf. Immerhin schrie ich nicht mehr, wofür wir alle dankbar waren. Ich sagte:

»Sie kriegen den Wein.«

Er schnappte ihn sich, stürzte ihn auf einen Sitz zur Hälfte herunter, sagte:

»Danke … Ich meine, könnten wir noch mal von vorn anfangen? Ich glaube, wir sind mit dem falschen Fuß aufgebrochen.«

»Klar.«

Das Essen kam. Es war bestimmt köstlich, aber ich konnte nur daran herumspielen. Terence ging es nicht viel besser. Ich fragte:

»Sagen Sie mir, was Clancy über mich gesagt hat.«

Er schob das Essen beiseite, fing an:

»Das war zur Zeit der Teenager-Selbstmorde, wissen Sie noch?«

Als könnte ich die je vergessen. Ich nickte, und er fuhr fort:

»Der Hauptkommissar spielte immer Golf mit meinem Dad. Die Selbstmorde waren Stadtgespräch. Clancy sagte, Sie hätten den Fall gelöst, obwohl Sie ein nahezu chronischer

Alkoholiker seien. Er sagte, Sie hätten richtig was werden können, wenn der Suff Sie nicht ruiniert hätte.«

Ich sah ihn an, fragte:

»Und das halten Sie für eine Art Empfehlung?«

»Ich bin zu einer Agentur gegangen, die wollten mit dem Fall nichts zu tun haben.«

»Welchem Fall?«

»Mein Vater wurde ermordet.«

»Oh.«

»Ich weiß, wer es getan hat.«

»Wer?«

»Seine Frau.«

»Was?«

»Meine Stiefmutter.«

»Och nö.«

»Ganz im Ernst. Würden Sie sie bitte mal überprüfen, eine vorbereitende Untersuchung durchführen? Ich zahle gut.«

»Bücher sollte man mit Vorsicht verwenden.«

Alain de Botton,
Trost der Philosophie

Jetzt saß ich auf der Treppe der Augustinerkirche. Eine schwache Andeutung von Sonne war am Himmel, und ich fand, ich sollte sie genießen. Eine rumänische Frau, zwei Kinder im Schlepp, fragte mich:

»Ist diese Kirche katholisch?«

»Ja.«

Und sie gingen davon, ohne einen Blick zurück. An der Mauer neben mir hing ein großer Schaukasten. Hier hatte früher Unsere Liebe Frau von der Immerwährenden Hilfe residiert. Jemand hatte sie gestohlen.

Terence hatte mir einen dicken Umschlag voller Bargeld gegeben. Seine Stiefmutter hieß Kirsten, und sie wohnte auf dem Familiensitz in Taylor's Hill. Der Vater war tot im Bett aufgefunden worden, Herzinfarkt. Ich sagte:

»Daran ist nichts Verdächtiges.«

Terence hatte geseufzt und geantwortet:

»Speed, Speed hätte die Sache beschleunigt. Er hatte immer schon Ärger mit den Herzkranzgefäßen.«

»Speed?«

»Kirstens Lieblingsdroge.«

»Wäre das bei einer Autopsie nicht festgestellt worden?«

»Es gab keine Autopsie.«

»Warum hat niemand eine verlangt?«

»Ich war in New York. Als ich zurückkam, war er bereits feuerbestattet.«

Ich dachte darüber nach und gab zu:

»Das ist seltsam.«

»Warten Sie, bis Sie Kirsten kennenlernen; dann wissen Sie, was seltsam ist.«

»Und wie soll ich sie kennenlernen ...? Einfach vorbeikommen und fragen: ›Haben Sie Ihren Mann umgebracht?‹«

Terence ließ sich seine Irritation anmerken, sagte:

»Sie sind der Privatdetektiv. Sie können so was doch angeblich.«

»Mann, wer kann schon *so was?*«

Er zeigte auf den Umschlag, sagte:

»Dafür werden Sie schließlich bezahlt.«

Ich antwortete nicht sofort, ließ erst noch seinen Ton zwischen uns verklingen, dann:

»Terence, eines Tages werde ich das erwähnen.«

»Was?«

Als wäre er jetzt ernsthaft sauer. Ich sagte:

»Hören Sie mit dieser Einstellung auf. Sprechen Sie nie wieder mit mir, als wäre ich ein gottverdammter Scheiß-Mietheini. Tun Sie das, und ich schlage Ihnen die Schneidezähne ein.«

Vor dem Restaurant hatte er mir seine Karte gegeben. Darauf standen sein Name und drei Telefonnummern. Ich fragte:

»Was machen Sie beruflich?«

»Software.«

»Das ist eine Antwort?«

»Für meine Generation die einzige.«

Ich ließ ihm das durchgehen, sagte:

»Okay, ich finde trotzdem, dass Sie Ihre Zeit und Ihr Geld verschwenden.«

Er bedachte mich mit einem verhaltenen Lächeln, sagte:

»Lernen Sie Kirsten kennen, dann reden wir weiter.«

»Es ist Ihr Geld.«

»Vergessen Sie das bloß nicht.«

Er war weg, bevor ich reagieren konnte.

Ich war auf dem Weg in Richtung Shop Street, als ich ein Ziehen am Ärmel spürte. Drehte mich um und sah meine Mutter. Sie ist die Original-Märtyrerin, und obendrein gebenedeit, weil sie mich als saufenden Sohn hat. Je weiter es mit mir den Bach runtergeht, desto besser scheint es ihr zu gehen. Mein Vater war ein guter Mann, und sie hat ihn wie Schmutz behandelt. Als er starb, zog sie ihre Trauer in ganz großem Stil ab.

Hüpfte in die Witwentracht und verbrachte jede freie Stunde in der Kirche oder auf dem Friedhof, wo sie ihren Verlust öffentlich zur Schau stellen konnte. Ihre Sorte hat für gewöhnlich einen zahmen Geistlichen im Schlepp. P. Malachy, ein preiswürdiges Arschloch, hatte ihr all die Jahre als Eskorte gedient. Ich hätte ihn schon unter den allerbesten Umständen nicht gemocht, aber als ihre Geisel verabscheute ich ihn aus tiefstem Herzensgrunde. Bei unserem letzten Treffen hatte er gerufen:

»Du wirst noch mal der Tod deiner Mutter sein.«

Ich wartete einen Takt lang, dann:

»Kann ich das schriftlich haben?«

Sein Gesicht wurde lila, und er stieß hervor:

»Dummer Bengel. Die Hölle wird nicht heiß genug sein, bis du in ihr schmorst.«

Wer sagt, das Goldene Zeitalter der Klerisei wäre vorüber?

Meine Mutter sagte:

»Ich hab dich bei der Augustiner gesehen. Warst du in der Messe?«

»Kaum.«

Ihre Augen hatten die übliche Granitfärbung. Wenn man ihrem prüfenden Blick unterworfen war, wusste man, dass Gnade in ihrer Terminplanung nicht vorkam. Manchmal jedoch konnte sie auch wieder in Gewinsel ausbrechen. Wie eben jetzt:

»Nie sehe ich dich, mein Sohn.«

»Hast dich schon mal gefragt, warum?«

»Ich bete jeden Tag für dich, lasse Messen lesen.«

»Lass es.«

Sie bemühte sich, verletzt zu erscheinen, schaffte es nicht und schnappte:

»Du bist mein Fleisch und Blut.«

Jetzt war ich mit Seufzen an der Reihe; es war eindeutig ansteckend.

»War sonst noch was, Mutter?«

»Du bist hartherzig, Jack. Könnten wir nicht eine Tasse Tee miteinander trinken, miteinander reden wie zivilisierte Menschen?«

Ich sah auf die Uhr, sagte:

»Ich komme noch zu spät.«

»Mir geht es gar nicht gut.«

»Das glaube ich gern.«

»Das glaubst du gern?«

»Dir ist es in deinem gesamten elenden Leben doch noch keinen einzigen Tag lang richtig gut gegangen.«

Dann ging ich davon. Zweifellos würde P. Malachy später ein schönes Ohrvoll abkriegen. Mein Herz pummerte, und ich spürte, wie mir die Hände zitterten. Musste stehen bleiben und vor dem Hotel Imperial nach Luft schnappen.

Ein Bursche, den ich kannte, wollte gerade hinein, verhielt, fragte:

»Na, Jack, Bierchen?«

Es gab nichts, was mir lieber gewesen wäre, aber ich sagte:

»Danke nein, vielleicht ein andermal.«

»Bist du sicher?«

»Ich glaube schon.«

Am nächsten Tag schmiss ich den Anzug weg. Ging in den Laden vom Hl. Vincent de Paul und schaffte mir einen Blazer, eine graue Hose und weiße Hemden an. Im Hotel probierte ich alles über. Nicht schlecht und definitiv ein Schritt in die richtige Richtung. An der Rezeption sagte Mrs Bailey:

»Aber! Sie sehen ja flott aus.«

»Meinen Sie?«

»Eindeutig. Eine neue Frau?«

»In gewisser Weise.«

»Warten Sie.«

Sie verschwand, kehrte dann mit einem dunklen Strickbinder zurück, sagte:

»Der hat meinem Mann gehört.«

»Den kann ich nicht annehmen.«

»Und wie Sie das können; jetzt halten Sie still.«

Und sie band ihn mir um, und sie sagte:

»Da, Sie sind ein hübscher Mann.«

»Danke.«

Am Square erwischte ich einen Bus. Er kam nicht einmal bis zur Dominic Street, ehe er schlappmachte, und ich dachte mir, dann eben nicht, ein kleiner Gang wird mir guttun.

In Nile Lodge suchte ich die Adresse, die Terence Boyle mir gegeben hatte, und begann mit der Ersteigung von Taylor's Hill. Kein Zweifel, hier wohnte das Geld. Am Ardilaun Hotel vorbei, dann in Irland geschmiedete Tore. Eine Messingtafel proklamierte »St. Anselm«.

Drückte die Tore auf und ging eine lange baumgesäumte Einfahrt hinauf. Die erstaunliche Stille fiel mir auf. Wie auf dem Lande. Dann das Gebäude, ein dreistöckiges Herrenhaus, Efeu kroch an den Fenstern entlang. Dann stand ich vor der Haustür und klingelte.

Ein paar Minuten später wurde die Tür geöffnet. Eine Frau fragte:

»Ja?«

Englischer Akzent mit irischer Unterlage. Sie war in diesem

unbestimmten Alter zwischen dreißig und vierzig. Schulterlanges dunkles Haar und ein Gesicht, das hätte hübsch sein sollen, es aber nicht recht brachte. Vielleicht wegen der Augen, braun, mit entnervendem Starren. Knopfnase und üppiger Mund. Sie machte den Eindruck, als hätte sie gerade eine heftige Schlankheitskur hinter sich. Nicht hager, sondern ausgeleiert. Ich fragte:

»Mrs Boyle?«

Sie sah mich lange mit genau eingestellter Brennweite an, sagte:

»Ja.«

»Ich bin ein Freund Ihres Mannes.«

»Waren.«

»Wie bitte?«

»Falsches Tempus, er ist tot.«

»Oh ... Das tut mir leid.«

»Möchten Sie reinkommen?«

»Ja, danke.«

Ich folgte ihr, bemerkte, wie ihr Arsch wippte. Ich spürte einen winzigen Anflug von Interesse. Das Haus erstrahlte in Gemälden. Ich weiß nicht, ob sie was taugten, aber sie hatten den Glanz des Wohlstands. Führte mich in ein großes Wohnzimmer. Rundum dunkel holzgetäfelt. Ein Erkerfenster bot einen Blick auf den riesigen Garten. Sie sagte:

»Setzen Sie sich.«

Ich sank auf einen gut eingesessenen Sessel, versuchte, mein Hirn anzuwerfen. Sie fragte:

»Etwas zu trinken?«

»Vielleicht etwas Wasser?«

Sie war zu einer komplett bestückten Bar gegangen, fuhr jetzt eine ihrer Hüften aus, sagte:

»Ich hätte Sie für einen trinkenden Mann gehalten.«

Es gelang ihr, »gehalten« mit deutlichem sexuellen Unterton auszusprechen. Ich lockerte den Schlips und sagte:

»War ich mal.«

Sie sagte:

»Ah ... Ich werde mir einen *Screwdriver* machen.«

»Was?«

»Wodka mit O-Saft. Dämpft zu dieser Tageszeit das grelle Sonnenlicht.«

»Das glaube ich gern.«

Sie rieb sich ein paarmal die Arme. Ich wusste, das konnte vom Brennen kommen, und das Brennen konnte vom Speed kommen. Sah zu, wie sie den Drink baute. Sie hatte die raschen Bewegungen der geübten Trinkerin. Sie hielt die Flasche hoch, sagte:

»Stoli.«

»Wenn Sie's sagen.«

»Sehen Sie Filme?«

»Klar.«

»Wenn Leute wie Julia Roberts einen Drink bestellen, ist das immer Stoli mit Eis.«

»Werd ich mir merken.«

Sie lächelte vage, hatte nichts mit guter Laune zu tun. Knallte etwas Eis ins Glas, goss dann großzügig den Wodka drüber. Eins meiner Lieblingsgeräusche war immer schon das Klackern des Eises in einem Getränk. Aber für einen trockenen Alkoholiker ist es den Qualen der Hölle verwandt. Sie fragte:

»Wie haben Sie Frank kennengelernt?«

Ich war so abgelenkt, dass ich keine Ahnung hatte, was sie meinte, bis sie hinzufügte:

»Meinen Mann ..., den *Freund*, den Sie besuchen wollten.«

»Äh, ja ... Wir, äh ... kennen, äh ... kannten uns schon ziemlich lange.«

Sie nickte, klopfte sich leicht mit dem Rand ihres Glases gegen die Zähne, ungutes Geräusch. Sie sagte:

»Ah, dann müssen Sie mit ihm in Clongowes gewesen sein.«

Ich klammerte mich an den Rettungsanker und pflichtete ihr bei:

»Ja, genau.«

Sie ging zum Sofa, ließ sich nieder, der Rock durfte ihr den Oberschenkel hochrutschen, sagte:

»Falsche Antwort, Bubi.«

»Wie bitte?«

»Frank war gar nicht in Clongowes.«

Übermäßig viel schien ihr das nicht auszumachen, ging an die Bar, noch einen Schlag Wodka obendrauf. Ich holte tief Luft, sagte:

»Ertappt.«

Sie lächelte spärlich, fragte:

»Und wen habe ich ertappt?«

»Jack Taylor.«

»Als müsste man wissen, was das bedeutet.«

»Ich wurde bezahlt, um Sie zu überprüfen.«

Ein leichtes Heben der Augenbrauen, und:

»Weshalb?«

»Feststellen, ob Sie Ihren Mann umgebracht haben.«

»Das ist doch scheißenochmal nicht Ihr Ernst!«

Das Schimpfwort rollte ihr leicht von der Zunge, dann hatte sie kapiert und sagte:

»Terry, diese kleine Tucke.«

Ich nickte, und sie sagte:

»Verschwiegenheit, was die Identität Ihrer Klienten betrifft, ist nicht gerade Ihre starke Seite.«

Ich stand auf, sagte:

»Also, haben Sie's getan?«

»Quatsch.«

»Das heißt ›nein‹.«

Ich ging Richtung Tür, und sie sagte:

»Sie haben einen ziemlichen Nerv. Kommen einfach zu Besuch und fragen, ob ich meinen Mann umgebracht habe.«

»Immerhin direkt.«

Sie lachte, sagte:

»Sie haben eine Telefonnummer, falls ich was gestehen will?«

»Bailey's Hotel.«

»Wohnen Sie da?«

»Ja.«

»Nun, Jack Taylor, vielleicht verstehen Sie nicht allzu viel von Ihrem Job, aber einen gewissen Stil haben Sie.«

Ich hatte die Haustür erreicht, als sie hinzufügte:

»Wenn Sie wieder zu saufen beschließen, kommen Sie vorbei.«

Ich bedachte sie mit meinem besten sinnentleerten Blick, als hätte ich keinen Schimmer, wovon sie sprach. Sie lächelte abscheulich, sagte:

»Ich kenne die Anzeichen, und glauben Sie mir, Sie sind früher wieder da, als Sie glauben. Es geht gar nicht darum, *ob* Sie wieder saufen, es geht nur darum, wann.«

»Lecken Sie mich am Arsch, Lady.«

»Das könnte Ihnen so passen.«

Und knallte mir die Tür vor der Nase zu. Was mich ärgerte, war, dass sie in beiden Punkten recht hatte.

»Ich liebte meine Freunde so sehr, dass ich wahrhaftig
in sie verliebt war und mir wünschte, sie wären in mich verliebt.
Aber da es im Leben nun mal nicht so läuft,
vermasselte ich mir damit länger, als ich zurückzudenken wagen,
jede Chance auf eine richtige Beziehung.«

John Ramster, *Ihr bester Freund*

Am folgenden Montag holte sich ein Student im vierten Semester einen Cappuccino aus dem Deli. Es war einer dieser frischen Tage, keine Wolke am Himmel. Die Hoffnung, die in der Luft lag, war fast mit Händen zu greifen. Den Menschen wurde leicht ums Herz, und Fremde bedachten einen mit einem Wiegehts, mit einem Lächeln.

So ein Tag.

Der Student saß auf einer Bank beim Square, nippte am Kaffee. Ein zielloser Penner näherte sich und bat um:

»Eine kleine Spende für eine Tasse Tee, Sir.«

Aber es war kein ernstes Gebettel, eher Gewohnheit als Notwendigkeit. Ohne Einschüchterung. Die Nicht-Europäer fragten nach dem Weg zum Sozialamt. Zu Mittag kam von den Glocken das Angelus-Läuten. Unten beim Great Southern Hotel unterbrachen zwei Arbeiter ihre Bemühungen und bekreuzigten sich. Das ist ein seltener Anblick. Nicht, dass sie ihre Arbeit unterbrachen, sondern dass sie sich beim Angelus-Läuten bekreuzigten.

Gegen 12:15 Uhr näherte sich ein Mann, stand eine Sekunde lang hinter dem Studenten. Dann zog er eine Pistole, hielt sie gegen die Basis des Kopfs des Studenten und drückte ab. Dann machte er auf dem Absatz kehrt, ging ans Ende des Platzes ... und verschwand.

Im Fortgehen warf er das Einwickelpapier seines Juicy-Fruit-Kaugummis auf die Straße.

Die Polizei appellierte nicht an etwaige Zeugen, sich bitte dringend zu melden. Sie hatte bereits viel zu viele.

Alle mit widersprüchlichen Aussagen.

Sie beschrieben den Mann als: groß, klein, dick, dünn.

Er hatte: langes Haar, schwarzes Haar, eine Glatze.

Trug: Anzug, Lederjacke, Wachsjacke, Regenmantel.

War aber eindeutig: alt, jung, so etwa mittel.

Ein Phantombild ähnelte der halben männlichen Bevölkerung sowie ein paar Frauen.

Hauptkommissar Clancy tönte:

»Dies ist ein abscheuliches, widerwärtiges Verbrechen. Die Polizei wird nicht ruhen, bis der kaltblütige Mörder dingfest gemacht ist.«

Er ließ sich zusätzlich über Gesetzlosigkeit, eine Krise der gesamten Gesellschaft, Drogen und eine Anzahl vage verwandter Themen aus.

Schloss mit den Worten:

»Die Polizei verfolgt sehr konkrete Spuren.«

Oder, mit anderen Worten, sie hatte nicht den leisesten Schimmer. Ich war mit einem Buch untergetaucht.

Der vollständige Titel lautete:

Movie Wars: How Hollywood and the Media Conspire to Limit What Films We Can See.

Von Jonathan Rosenbaum.

Ich war gut damit vorangekommen, hatte fast vergessen, wie dringend ich trinken wollte. Das Telefon klingelte. Ich nahm den Hörer ab, sagte:

»Ja.«

»Jack, hier ist Bill.«

»Hallo, Bill.«

»Ich möchte erfahren, welche Fortschritte die Ermittlungen machen.«

»Oh.«

»Also, welche Fortschritte?«

»Die Ermittlungen laufen.«

Bitteres Lachen, dann:

»Klingt wie Polizist.«

»Alte Gewohnheiten.«

»Nur dass ich diesen Scheiß nicht hören will.«

»Braucht seine Zeit, Bill.«

»Und wer hat dir befohlen, diesen frommen Trottel, Flood, einzuschalten?«

»Niemand. Wenn man jemanden finden will, ist er der Beste.«

»Ich sage dir, zieh ihn verdammtescheißenochmal nicht in meine Angelegenheiten hinein.«

Allmählich hatte ich es satt und sagte:

»Und jetzt? Werde ich gefeuert?«

Ich hörte, wie er einatmete, dann:

»Werd nicht frech, Jack. Frech ist ganz bestimmt nicht das, was du werden möchtest.«

»Ich steh nicht so auf Drohungen, Bill.«

»Gewöhn dich dran.«

Klick.

Ich versuchte mich wieder in das Buch zu vertiefen, aber der Zauber war dahin. Am liebsten wäre ich zu Sweeney's gegangen und hätte Bill unter die Füße genommen. Ich nahm mir meine Jacke und knallte mit aller Macht die Tür hinter mir zu. Kindisch, aber befriedigend.

In der St. Anthony's Lane ist ein Coffeeshop. Er wird von einem Basken geführt und ist für die meisten Fußgänger unsichtbar. Ich hatte immer vorgehabt, den Burschen zu fragen, was ihn nach Galway verschlagen hat, aber nie die Energie dazu aufgebracht. Außerdem schätzen es Basken, sagt man, nicht sehr, wenn man ihnen Fragen stellt. Der Laden brummte wie immer. Juristen vom Gericht, Lehrer von der Mercy School, ein verirrter Student und zwei spanische Fischer. Der Besitzer sagte:

»Jacques!«

Darauf fällt mir nie was Witziges ein, der Name schon gar nicht, und ich versuchte es mit:

»Wie geht's denn?«

Lahm, was?

Fand er aber nicht schlimm. Er sagte:

»Café con leche, grande.«

»Großartig.«

Er zögerte, sagte dann:

»Ich vermisse *Glenroe*.«

Ein Baske, der sich nach Wesley Burrows sehnte; die Welt lief wirklich in der Spur. Ein paar Wochen zuvor war ich da gewesen, und eine Gruppe Studenten hatte CDs in Aschenbecher verwandelt. Einer sagte:

»Keine Sorge, das ist Garth Brooks.«

Er hatte einen verblichenen MARILYN MANSON-Aufkleber auf seinem Notizbuch. Ich wusste, dass das eine mit dem anderen zu tun hatte, mir fehlte aber die Kraft, die Verbindung herzustellen. Der Kaffee kam, und der Besitzer fragte:

»Essen?«

»Nein, alles klar.«

Ich rührte in der Flüssigkeit, freute mich auf den bitteren Kick. Zu solchen Gelegenheiten hätte ich für eine Zigarette gemordet, anschließend einen Scotch.

Dann eine Linie.

Ich schüttelte mich rein physisch, um die Harpyien zu vertreiben. Loreena McKennitt wurde gespielt, und ich gab mich ein bisschen der Musik hin. Blickte auf und sah meine Mutter vorbeigehen. Die alten Galwayer gingen immer durch die Gasse, um zur Abtei zu kommen.

Sie hatte sich bei P. Malachy untergehakt. Er war natürlich in Zigarettenrauch gehüllt. In *Das Judaskind* von Carol O'Connell bin ich mal auf die Stelle

Ihr Sohn brauchte einen Menschen, der ihm unter der Hand Fakten lieferte, brauchte eine Expertin im Schnüffeln und Wühlen, eine, der kein Schlüsselloch zu klein, keine Privatsphäre heilig war. Auch das war Mutterschaft

gestoßen.

Lautlos sagte ich:

»Amen.«

»Das Leben lehrte mich schon vor langer Zeit,
mich mit nichts anzulegen, was mehr Zähne hat als ich.«

Daniel Buckman, *The Names of Rivers*

Ich war bei Nestor's, widmete mich meinem zweiten Glas Sprudelwasser aus der Grafschaft Galway. Dass der Tag gekommen war, an dem ein Ire Geld für Wasser zahlt, viel Geld, war erstaunlich. Jeff sagte:

»Du machst dich gut.«

»Wobei?«

»Och, das Saufen …, die Lullen …, das andere Zeugs.«

Ich schüttelte den Kopf, sagte:

»Ich schick mich drein.«

Er hielt mit dem Polieren eines Glases inne, blickte auf, sagte:

»Was bedeutet das?«

»Ich beiße in den sauren Apfel, ich beiße die Zähne zusammen, ich schlucke die bittere Pille, und langsam gehen mir die idiomatischen Wendungen aus.«

Er stellte das Glas ab, stützte sich auf den Tresen, sagte:

»Linguistisch hochinteressant, aber irgendwie von übler Vorbedeutung.«

»Ohne Drogen lebt man zwar länger, man spürt aber auch jede einzelne langweilige Minute dieses Lebens in voller Ausdehnung.«

»Es wird leichter werden, Jack.«

»Wenn ich das nur glauben könnte.«

Jeff war seit zwanzig Jahren nüchtern. Dann, nach der Geburt des Babys, erwischte ihn ein Tief, und er war auf der Rolle. Ein einmaliger Ausfall. Mir kam der Part zu, ihn einzufangen und nach Hause zu bringen. Mit einem Suffkopp als Schutz war er seitdem in der Spur geblieben.

Ich fragte:

»Hast du je Lust, wieder ordentlich Stoff zu geben?«

»Klar.«

»Das war's? Klar?«

»Hat keinen Sinn, das zu vertiefen, Jack. Ich kann nicht trinken, Ende der Geschichte.«

Damals hasste ich ihn irgendwie. Nicht unbändig, sondern mit dem stumpfen Schmerz, den die Krankheit gegenüber der Genesung empfindet. Ich schob das Wasser beiseite und stand auf, um zu gehen. Jeff sagte:

»Cathy surft im Netz und versucht, diese Information aufzuspüren, die du wolltest. Bisher hatte sie noch kein Glück.«

»Okay, locker bleiben.« Ich wollte gerade los, als mich der Wachposten ansprach; fast schlug ich lang hin vor Überraschung, weil er das so gut wie nie machte. Er sagte:

»Sie ermitteln die Magdalenen? Ich erinnere mich gut an das Institut. Als wir Kinder waren, sind wir dran vorbeigegangen und haben sie in den Gärten arbeiten gesehen. Gott möge mir vergeben, aber wir haben sie beschimpft und verspottet. Die Nonnen standen über den kleinen Ludern wie Gefängniswärter. Ich weiß noch, dass sie Lederriemen hatten, und wir haben uns mit Genuss vorgestellt, wie sie damit die Mädchen vermöbelten. Haben Sie das gewusst: als die Öffentlichkeit endlich erfuhr, was los war, war der Aufschrei so laut, dass mitten in der Nacht die Leichen kleiner Maggies exhumiert und schleunigst zum Friedhof gefahren wurden, um artgerecht beerdigt zu werden? Da gibt es ein Massengrab mit all den namenlosen Mädchen drin.«

Er holte tief Luft, und ich machte mich erbötig, ihm eine *pint* zu zahlen. Er sagte »Ja«, ich solle aber keine weitere sprachliche Einlassung von ihm erwarten; dies sei seine wöchentliche Ration gewesen. Ich ging und stellte mir die toten Mädchen vor, auf die niemand einen Anspruch geltend gemacht hatte.

Ich war auf dem Weg zum Hotel, als ein BMW anhielt. Ein Mann stieg aus, sagte:

»Jack Taylor?«

Er war eindeutig der größte Mann, den ich je gesehen hatte. Bei der Polizeiausbildung in Templemore hatte ich einige der größten Männer erlebt, die das Land hervorzubringen imstande ist. Besonders in den Midlands wurden Männer erzeugt, die das Wort »massig« mit neuer Bedeutung erfüllten. Seltsamerweise entwickelten sie sich zu lausigen Bullen. Dieser Typ ragte über mir auf. Er hatte eine Glatze, was ihn noch bedrohlicher machte. Er trug einen weißen Trainingsanzug und beäugte mich voller Hohn. Was sollte ich anderes erwidern als:

»Wer will das wissen?«

Er streckte die Hand aus und warf mich buchstäblich in das Auto, drängte sich dann neben mich. Sagte:

»Bill will sich unterhalten.«

Bei seiner Masse hatten wir nicht übermäßig viel Platz. Ich war neben ihm eingequetscht und sagte:

»Ich hoffe, Sie haben geduscht.«

»Mund halten.«

Ich hielt ihn.

Sie brachten mich zu Sweeney's. Unheimlicherweise kein einziger Gast in der Kneipe. Die Riese schubste mich vor sich her, sagte:

»Bill ist im Keller.«

Bill trug einen Blaumann und sagte:

»Will mir nicht die Klamotten schmutzig machen.«

Ein einzelner harter Stuhl in der Mitte, von Fässern umgeben. Der Geruch der Hefe war überwältigend. Ich muss ein Gesicht geschnitten haben, denn Bill sagte:

»Ich dachte, das wäre wie Muttermilch für dich.«

»Da hast du falsch gedacht.«

Er lächelte dünn, sagte:

»Immer große Klappe, Jack; vielleicht können wir da was dran machen. Setz dich.«

»Danke nein.«

Der Riese packte meine Schultern, haute mich auf den Stuhl, fesselte mir die Hände und verband mir die Augen. Bill sagte:

»Casey mag dich nicht, Jack.«

»Mensch ..., das tut mir leid.«

Ich bekam einen Mordshieb aufs linke Ohr. Tat weh wie sonst was. Bill sagte:

»Entschuldige die Dramatik, aber Nev wirst du kaum zu Gesicht bekommen wollen. Er ist ein bisschen scheu. Er ist ein großer Fan von *Die durch die Hölle gehen*, und er spielt gern, die eigentliche Gesprächsführung werde ich übernehmen.«

Ich konnte Juicy Fruit riechen, und der Geruch war so stark, dass ich am liebsten gewürgt hätte. Ich hörte, wie eine Pistole gespannt wurde, und Bill sagte:

»Du schuldest mir zweimal, Jack.«

»Ich dachte, wir arbeiten dran.«

»Aber du musst dich konzentrieren, Jack. Du bist nicht aufmerksam. Nev hält einen alten Revolver, weil er ein altmodischer Mensch ist, und er hat ihn mit zwei Kugeln geladen, und, ja, das Geräusch, das du hörst, ist Nev, wie er die Trommel rotieren lässt. Okay, Leute, es kann losgehen; spielen wir.«

Das Geräusch des Hahns, der auf eine leere Kammer aufschlug, versetzte mich in eine heilige Angst, und ich dachte, ich werde ohnmächtig. Bill sagte:

»Mensch, Glück gehabt.«

Schweiß kullerte mir in die Augen. Mir wurde klar, dass ich mir auf die Zunge gebissen hatte, konnte mein eigenes Blut schmecken. Die Pistole wurde entfernt, und Bill sagte:

»Halbwegs geschafft, aber zur Hölle oder zum Heil? Wie geht's, Jack?«

Es ging mir nicht gut.

Ich sagte:

»Leck mich am Arsch, Bill.«

»Noch mal drehen oder einfach drauf ankommen lassen?«

Wieder die Mündung am Kopf, und der Riese kicherte. Ich könnte schwören, dass er grinste. Nev spannte den Hahn, drückte ab.

Klick, leere Kammer.

Ein Tremor schüttelte meinen ganzen Körper. Ich hatte mich zwar nicht direkt gelöst, aber viel fehlte nicht. Die Zähne klapperten mir. Bill sagte:

»Ja, wo wir grade von Glück sprechen.«

Ich hatte keine Stimme mehr, und er setzte hinzu:

»Ich glaube, wir haben dir die nötige Konzentration beigebracht. Und jetzt Resultate, Jack, baldigst.«

Und ich hörte, wie er davonging, wobei Nev leise mit ihm sprach, während sie den Keller verließen. Der Riese kippte meinen Stuhl, und ich fiel Gesicht voran auf den Steinfußboden. Wasser, Bier und gottweißwas waren dort zusammengeflossen. Er band mir die Hände los, riss mir grob die Augenbinde ab und spuckte; dann ging auch er zur Treppe.

Ich rappelte mich hoch, und ein weiterer Krampf traf mich. Ich stützte mich an einem Fässchen ab, versuchte, mein hämmerndes Herz zu beruhigen. Schließlich bewegte ich mich und stieg langsam die Treppe hinauf. Die Kneipe brummte, fast jeder Platz war besetzt. Keine Spur von Bill, Nev oder dem Riesen. Schwarze Punkte tanzten vor meinen Augen, und ich zwang mich vorwärts. Dabei rief ich:

»Großen Jameson.«

Keine Reaktion. Ich zwängte mich an einem Hafenarbeiter

vorbei, der mich *so* ansah. Was er auch in meinem Gesicht gesehen haben mochte –, er beschloss zu rücken. Der Tresenmensch ignorierte mich weiter. Ich rief:

»Geben Sie mir einen gottverdammten Jameson.«

Er hörte auf, mich zu ignorieren, grinste und sagte:

»Du bist bereits bedient; jetzt hast du Lokalverbot.«

Schallendes Gelächter von der Menge. Ich schlich aus der Kneipe, die Seele in Fetzen. Wer hätte das gedacht, das Wetter hatte aufgeklart, beinah strahlte die Sonne, am Himmel dort oben. Ein Mann ging vorüber, sagte:

»Ist es nicht eine Lust zu leben?«

Ich hatte keine Antwort. Zumindest keine, die ohne Handgreiflichkeiten angekommen wäre.

Reine Wut lebt sich entweder auf der einen oder auf der anderen Ebene aus. Da gibt es die heiße, schwelende, allumfassende Sorte, die sofort zuschlägt. Auf sofortige Vernichtung erpicht. Die zweite Sorte kommt von einem kälteren Ort. In Eis gegoren, zieht sie sich auf sich selbst zurück, speist sich bis zur passenden Gelegenheit aus stillem Grimm. Diese Wut ist die tödlichere.

Ich war in meinem ramponierten Leben meist von der zweiten Spielart befallen gewesen, und das mit schrecklichen Folgen. Während ich die Sonne vom Wasser abprallen sah, tauchte ich in diese Art Wut ein. Die Klauen der Geduld, die sich tief in meiner Psyche verkrallten, spürte ich so gefährlich wie nur je.

In solchen Zeiten schnappt sich mein Geist ein Mantra, um den Kessel umzurühren und zugleich den Wahnsinn in Zaum zu halten. Eine mentale Barriere, damit ich funktionieren kann, während die inneren Feuer entfacht werden. Nie hat dieser Singsang Sinn und Verstand. Mein Unterbewusstes setzt irgendeine Schranke, die nichts mit dem

Grund für die Wut zu tun hat, um meine Beweglichkeit zu gewährleisten. Als ich bei der Polizei rausgeschmissen wurde, hatte ich eine Sitzung mit einem Psychiater und umriss ihm Obiges.

Er sagte:

»Das grenzt bei Ihnen an eine pathologische Psychose.«

Ich starrte ihn geschlagene fünf Minuten an, antwortete dann:

»Das hatte ich gehofft.«

Er hatte mir eine Runde Beruhigungsmittel angeboten, und daraufhin hatte ich ihn mit meinem Polizeilächeln bedacht. Dem Lächeln, welches sagt:

»Gleich gibt es in den Nacken.«

Als ich den Hafen verließ und in Richtung Merchant's Road ging, begann das Mantra.

Hannibal Lecters Worte an Clarice Starling im Kerker für kriminelle Geistesgestörte:

> *Sie sind ein frisch geschrubbter, vom Erfolg besessener Bauerntrampel. Aber Geschmack haben Sie, einen Hauch von Geschmack.*

Immer und immer wieder wurden diese Worte abgespielt, und ich war bereits beim Hotel, als ich es merkte. Ein Obdachloser näherte sich, und ich überreichte ihm mechanisch etwas Geld. Er war nicht zufrieden, maulte:

»Mehr haben Sie nicht?«

Ich drehte mich zu ihm um, berührte ihn an der Schulter, sagte:

»Geschmack habe ich, einen Hauch von Geschmack.«

Er haute ab wie die Fledermaus aus der Hölle bei Meat Loaf.

In meinem Zimmer hatte ich auf dem Bett gelegen, vollständig angekleidet, die Augen geschlossen. Kein Schlaf oder auch nur etwas annähernd Schlafähnliches, sondern ein tranceartiger Zustand, der mich in ein Gebiet der Bewusstlosigkeit hinunterzog. Am Rand der Katalepsie taumelnd blieb ich so liegen, bis die Dunkelheit sich senkte.

Als ich zu mir kam, war die Furcht von mir abgefallen. Ich nahm einen harten granitartigen Klumpen neben meinem Herzen zur Kenntnis und sagte:

»Die Show muss weitergehn.«

»Diesmal beugte Olivia sich vor und tätschelte ihm zärtlich den Oberschenkel. ›Weißt du, was wir gemeinsam haben, Liebster? Wir sind beide Nullitäten. Nullitäten, die leichtfertig nach Nullität streben.‹«

A. Alvarez, *Hunt*

Ich saß auf dem Bett, versuchte zu lesen, konnte mich nicht konzentrieren und legte das Buch beiseite.

Ich ging zu Nestor's. Der Wachposten war in Position, sah mich an und sagte:

»Obacht.«

Er tat etwas noch nie Dagewesenes. Er rückte tatsächlich mit seinem Hocker, und zwar von mir ab. Ich konnte nur raten, wie feindselig die Schwingungen waren, die von mir ausgingen. Jeff sagte:

»Wie läuft's, Jack?«

Sein Gesichtsausdruck sagte:

»Ich bin nicht sicher, ob ich die Antwort hören möchte.«

Ich schenkte ihm ein langsames Lächeln, sagte:

»Könnte gar nicht besser laufen. Kann ich was haben?«

»Klar ... Ist Kaffee okay?«

»Nein ... Ich hätte gern einen großen Jameson.«

Er sah sich um, Hilfe suchend. Es war aber keine Hilfe in Sicht. Er fragte:

»Meinst du, das ist eine gute Idee?«

»Habe ich was verpasst, Jeff? Ich könnte schwören, ich hätte ein Getränk bestellt, keine Meinungsäußerung.«

Er wischte sich den Mund, dann:

»Jack, ich kann nicht.«

Ich starrte ihm in die Augen, nahm mir Zeit, sagte:

»Du weigerst dich, mich zu bedienen?«

»Komm, Jack, ich bin dein Freund. Du kannst das nicht wollen.«

»Woher willst du wissen, was ich wollen kann? Wenn ich mich recht erinnere, habe ich dich, als du auf dem Dschumm warst, auch nicht bevormundet.«

Ich wandte mich zum Gehen, und er rief:

»Jack, warte mal, Cathy hat Neuigkeiten für dich.«

Ich rief über die Schulter:

»Ich hab eine Neuigkeit für Cathy: Ist mir scheißegal.«

Draußen schnappte ich nach Luft, versuchte, mein Adrenalin in den Griff zu kriegen, quengelte:

»Toll, hast gerade deine besten Freunde mutwillig verletzt. Wie schlau war das denn?«

Der Schnapsladen wimmelte von minderjährigen Trinkern. Apfelwein mit Wodka und Red Bull waren eindeutig die bevorzugte Droge. Der Mann hinterm Ladentisch war ein schlecht erhaltener Mittdreißiger. Welche bittere Pille er auch hatte schlucken müssen –, er würgte immer noch daran. Ohne mich anzusehen, grunzte er:

»Was?«

»Zu Beginn wäre schon mal ein bisschen Höflichkeit nicht ganz unangebracht.«

Sein Kopf kam hoch, und er fragte:

»Was?«

»Flasche Jameson.«

Ich wollte hinzufügen:

»Schnell«,

ließ es aber bleiben.

Beim Einpacken sagte er:

»Meinen Sie, ich sollte Perso verlangen?«

Ich wusste, dass er die Teenager-Schlange meinte, aber bevor ich etwas erwidern konnte, sagte er:

»Wenn ich mich weigere, schlagen sie mir die Schaufenster ein.«

Ich gab ihm das Geld und sagte:

»Die Polizei kann Ihnen den Laden dichtmachen.«

»Das ist denen doch so was von sterbenswurscht.«

Ich ging unten am Eyre Square vorbei. Unter einer Straßenlampe fragte eine Frau mit Umhang:

»Bisschen Kleingeld, Mister?«

Sie war eine der mediterranen Zigeunerinnen, die bei den Schnellimbissen auf Pirsch gingen. Ihr Mund war eine Explosion an Goldzähnen. Das Licht gab ihrer Silhouette eine bösartige Gestalt. Ich dachte:

»Was soll's?«

Und griff in meine Tasche. Hatte keine einzige Münze dabei. Hatte mein Wechselgeld auf dem Ladentisch vergessen. Ich sagte:

»Tut mir leid, bin blank.«

»Geben Sie mir irgendwas.«

»Ich hab's Ihnen doch gesagt, ich bin pleite.«

Sie betrachtete die Papiertüte, zeigte drauf, und ich sagte:

»Träumen Sie weiter.«

Ich ging an ihr vorüber, und sie zischte. Ich drehte mich um. Sie stand buchstäblich auf meinem Schatten. Sie warf den Kopf zurück, sammelte Speichel aus dem tiefsten Kern ihres Seins, spuckte auf diesen schwarzen Umriss, sagte:

»Sie werden Ihr Brot immer alleine brechen.«

Ich wollte ihr den Hals brechen, aber sie ging schnell davon. Ich bin nicht abergläubischer als andere durchschnittliche von Schuldgefühlen gebeutelte irische Bürger. Mit der Schuhsohle versuchte ich den Fleck zu tilgen, den ihre Spucke auf dem Pflaster hinterlassen hatte. Ließ beinah die Flasche fallen, brummelte:

»Das wäre jetzt wirklich ein Fluch gewesen.«

Luc Santa schrieb in dem Fotobildband *Low Life:*

> *Die Nacht ist der Korridor der Geschichte, nicht der Geschichte berühmter Menschen oder großer Ereignisse, sondern der Geschichte der Randständigen, der Igno-*

rierten, der Unterdrückten, der nicht zur Kenntnis Genommenen; der Geschichte des Lasters, der Angst, der Verwirrung, des Irrtums, der Not, der Geschichte der Vergiftung und des Rauschs, des Dünkels, der Illusion, der Verschwendung, des Deliriums. Sie beizt der Stadt die Politur des Fortschritts und der Modernität und Kultur ab und enthüllt die Wildnis.

Dazu konnte ich nur »Amen« sagen.

Vor dem Hotel bemerkte ich ein sehr eindrucksvolles Auto. Ein älterer Mann starrte es an. Er sagte:

»Das ist ein Jaguar S.«

»Ist das Ihr Auto?«

»Leider nicht.«

Seine Augen glänzten, als er die schnittige schwarze Karosserie würdigte. Er sagte:

»Der Witz ist, dass mit der ganzen Power und dem Luxus von einem Drei-Liter-V-65 sogar die Fahrt zur Arbeit zum Vergnügen wird.«

Er hörte sich an wie ein Werbespot. Ich sagte:

»Sie hören sich an wie ein Werbespot.«

Er lächelte schüchtern, sagte:

»Dieses Baby braucht keine Werbung.«

Ich wollte an ihm vorbei, und er sagte:

»Wissen Sie, wie viel der kostet?«

»Viel, stelle ich mir mal vor.«

Ich konnte fast die Zahlen der Registrierkasse in seinen Augen sehen. Er sagte:

»Da müsste man einen halben Lottogewinn anlegen.«

»Klingt nach viel.«

Er bedachte mich mit einem Blick, der an Verachtung grenzte, sagte:

»Nein, das ist viel Auto!«

Ich ging ins Hotel, schnell, um unbemerkt an der Rezeption vorbeizukommen. Nicht schnell genug, denn Mrs Bailey rief:

»Mr Taylor.«

»Ja.«

»Sie haben Besuch.«

»Oh.«

Ich ging in die Lobby. Kirsten saß auf einem Sessel vor dem Kamin. In schwarzen Jeans, schwarzem Pullover und schwarzer Jacke sah sie nach Ärger aus. Sie sah mich, sagte:

»Überraschung.«

Die Hitze glühte auf ihren Wangen und sie hatte richtig Farbe, als wäre sie erregt. Vielleicht war sie das. Sie sah die Flasche in meiner Hand, sagte:

»Ein-Mann-Party?«

»Ja.«

Sie stand auf. Mir war gar nicht klar gewesen, wie groß sie war. Ein Lächeln, als sie sagte:

»Keine gute Idee, allein zu trinken.«

»Woher wollen Sie das wissen?«

»Och, ich weiß es nun mal.«

Klug wäre gewesen, »Verduften Sie!« zu sagen.

Wann tat ich schon je was Kluges? Ich sagte:

»Mein Zimmer ist nicht so doll.«

Wieder das Lächeln. Und dazu:

»Wieso glauben Sie, ich hätte was Dolles erwartet?«

Die Aufzüge im Bailey's haben ihr Eigenleben. Das einzig Verlässliche an ihnen ist ihre Unzuverlässigkeit. Ich drückte auf den Knopf, sagte:

»Das kann jetzt ein bisschen dauern.«

»Hören Sie auf zu prahlen.«

Mrs Bailey lächelte uns von der Rezeption her zu. Ich nickte, und Kirsten sagte:

»Sie mag mich.«

Ich drehte mich um und sah sie an, sagte:

»Seien Sie sich da mal nicht so sicher.«

»Ich bin mir aber sicher. Ich habe daran gearbeitet.«

»Sie bringen also Menschen dazu, dass sie Sie mögen?«

»Nur manche Menschen.«

Ich konnte nicht widerstehen, fragte:

»Und was ist mit mir?«

»Das braucht keine Arbeit. Sie mögen mich bereits.«

»Darauf würde ich mich nicht verlassen.«

»Habe ich aber schon.«

Der Aufzug kam mit einem Knirschen von Metall. Ich zog die Tür auf, fragte:

»Wollen Sie's riskieren?«

»Ich bestehe darauf.«

Naturgemäß war der Aufzug mit zwei Fahrgästen überfüllt, und wir waren aneinandergequetscht. Ich konnte ihr Parfum riechen, fragte:

»Ist das Patschuli?«

»Ja.«

»Alte Hippies sterben nie.«

Sie sah mir in die Augen, sagte:

»Das ist entweder die Flasche, die da gegen mich drückt, oder Sie freuen sich mehr, mich zu sehen, als Sie zugeben wollen.«

Wahrscheinlich gibt es eine Antwort darauf. Ich hatte sie jedenfalls nicht parat.

»Es ist nicht ein willkürlicher Schluss Gottes, sondern in der Natur des Menschen begründet, dass ein Schleier die Dinge der Zukunft verhüllt; denn die Seele will uns keinen anderen Schlüssel zum Geheimnis geben als den von Ursache und Wirkung.«

Ralph Waldo Emerson, *Essays*, »Die Überseele«

Ich klickte den Fernseh an – einer dieser Momente, wenn schon nicht gottgegeben, dann doch zumindest gottbeseelt. Henry, in der 82. Minute, schoss einen großartigen Kopfball zum Führungstreffer gegen Spartak ein. Fast gleichzeitig mit meinem Einschalten haute er die Pille rein. Ich sagte, ehrfürchtig:

»Scheiße.«

Sie saß auf dem Bett, sagte:

»Was bedeutet, dass Sie sich freuen?«

»Aber ja.«

Sie überlegte kurz, sah auf den Bildschirm, sagte:

»Blöd für Leeds.«

»Hat Leeds verloren?«

»Ja.«

»Sie verfolgen Fußball?«

»Ich verfolge Männer.«

Schenkte mir ein Lächeln, das nicht zu entziffern war. Sie sah sich im Zimmer um, sagte:

»Ein bisschen karg.«

»Ich bin eher der schlichte Typ.«

»Nein, Jack, was Sie auch sind, schlicht sind Sie nicht. Sind Säufer nie.«

Ich hatte immer noch die Flasche in der Hand. Ihre Bemerkung hatte gesessen, weil sie die bittere Wahrheit war. Sie kriegte es mit, fragte:

»Ach, habe ich einen Nerv getroffen?«

Ich holte zwei Gläser aus dem Badezimmer, spülte sie, gab ihr eins, fragte:

»Was wollen Sie?«

»Einschenken.«

Ich schenkte ein.

Sie tätschelte das Bett, sagte:

»Seien Sie nicht schüchtern.«

Ich setzte mich auf einen Stuhl an der gegenüberliegenden Wand, erhob mein Glas, sagte:

»*Sláinte.*«

»Meinetwegen.«

Sie war zweifellos eine attraktive Frau.

Ich nahm einen Schluck von dem Whiskey. Ah, es war, als wäre ich nie weg gewesen. Kirsten fragte:

»Etwas lange her, was?«

»Ja.«

Ich haute den Rest runter, wollte, dass diese Wärme meinen Magen erreicht. Sie griff in ihre Tasche, zog einen kleinen durchsichtigen Zellophanbeutel heraus, sagte:

»Ich habe Ihnen ein Geschenk mitgebracht, falls Sie nicht trinken –, und falls doch, auch gut.«

Warf mir das Kokain zu. Ich unternahm nichts, um es zu fangen, ließ es auf den Fußboden fallen. Es schien ihr nichts auszumachen, und sie sagte:

»Erzählen Sie mir was von Koks.«

Das konnte ich, und ich sagte:

»Charlie und die Musikfabrik, nur zum Schluss ohne die Musik. Ich glaube, am besten gefällt mir George Clooneys Bemerkung: ›Es macht dich schön für die Party, nimmt dich aber nie mit hin.‹«

Sie verarbeitete das, dann:

»›Punding‹ müsste Ihnen ein Begriff sein.«

Ich wusste nicht, ob ich sie richtig verstanden hatte. Nachdem man eine Zeit lang Karenz geschoben hat, schlägt der Erste ein wie der Blitz.

»›Punding‹ … Nein, kenn ich nicht.«

»Man fängt was an und muss wieder zurück auf Los, immer wieder. Das ist die Wirkung von Kokain.«

Ich atmete aus, sagte:

»Aber das ist ja haargenau meine Lebensgeschichte. Bin ich also ein Pundit?«

Sie lachte laut heraus. Ein wunderbares Geräusch. Wenn eine Frau so lacht, ohne Hemmung, ohne sich darum zu scheren, wie es auf andere wirkt, ist sie wahrhaft liebenswert. Sie sagte:

»Erzählen Sie mir mehr.«

»Zu Anfang bringt Koks einen dazu, dass man sich liebt. Sich selbst. Das war für mich mal ein ganz anderer Vollrausch. Plus, es gibt einem einen ordentlichen Schuss Machtgefühl. Die Blutzufuhr der Augen wird gedrosselt, und man kriegt einen strahlenden Blick. Ich habe mal ein Interview mit Mick Houghton gesehen.«

Ich stand auf, spürte den Schnaps bereits in den Beinen, holte die Flasche, schenkte mir noch einen ein, bot Kirsten an. Sie sagte:

»Nein, ich brauche nichts. Wer ist Mick Houghton?«

»Er war der PR-Mensch für Echo and the Bunnymen, Julian Cope, Elastica.«

Sie sah mich zutiefst ungläubig an, und:

»Woher wissen Sie diesen ganzen Kram?«

»Das frag ich mich auch.«

»Mit Recht.«

»Auf jeden Fall hat er gesagt: ›Koks ist schlimmer als Heroin. Heroin bringt dich um, und Koks zerstört dich. Die Leute können sich H spritzen, bevor es sie umbringt, ohne dass die Karriere darunter leidet. Von Koks lässt sich das nicht sagen.‹«

Sie stand vom Bett auf, ging das Zellophan aufheben, sagte:

»Dies werden Sie also nicht brauchen?«

»Nein.«

Das Telefon klingelte. Ich nahm ab, sagte:

»Ja?«

»Jack, hier ist Cathy.«

Sofort war ich von Schuldgefühlen zerfressen, weil ich mich Jeff gegenüber wie Sau benommen hatte. Ich hoffte, dass man mir den Whiskey nicht anhörte. Ich sagte:

»Cathy.«

»Ich habe die Information, die du gewollt hast.«

»Das ist toll ... Das zahl ich dir natürlich.«

»Das glaube ich nicht.«

Ihre Stimme klang kalt, flach. Ich sagte:

»Ich war vorhin ein bisschen neben der Spur.«

»Was gibt's sonst Neues, Jack?«

»Ich komme morgen vorbei.«

»Brauchst du nicht. Ich habe den Umschlag bei Mrs Bailey gelassen.«

Klick.

Kirsten sagte:

»Liebesknatsch?«

»Eher nicht.«

Sie ging zur Tür, sagte:

»Ich hasse das, Trinken und Abhauen, wie Fahrerflucht, aber ...«

»Sie gehen?«

»Was haben Sie erwartet? Drinks und ein schneller Fick.«

Das Wort hatte ein harsches Echo im Zimmer. Ich versuchte, wieder mitzuspielen, fragte:

»Weshalb sind Sie hergekommen?«

Sie täuschte große Überraschung vor und sagte:

»Reine Neugier. Ich wollte sehen, wie weit Ihre Ermittlungen gediehen sind.«

Ich suchte verzweifelt nach einer sarkastischen Replik,

nach etwas angemessen Vernichtendem. Nichts kam, und sie sagte:

»Warum fragen Sie mich nicht einfach?«

»Was soll ich Sie fragen?«

»Ob ich meinen Mann umgebracht habe.«

Ich trank aus. Spürte, wie es sich hinter meinen Augen regte, fragte:

»Haben Sie Ihren Mann umgebracht?«

Sie stieß ein Lachen puren Entzückens aus, sagte:

»Ah ... Das würde doch die ganze Spannung verderben. Nur die Ruhe, Jack.«

Und weg war sie.

Ich stand mitten im Zimmer, rief:

»Was sollte das denn wohl?«

Die Flasche, drei viertel voll, stand auf der Kommode. Der letzte gesunde Menschenverstand sagte:

»Also, okay ... Du hast zwei Gläschen intus, nichts Böses passiert. Nichts richtig Böses. Geh ins Bett. Fang morgen früh von vorne an.«

Dies alles bedachte ich eine geschlagene Minute lang, dann sagte ich:

»Ach, scheiß drauf.«

Ich dachte an Raymond Chandler und daran, was er mal gesagt hatte:

> *Wie sagt man jemandem mit barschen Worten, dass er weggehen soll? Hau ab, verdufte, verpiss dich, schleich dich, mach die Mücke und so weiter. Alles gut und schön. Aber die klassische Formulierung, wie sie von Spike O'Donnell (einer der Brüder O'Donnell, der einzige kleine Trupp in Chicago, der dem Capone-Mob gesagt hat, er soll sich zum Teufel scheren, und*

der das überlebt hat) tatsächlich verwendet wurde, hat es wirklich. Er nämlich sagte: »Bleib verschollen.«

Alles, was ich über den weiteren Verlauf der Nacht sagen kann, ist, dass ich … ein Gedicht geschrieben habe.

Gott vergebe mir.

Das Whiskeytrinken hat mich in so viele dunkle Straßen geführt, mich in Situationen gebracht, die entsetzlich waren und mittelalterliche Kater nach sich zogen. Aber in unserer langen, bewegten Beziehung war ich noch nie so tief gesunken, dass ich Lyrik abgesondert hätte.

Erinnerte ich mich, wie ich sie zu Papier gebracht hatte?

'türlich nicht.

Das Geschreibsel bedeckte mehrere Seiten fleckigen Papiers. Glücklicherweise war es teilweise nicht zu entziffern, bloß unleserliche Kritzelei. Aber das Knochengerüst war da. Erinnern konnte ich mich daran, wie ich auf dem Bett saß und an meine Londoner Hochzeit dachte. Wir wurden auf einem Standesamt in Waterloo getraut. Wie passend ist das denn.

Unsere Hochzeitsnacht hatte in einem wilden Ehekrach geendet. Am nächsten Morgen kam ich wieder an die Oberfläche, zerbombt und allein in einem billigen Hotel bei den Arches.

Hier ist das Poem.

In all seinem nutzlosen Glanz.

Wertlos in Waterloo
Und glatt wie Seide
Die billigste Sorte, oben hui
Und wenig Inhalt
Ich hatte an frühen Getränken genippt
Dann bis später mal

Krauchte auf meinem Bett
Tuckerte langsam
Durch flachere Dosen Bieres
Und hatte unter verstreuten Socken
Dem zerknitterten Anzug
Ein Aspirin gejagt
Inmitten
Des Abfalls, fand
Deine verwirrenden Worte
Fallen gelassen
Fiel ich vom
Bett
Zum Abend
Dies … dies schwere Waterloo
Wenn die Kneipen öffnen vielleicht
Hinter einem Gin oder vier'n
Werd ich's wieder wagen
Forsch-und-munter
Durch dein Ehegelöbnis zu tanzen.

Fragte mich:

»Was zum Teufel ist das?«

Aber ich schmiss es nicht weg. Faltete es ordentlich und steckte es ins Vorwort vom *Jagdhund des Himmels* von Francis Thompson.

Wohin auch sonst?

Dann erst fielen mir meine Knöchel auf. Zerrissen und blutend. Ich hatte das Zimmer nicht verlassen. Heiland, ich betete, dass ich es nicht verlassen hatte. Mein Magen arbeitete, als hätte ich Batteriesäure getrunken. Ein Mistkerl von einem Kopfschmerz, Schweiß troff mir in die Augen, plus der allmächtige Durst. Ging zum Wassertrinken ins Badezimmer und löste ein Rätsel. Der Spiegel war zersplittert, da hatte wohl jemand Gewalt angewendet.

Hörte gelegentliches Stöhnen, bis ich merkte, dass ich es war, der gelegentlich stöhnte. Natürlich hatte ich in Klamotten gepennt. Stanken entsprechend. Riss sie mir vom Leibe und stieg vorsichtig unter die Brause. Drehte sie auf siedend heiß und brüllte wie ein reuiger Sünder. Blieb drunter, solang ich es aushielt. Mein Kopf dachte nicht etwa:

»Nie wieder trinken«,

sondern in ihm stand bereits das Abbild eines hellen kalten Bieres, Feuchtigkeitsperlen am Glas. Hörte, wie meine Tür geöffnet wurde und jemand reinkam. Mein hämmerndes Herz schaltete auf Overdrive. Wickelte mir ein Handtuch um, sah hinaus. Janet, das Zimmermädchen, älter als Mrs Bailey, weigerte sich aber, in Rente zu gehen. Jetzt stand sie inmitten des Abraums und schüttelte den Kopf.

Ich sagte:

»Janet, alles klar ... Ich werd aufräumen.«

»Aber, Mr Taylor, was ist passiert? Normalerweise sind Sie so ordentlich.«

Ich wollte schreien:

»Nun hauen Sie schon aus diesem Scheißzimmer ab. Sie warten auf eine Erklärung? Heiland, Sie sind hier die Putzbiene. Lassen Sie mich bloß in Frieden.«

Konnte ich es mir leisten, auf den Gefühlen eines weiteren Menschen herumzutrampeln, besonders auf denen dieser herzlieben Seele? Hatte mir einst einen Rosenkranz geschenkt. Jetzt wollte ich sie damit erwürgen. Stattdessen sagte ich:

»Kleine Feier. Arsenal hat Spartak geschlagen.«

Sie sah mich direkt an und sagte:

»Mr Taylor, Sie sind wieder ans Bier gegangen.«

Ernsthafte Wut kochte in mir, aber ich versuchte es mit:

»Nur ein paar Freunde zu Besuch gehabt, gar nicht mal übermäßig ausgelassen.«

»Das sagen Sie! Sehen Sie sich das Zimmer an.«

Das sah ihr so gar nicht ähnlich. Normalerweise hätte sie ein Erdbeben unkommentiert gelassen. Wenn man vor Kater stirbt, kriegt die ganze Welt einen Ständer. Ich sagte:

»JANET ... GEHEN SIE BITTE WEG.«

»Kein Grund, die Stimme zu erheben, Mr Taylor. Bin ja schließlich nicht taub.«

Und sie begann, sich rückwärts zu verziehen, hielt aber noch lange genug inne, um hinzufügen zu können:

»Ich werde zu Matt Talbot für Sie beten.«

Es gelang mir, eine halbe Tasse Kaffee zu trinken und mich nur einmal zu übergeben. Zog saubere Jeans und frisches weißes Hemd an. Jetzt sah ich aus wie verkatert mit was anderem an. An der Rezeption sagte Mrs Bailey:

»Ein Brief für Sie, Mr Taylor.«

Ich streckte die linke Hand aus, damit sie meine zerfetzten Knöchel nicht sah. Ich sagte:

»Er ist von Cathy.«

»Na, das ist mal ein reizendes Mädel.«

Mrs Bailey überlegte, verglich sie offenkundig mit Kirsten vom Abend zuvor, dann:

»Ich habe den Eindruck, Mr Taylor, dass Cathy ein wenig über Kreuz mit Ihnen ist.«

Was konnte ich sagen ...? Hinten anstellen?

Ich nickte, bestrebt, zerknirscht zu wirken. Fällt nicht schwer, wenn man sowieso gerade stirbt. Draußen stopfte ich mir den Brief in die Tasche, während mein Organismus drohte, sich erneut zu erbrechen.

DAS MAGDALENENSTIFT

Die Mädchen hatten sich unter dem Bettzeug aneinandergekuschelt, versuchten, sich warm zu halten und einander ein wenig schwachen Trost zu bieten. Sie hörten das Geräusch von Absätzen, und dann wurde das Bettzeug weggerissen. Die Frau, die sie Luzifer nannten, kreischte:

»Welch widernatürlichen Akt vollführt ihr Huren?«

Sie packte das erste Mädchen bei den Haaren und schlug ihm auf den Mund. Dann griff sie nach dem zweiten, zerrte es hinunter zu den Toiletten, steckte ihm gewaltsam ein Stück Seife in den Mund und sagte:

»Kau, kau, wenn du nicht die Tracht Prügel deines Lebens kriegen willst.«

Das Mädchen, von Tränen und Schreckensängsten blind, begann zu kauen.

Ich machte mich auf den Weg zum Great Southern Hotel. Ich kannte den Portier dort. Als ich durch die Drehtür kam, sagte er:

»Harte Nacht gehabt, Jack?«

»Ja.«

»Wir werden alle nicht jünger.«

Ich blätterte ihm ein paar Scheine hin, sagte:

»Bitte eine *pint* und einen Kleinen.«

Das Southern ist natürlich kein Frühlokal. Herr im Himmel, gottbehüte. Es hat eine große Eingangshalle mit abgetrennten Ecken. Wenn man der Heilung in stiller Abgeschiedenheit bedarf, gibt es nichts Besseres.

Hatte mich gerade auf einen riesigen Sessel gefläzt, als ein Mann erschien. Ich dachte, es wären meine Getränke. Nein ..., es war Brendan Flood. Er sagte:

»Ich habe Sie hereinkommen sehen.«

»Jetzt nicht ... okay?«

»Ich habe die Information, die Sie benötigen.«

Ich wollte schon gegen den Umschlag patschen und

»Ich auch«

sagen, aber er setzte sich hin.

Was ich am meisten nicht wollte, war, dass er mich saufen sieht, noch dazu morgens gleich als Erstes. Alles war den Bach runter. Der Portier kam und schien überrascht, weil ich Gesellschaft hatte. Unser aller Augen waren fest auf das Tablett mit den Getränken gerichtet. Bevor ich mit irgendeiner lahmarschigen Geschichte angeschissen kommen konnte, sagte Brendan:

»Für mich das Gleiche.«

Der Portier bedachte uns mit einem konfusen Blick, fragte:

»Die Herren feiern was?«

Brendan schnappte:

»Bringen Sie einfach die Getränke.«

Der Portier schlich davon, und ich fragte Brendan:

»Ernsthaft jetzt?«

Er nickte, und ich fasste nach:

»Sie trinken?«

Er starrte mich an, sagte:

»Ich glaube nicht, dass Sie der richtige Mann sind, Gegenbeschuldigungen vorzubringen.«

»Ich meine ja auch nur ... Ich bin überrascht.«

Der Portier kehrte zurück, Brendan legte eine unordentliche Ansammlung von Geldscheinen auf das Tablett und sagte:

»Stimmt so.«

Falls der Portier dankbar war, so ließ er sich dies nicht anmerken. Brendan griff sich den Kurzen, verschluckte ihn und schickte den größten Teil der *pint* hinterher. Er lehnte sich zurück, schloss die Augen, sagte:

»Dies ist jetzt der beste Teil.«

Wer war ich, das zu bestreiten? Genau *so* konsumierte ich mein Getränk auch, bis auf die Nummer mit den geschlossenen Augen. Ich sehe es immer gern kommen. Ein überwältigender Schmachter auf Nikotin setzte ein. Man öffnet einer Sucht das Tor, und die ganze Eskorte galoppiert hinterher. Brendan griff sich in die Tasche, holte eine Packung Major heraus. Die beglaubigten Sargnägel. Von Robbie Coltrane in *Für alle Fälle Fitz* bestens eingeführt.

Er schüttelte eine los, zog eine Schachtel Küchenzündhölzer hervor und steckte sie an. Ich fragte:

»Kann ich?«

In Rauch gehüllt, winkte er mit einer Hand, ja. Die Zigarette fühlte sich merkwürdig an in meinem Mund, und die ersten paar Züge waren wi-der-wär-tig. Ich drückte sie aus. Er schenkte mir ein bösartiges Grinsen, sagte:

»Der erste Schlag ging ins Gebüsch und kann nicht gewertet werden. Der erste Zug schmeckt immer scheiße, aber in Nullkomma paffen Sie wie Henker.«

Ich bestritt wieder nichts. Meine eigene traurige Existenz war Beweis genug für seine Theorie. Ich wartete einen Takt lang, sagte:

»Was ist passiert, Brendan?«

Er atmete tief ein und sagte:

»Das Magdalenenstift ist passiert.«

Ich ließ ihm Zeit, drängte ihn nicht, schließlich fuhr er sich mit den Fingern durchs Haar und fing an:

»Ich habe eine Frau im Claddagh gefunden, die eine der Insassinnen war. Zuerst wollte sie nicht darüber sprechen, aber dann hörte sie, dass ich zu Gebetsgruppentreffen gehe, und sie willigte ein zu reden. Als Erstes sollten Sie wissen, dass diese Frau entsetzliche Angst hatte. Die Wäscherei ist seit Jahren geschlossen, aber das alles lässt sie immer noch nicht los. Da war eine Frau, die die Mädchen Luzifer nannten, eine Laiin, die die Nonnen als Aushilfe eingestellt hatten. Sie war der fleischgewordene Teufel, schlug die Mädchen, rasierte ihnen den Schädel, entlauste sie.«

Er hielt inne, zündete sich eine Lulle an, und ich sah, wie seine Hand zitterte. Er fragte:

»Haben Sie eine Ahnung, wie man einen Körper von Flöhen befreit?«

»Nein, keine.«

»Hatte ich auch nicht, aber jetzt werde ich es nie mehr vergessen. Man taucht den oder die Betreffende in siedend heißes Wasser und gießt dann Karbolsäure hinein; man muss richtig vorsichtig sein, damit man der Kreatur nicht bei lebendigem Leibe die Haut abzieht. Ich glaube, das brennt wie sonst was. Luzifer war eine Expertin bei der Dosierung und entzückt von der ganzen Prozedur. Sie sagte den Mädchen Tage vorher Bescheid, damit sie ordentlich Angst kriegen konnten. Nicht alle Mädchen waren ledige Mütter; manche wurden wegen Ungehorsams gegenüber den Eltern da weggesperrt. In einer Ära bitterer Armut bedeutete das, man hatte ein Maul weniger zu stopfen. Meine Zeugin erinnert sich an zwei Mädchen, die befreundet waren. Eine war wegen unerwünschter Schwangerschaft da, aber die andere hatte man einfach des Diebstahls bezichtigt. Die beiden wurden von Luzifer mit besonderer Hingabe gequält, sie sagte ihnen, Gott habe sie aufgegeben – und dabei war alles, was die beiden Mädchen noch hatten, ein schlichter Glaube. Den brachte die Teufelin systematisch ins Wanken. Sie benutzte eine stumpfe Schere, um der einen die Locken abzuschneiden, und verbot der anderen, sich zu waschen, bis sie zum Himmel stank, wenn Sie das Wortspiel entschuldigen möchten. Diese Mädchen hatten nur einander, keine Hoffnung auf ein späteres Leben, jeden einzelnen Tag nur Elend, und wenn man sie trennte, waren sie verdammt. Luzifer ging noch einen Schritt weiter und machte der einen weis, dass die andere sie verraten hätte. Das Mädchen erhängte sich ein paar Tage später. Mit ihrem konstanten Hohn und Spott brachte die Frau die andere dazu, dass sie das Bleichmittel trank, das in der Wäscherei verwendet wurde. Wenn Sie je jemanden gesehen haben, der Bleiche getrunken hat, vielleicht in Ihrer Zeit als Polizist, werden Sie wissen, dass es Tage äußerster Qual dauert, bis man stirbt. Fünf Tage lang unter den entsetzlichsten Bedingungen zu sterben, während Luzifer einem erzählt, dass die Feuer der Hölle, in denen die Freundin bereits schmorte, zum Empfang geschürt wurden.«

Der Schweiß rann ihm von der Stirn, und er wandte sich mir zu, starrte mich an, fragte:

»Wissen Sie, was diese beiden Unschuldigen waren?«

»Nein.«

»Märtyrerinnen, echte Märtyrerinnen, um der Liebe willen unter Qualen gestorben. Märtyrerinnen der hl. Magdalena. Und wenn ich meinen Scheißglauben an irgendwas noch hätte, würde ich für die armen Seelen beten. Diese Nonnen in dem Stall, wissen Sie, warum sie die Mädchen so sehr hassten? Das ist nur meine eigene Theorie, aber sie funktioniert: weil diese Mädchen das eine erfahren hatten, was sie nie kennenlernen würden, Sex ... oder, wenn Sie drauf bestehen, Liebe.«

Brendan sagte:

»Ich brauche noch was zu trinken, aber ich glaube nicht, dass ich diesen Portier noch mal ertragen würde.«

Dann war er aufgestanden und gegangen. Ich wusste nicht, ob er zurückkommen würde.

Er kam zurück, und er trug ein Tablett, das vor lauter Getränken nur so blitzte und blinkerte. Genug, um eine kleine Rugby-Mannschaft knülle zu kriegen. Ich sagte:

»Das hat gekostet.«

Er setzte sich schwer hin, sagte:

»Ist doch nur Geld, wen soll das scheißenocheins was scheren?«

Ich hatte ihn nie fluchen hören. Dies war der Mann, der an Gebetstreffen teilnahm, auf denen sie in Zungen sprachen. Ein Mann, der mich schalt, wenn ich auch nur »verdammt« sagte. Er fegte sich weiteren Schnaps rein, rülpste, sagte:

»Ich bin im Arsch.«

Ich wartete. Er zündete sich eine weitere Major an, sagte:

»Meine Frau hat mich verlassen.«

»Oh.«

Ich wollte sagen: »Hey, meine mich auch«, hatte aber den

Eindruck, dass er sich nicht groß identifizieren wollte, und wartete. Er sagte:

»Sie ist nach England gegangen und dann zurückgekommen. Sie ist im Haus, spricht aber kein einziges Wort mit mir.«

Ich versuchte, irgendeine Plattitüde zu finden, fand keine. Er fuhr fort:

»Nachdem ich bei der Polizei aufgehört hatte, wusste ich nicht mehr weiter. Sie wissen, wie es ist, Jack ..., jawoll.«

Ich nickte.

»Wie Sie, Jack, hätte ich ein Suffkopp werden können, aber ich wurde gerettet. Gott sprach zu mir. Die Leere in mir wurde ausgefüllt.«

Dann verstummte er, trank weiter. Also fragte ich:

»Sie waren glücklich?«

»Glücklich! Ich war verdammtekacke in Ekstase. Wie im Dauer-High.«

Getränk, und:

»Aber in letzter Zeit, alles, was ich so sehe, die Grässlichkeit des Lebens, der elende, ekelhafte tägliche Trott im Leben der meisten Menschen ... Da begann mein Glaube abzuebben. Ich habe das Licht gesehen und sehe jetzt wieder schwarz. Wie kann man an einen Gott glauben, der diese Mädchen sterben lässt?«

Ich nahm mir eine Lulle, und, ja, die zweite war gar nicht übel. Ich sagte:

»Vielleicht ist es nur eine Phase ... Wissen Sie, vielleicht kommt Ihr Glaube ja zurück.«

Er schüttelte heftig den Kopf, spuckte beinah:

»Nee, mit alledem bin ich durch. Die Gebetsgruppe, wo ich immer hingegangen bin, alles Heuchler.«

Zorn ging von ihm in Wellen aus. Er sagte:

»Dann das Magdalenenstift. Ich habe angefangen, für Sie zu ermitteln. Was diesen armen Frauen angetan wurde, wie Sklaven behandelt, und das im Namen der Religion. Mein Rat an Sie ist, lassen Sie die Finger davon. Es wird Sie ebenfalls verderben.«

Ich holte Cathys Umschlag heraus, öffnete ihn, und auf dem Zettel stand:

Rita Monroe
17 Newcastle Road

Keine Telefonnummer, keine Verwandten herausgefunden.

Bevor ich das mitteilen konnte, erschien ein Mann im Cutaway und sagte:

»Meine Herren, ich muss Sie leider bitten, einen anderen Ort zur Einnahme von Getränken mit Ihrer Anwesenheit zu beehren.«

Brendan blickte auf. Besoffen und voll Kampfeslust fragte er:

»Wer sind Sie denn, scheißenochmal? Und wo haben Sie den Scheißanzug her?«

»Bitte, ich muss Sie ersuchen, die Stimme zu senken. Unsere Gäste sind ihn nicht gewohnt, diesen frühmorgendlichen ... Überschwang.«

Brendan stand auf, rief:

»Wir waren mal ... Polizisten.«

Ich packte ihn am Arm, sagte:

»Kommen Sie, ich weiß was, wo wir hingehen können.«

Er holte nach dem Geschäftsführer aus, der sich duckte, und es gelang mir, Brendan auf die Straße zu zerren. Die frische Luft haute bei ihm rein wie die Offenbarung, er taumelte und sagte:

»Vielleicht etwas Kaffee.«

»Gute Idee.«

Ich nahm ihn mit zurück ins Bailey's. Drückte ihn auf einen Sessel.

Mrs Bailey kam herüber, fragte:

»Was ist mit ihm geschehen?«

»Schlechte Neuigkeiten.«

»Verstehe.«

Aber sie verstand nicht. Sie verstand nur, dass dieser Mann wüst besoffen war. Ich sagte:

»Wenn ich etwas Kaffee kriegen könnte ... Und dann vielleicht ein Taxi.«

Sie sah uns noch einmal gründlich an und ging dann. Brendan fragte:

»Sind wir in Dublin?«

»Was?«

»Nur Spaß gemacht. So weit hinüber bin ich nicht.«

»Sie haben versucht, dem Geschäftsführer vom Southern eine zu scheuern.«

»Das war nicht der Suff; das war zwingende Notwendigkeit.«

Es schien ihm besser zu gehen. Vom Kaffee war nichts zu sehen. Ich fragte:

»Und Sie, meinen Sie, Sie schaffen es?«

»Was glauben Sie, Jack?«

Ein schrecklicher Gedanke kam mir, und ich fragte:

»Brendan, Sie würden doch nichts, Sie wissen schon ... Dummes anstellen?«

»Sie meinen, mich umbringen?«

Ich nickte, und er sagte:

»Dantes zweiter Kreis der Hölle ist für Selbstmörder reserviert.«

»Ist das eine Antwort?«

Er berührte mich an der Schulter, sagte:

»Jack.«

»Vielleicht möchte ich, dass Sie mir Ihr Wort geben.«

Er antwortete nicht, Mrs Bailey kam und sagte:

»Ich habe ein Taxi gerufen.«

Brendan stand auf, sagte:

»Ich nehme an, das bedeutet, dass unsere Sitzung vorüber ist.«

»Ich komme mit, wenn Sie möchten, leiste Ihnen Gesellschaft.«

»Nein, alles prima.«

Und weg war er.

Mrs Bailey, die hinter mir stand, sagte:

»Ich hatte den Kaffee nicht vergessen, aber davon kriegt man nur einen Betrunkenen, der hellwach ist.«

Ich hatte keine Antwort für sie. Zumindest keine gesittete. Ging hinauf auf mein Zimmer und kollabierte auf dem Bett, war in Sekunden weg.

Ich träumte, ich gehe zu Zhivago Records. Declan, natürlich, bediente und verkaufte mir sämtliche bisher erschienenen Aufnahmen von REM. Echter Albtraum. Hinter dem Ladentisch war ein Mädchen mit geschorenen Haaren, und sie fragte mich, wo man Bleichmittel kaufen kann. Als der Traum zu flackern begann, hörte ich, ich schwör's, wie Stipe »Losing My Religion« sang.

»Der Unterschied zwischen einem Alkoholiker und einem Säufer ist, dass ein Alkoholiker seine Fehler für echt und seine Tugenden für gefälscht hält. Ein Säufer behält seine Tugenden für sich und legt andere mit seinen Schwächen lahm.«

Phyl Kennedy, *Where am I now – when I need me?*

Die nächsten paar Tage waren die Hölle persönlich. Ein ganz erlesener Kater. Meist auf, unter, quer über dem Bett verbracht. Und stetig rief der Schnaps:

»Komm, wir bringen dich in Ordnung.«

Jawoll.

Einmal, als ich zu mir kam, hatte ich das Bettlaken als Schlinge um den Hals. Wollte und wollte das nicht analysieren. Auf dem Sekretär stand ein kleines Foto. Halluzinierte ich? Blinzelte zweimal, es blieb aber da. Näherte mich langsam. Es war ein Mann im billigen Tweed-Anzug, das Leiden stand ihm in großen Lettern ins Gesicht geschrieben. Unten las ich:

»Matt Talbot.«

Kroch zurück ins Bett, nachdem ich das Foto mit der Vorderseite nach unten hingelegt hatte. Als ich wieder mal auftauchte, war es weg. Nie würde ich Janet danach befragen. Konnte nur hoffen, dass sie dahintersteckte ... *DENN ANDERNFALLS ...?!*

Am dritten, vierten Tag, schwach wie ein Kätzchen, duschte ich, zog frische Klamotten an. Ich fühlte mich zerbrechlicher als ein Geflüster. Stramm nichts anderes als Whiskey im Kopf, machte ich mich zu einem Café am Prospect Hill auf. Bestellte Rührei, Toast und Tee. Der Tisch verschwamm mir vor Augen, und Schweiß lief mir am Körper herunter. Wenn ich nur etwas Nahrung zu mir nehmen konnte ...

Monate zuvor, bei meinem letzten Fall, war ich heftig mit Koks zugange gewesen. Dann war es aufgebraucht, und ich schob Panik. Cathy kannte aus ihrer Punkzeit noch alle Drogenbarone. Ich hatte unsere Freundschaft schwer belastet und von ihr den Namen eines Dealers bekommen. Verpasste unserer Beziehung eine ernste Delle, aber Koks kennt keine Loyalität.

Ich war zu »Stewart« gegangen und hatte den Handel abgewickelt. Er war alles andere als typisch. Wohnte in einem adretten Haus beim College, und wenn er an irgendwas erinnerte, dann an einen Banker. Er blieb im Geschäft, erfolgreich, unverknackt und unbekannt, weil er nicht auffiel.

Ich schob das Frühstück beiseite, konnte nicht essen. Die Kellnerin fragte:

»Hat was nicht gestimmt?«

Nichts hatte gestimmt, bis auf das Essen. Ich schob sogar den Tee beiseite, sagte:

»Doch ... Ich fühl mich nicht so gut.«

Sie bedachte mich mit einem mütterlichen Lächeln, sagte:

»Das wird das Bauchgrimmen sein, die ganze Stadt hat es.«

Ich ging zum Kanal, immer abwechselnd heiß und kalt, und betete, dass Stewart zu Hause war. Klopfte an die Tür, wartete eine Minute lang, dann machte er auf und sagte:

»Ja?«

»Stewart, ich weiß nicht, ob Sie sich an mich erinnern?«

Die scharfen Augen öffneten sich, dann:

»Cathys Freund ... Sagen Sie nichts ... Sie sind John Taylor.«

»Jack.«

Man muss sich fragen, ob man möchte, dass Drogendealer sich daran erinnern, wie man heißt. Er sagte:

»Kommen Sie rein.«

Das Haus war makellos, wie eine Sehenswürdigkeit. Stewart trug eine gebügelte Kakihose, ein weißes Hemd, einen lose geknoteten Schlips. Er bot mir einen Stuhl an, fragte:

»Tee, Kaffee, Pharmazeutika?«

»Sie hätten nicht zufällig eine Zigarette?«

Die alte Gier kam plötzlich wieder an die Oberfläche. Er lachte dosiert, sagte:

»Da wäre der Laden an der Ecke wohl eher das Gegebene. In diesem Haus darf nicht geraucht werden.«

Na klar, an der Wand war ein Abziehbild mit

SMOKE FREE ZONE

drauf.

Ich sagte:

»Nicht Ihr Ernst.«

»Miese Angewohnheit.«

»Stewart, Sie sind Drogendealer ... Ich meine ...«

Er hob einen Finger, sagte:

»Ich bin Geschäftsmann. Selbst gönne ich mir nichts.«

»Sie haben da einen Satz reichlich flexibler Moralvorstellungen, Meister.«

Er breitete die Handflächen aus, sagte:

»Für mich funktioniert's. Aber ich glaube nicht, dass Sie vorbeigeschaut haben, um eine Ethikdebatte zu führen, stimmt's?«

»Nein, Sie haben recht. Ich brauche ein paar härtere Beruhigungsmittel. Ich habe echte Schmerzen.«

Er legte den Kopf schief, wie ein Arzt, fragte:

»Was haben Sie eingenommen, beziehungsweise: was haben Sie eingenommen, was Sie gegen sich eingenommen hat?«

»Sehr schön ausgedrückt. Ich bin sozusagen im Arsch.«

»Ebenfalls sehr schön ausgedrückt. Ich werde mir den Fachausdruck merken. Bitte um Entschuldigung.«

Er ging in den ersten Stock. Ich sah mich um. Hätte es eine Kredenz mit geistigen Getränken gegeben, hätte ich sie eingenommen. Im Sturme. Als er zurückkam, trug er eine Aktentasche und fragte:

»Wie viel planen Sie auszugeben?«

»So viel wie nötig.«

Großes Lächeln, Geldlächeln, kein Gute-Laune-Lächeln. Er legte eine Reihe kleiner Plastikfläschchen auf den Tisch, sagte:

»Sie werden rote, blaue, gelbe und schwarze Wirkstoffkapseln bemerken.«

»Dem persönlichen Bedarf angepasst?«

Sah mich irritiert an, sagte:

»Sie täten gut daran, aufzupassen.«

»Ich werd's versuchen.«

»Rot sind hochwirksame Schmerzkiller, die gelben sind mega-beruhigend, blau sind Quaaludes, und schwarz ...«

Ihm entfuhr ein tiefer Seufzer der Bewunderung, dann fuhr er fort:

»... sind die Schwarzen Schönheiten!«

Ich fragte:

»Könnte ich ein bisschen Wasser kriegen?«

»Jetzt?«

»Nein, nächsten Dienstag ... Kommen Sie schon.«

Als er das Wasser holen ging, schnippte ich den Deckel von den roten Kapseln ab und schluckte zwei trocken runter. Er kam mit dem Wasser zurück, und ich stürzte es herunter, wobei mir die Hand zitterte wie ein Wimpel. Er sagte:

»Ich rate jedenfalls bei allen zu extremer Vorsicht.«

»Wie der Beipackzettel.«

Er holte einen winzigen Taschenrechner heraus, addierte, hielt mir das Ergebnis hin. Ich sagte:

»Heiland, da brauche ich die Mega-Beruhigungsmittel.«

Ich legte ein hübsches Häufchen Scheine hin, und er sagte:

»Für Barzahler gibt es von mir als Skonto eine kleine Überraschung.«

»Ich bezweifle, dass es gute Laune ist.«

Er zog eine kleine braune Flasche hervor, fragte:

»Was wissen Sie über SKV?«

»Schwere Körperverletzung?«

»Nicht in dem Sinne. Es wird auch ›E flüssig‹ genannt und ist ein Schmerzkiller. Innerhalb von zwanzig Minuten nach Einnahme werden Bewegungen, Feinmotorik, Sehvermögen und Gehirnleistung eingeschränkt. Hemmungen, Klamotten, Selbstkontrolle gehen flöten. Es stößt aber nicht so zu wie das eigentliche E. Wollen Sie wissen, wie bei den Chemikern die Entdeckung von ›E flüssig‹ abgelaufen ist, wenn Sie gütigst das Wortspiel entschuldigen?«

Er hatte ein fieberhaftes Glitzern in den Augen. Jetzt wusste ich, in welcher Welt er lebte … in der Pharmazeutik. Ich sagte:

»Lassen Sie's laufen, solang ich noch flüssig bin.«

»Zuerst wurde es als experimentelles Anästhetikum und Geburtshilfemedikament hergestellt. Es entspannt die Muskeln. In Amerika wurde es leider verboten, weil es zu Schlaganfällen führte. Dann wurde es mit Rohypnol in Verbindung gebracht, der Vergewaltigerdroge. Sein großes Plus ist der Morgen danach. Munter und hellwach ist man dann.«

»Es gefällt mir jetzt schon.«

Er hielt das Fläschchen hoch, sagte:

»Und nun zum Downer. Bei Überdosierung können Sie ins Koma fallen. Richtig genommen, verleiht er Ihnen Euphorie und Libido. Hören Sie gut zu … Hören Sie überhaupt zu?«

Die zwei roten, die ich mir eingepfiffen hatte, konnten unmöglich bereits zugeschlagen haben, aber ich war definitiv auf dem Wege der Besserung, sagte:

»Ich lausche gebannt.«

»Okay, hier sind die Regeln. Nie zusammen mit Alkohol oder irgendwelchen anderen Drogen. Immer die richtige Dosis nehmen. Vierzig Minuten zwischen den Einnahmen warten. Jemandem Bescheid sagen, was man vorhat. Unter gar keinen Umständen Auto fahren.«

»Kapiert.«

»Sind Sie sicher?«

»Jawoll.«

Er legte das Fläschchen zu den anderen Schätzen. Er lehnte sich zurück, sah mich lange an, und ich sagte:

»Was?«

»Wissen Sie, Jack ... Sie haben doch nichts dagegen, wenn ich Sie Jack nenne?«

»So heiße ich; aber übertreiben Sie's nicht.«

Seine Augen leuchteten auf, und er sagte:

»Sagen Sie nichts ... Das sagt Robert De Niro zu Ed Harris in ... Scheiße, wie heißt der Film noch mal?«

Die Pillen hatten vollsämig ihre Wirkung entfaltet, und ich erwärmte mich schon fast ein bisschen für ihn. Weil mir der Film auch nicht einfiel, lächelte ich rätselhaft. Er sagte:

»Okay, schon gut, irgendwann kommt's. Jedenfalls wollte ich sagen, dass ich, trotz Ihrer großen Klappe, und wenn ich ›große Klappe‹ sage, meine ich ›große Klappe‹, eine schleichende Hochachtung vor Ihnen empfinde.«

Ich war jetzt Full Tilt und angezählt und sagte:

»Freut mich zu hören.«

Er sprang auf und sagte:

»Werd Ihnen sagen, was ich machen werde.«

Ich wartete. Scheiße, mir ging es so gut, ich hätte eine Woche gewartet. Er sagte:

»Ich werde Sie viken.«

Ich wusste nicht, ob das was mit Sex war oder ob ich mich schlicht verhört hatte. Er machte:

»Vicodin ist ein rezeptpflichtiger Schmerzkiller. Vicodin hat Matthew Perry in der Reha gehalten.«

»Wen?«

»Sie kennen *Friends* nicht?«

»*Buffy* habe ich gesehen.«

Er wischte es beiseite, fuhr fort:

»Es ist die bevorzugte Rapper-, Rocker- und A-Promi-Droge. Eminem hat sich den ovalen Umriss auf den Arm tätowieren lassen. Er hat sogar ein Vicodin-Logo auf ›Slim Shady‹.«

Ich hatte keinen Schimmer, worum es ging, das aber auf sehr angenehme Weise. Also weiter:

»Ein amerikanischer Psychologe hat den durchschnittlichen Vico-Konsumenten als jemanden charakterisiert, der mit allen Attributen des heutigen ökonomischen Gewinners ausgestattet ist ... agiler Problemlöser und Systeme-Anwender. Schweinemäßig schwer, Nachschub zu beschaffen, aber ich erwarte in Kürze eine Lieferung und setze Ihren Namen auf die Liste.«

»Danke, Stewart.«

Er starrte mich an, und ich nahm an, es wäre Zeit zu gehen. Ich stand auf, wäre am liebsten davongeglitten, sagte:

»War nett.«

»Wir bleiben in Verbindung, Jack, wegen der Vico-Vibes.«

»Alles klar.«

Er steckte meine Einkäufe in eine Tüte von McDonald's und ließ mich hinaus. Weil ein schmerzfreier Spaziergang einfach mal ganz was anderes war, machte ich mich auf den Weg zum River Inn. Weit und breit gibt es da keinen Fluss, und der Kanal ist zwei Meilen entfernt. Ich war erst einmal da gewesen. Ich setzte mich ans Fenster, und ein Mädchen in den Zwanzigern näherte sich, sagte:

»Wiegehtswiestehts?«

»Toll.«

»Was darf ich Ihnen bringen?«

»Kaffee.«

Ich brauchte nichts zu saufen; ich wollte nicht mal was, wollte mich nur im Schimmer der Drogen aalen. In der Nähe saß ein Mann, in ein Buch vertieft. Er sah auf und nickte. Mit meiner frischen Bonhomie fragte ich:

»Was lesen Sie denn da?«

»*The Assassin's Cloak*, von Alan Taylor.«

»Krimi?«

»Um Gottes willen, nein. Das ist eine Anthologie von Tagebuchschreibern. Man liest eine Eintragung pro Tag. Da sind sie alle drin, von Pepys bis Virginia Woolfe.«

»Gut?«

»Brillant. Ich habe ein paar Tage geschlampt, und jetzt gönne ich mir, eine ganze Woche nachzuholen.«

Und dann fiel mir Rita Monroe wieder ein. Kramte in meinen Taschen und fand ihre Adresse. Ich war praktisch in der Nachbarschaft. Draußen spürte ich, wie mich eine zweite Welle der Hochstimmung anbrandete. Ich schlenderte am Krankenhaus vorbei.

Fand das Haus ohne Schwierigkeit. Ein vorübergehender Franziskaner starrte mich an, und ich machte die McDonald's-Tüte dafür verantwortlich. Mit meinem letzten Franziskaner hatte ich vor der Abtei gesprochen. Beim Café con leche. Ich war hineingegangen, um eine Kerze anzuzünden. Als Kind hatte ich gelernt:

»Eine Kerze ist ein Gebet in Aktion.«

Hat einmal bei mir geklappt.

Die Menschen, die ich am meisten geliebt und am schlechtesten behandelt habe, sind alle tot, liegen ganz nah beieinander auf dem Friedhof von Rahoon. Das Besuchen von Gräbern ist in Irland ein geachteter und weithin beachteter Brauch. Ich meine, gibt es etwa einen »Friedhofssonntag« in London?

Ende meiner Ausführungen.

Ich bin schandbar pflichtvergessen. Geh selten nur und selt'ner noch dorthin. Kann nicht geltend machen, ich hätte es vorgehabt, denn ich hatte es nie vor, damals nicht und jetzt nicht. Deshalb versuche ich es heimlich gutzumachen. Daher die Kerzen, wie vorgefertigte Reparationen. Einer meiner Lieblingskrimiautoren, Lawrence Block, hat vierzehn Matt-Scudder-Romane geschrieben. Der Held, in den ersten Büchern ein hoffnungsloser Suffkopp, wird in den späteren zum genesenden Alkoholiker, der Augustinus zitiert. Die frühen mag ich am liebsten. Matt gibt, sobald er zu Bargeld kommt, sofort den Zehnten aus. Jede Kirche kriegt einen ausgegeben, die Katholiken bekommen allerdings den Löwenanteil.

Ich hatte etwas Geld in den Opferstock gestopft und stand vor der Kirche, als der Mönch sich näherte. Ein beißend frostiger Tag. Ich bemerkte seine roten Zehen in den offenen Sandalen. Er sagte:

»Gut für den Kreislauf.«

Dann starrte er mich intensiv an. Ähnliches hatte ich bei der Polizei gelernt. Es ist nicht schiere Einschüchterung, aber ein naher Verwandter. Er sagte:

»Sie sind nicht aus dieser Gemeinde.«

»Nein, St. Patrick.«

Er runzelte die Stirn, St. Patrick war eindeutig Ramsch, fragte:

»Und was verschafft uns heute den Segen Ihrer Anwesenheit?«

Am liebsten hätte ich gesagt:

»Verpiss dich«,

aber er hatte keine Socken an, also sagte ich:

»Hatte in der Nähe zu tun.«

Zu meiner Zeit hatte ich mir in den besten Kneipen Lokalverbot eingehandelt. Konnte nur hoffen, dass das nicht auf Kirchen ausgedehnt wurde. Der Trick bei der Konversation mit Priestern ist einfach. Nie überrascht sein. Sie folgen nicht den üblichen Regeln. Dieser Typ war keine Ausnahme, sagte:

»Wissen Sie, welche beiden Männer ich am meisten bewundere?«

Ich dachte kurz, gleich stimmt er Don McLeans Song mit »The Father, Son and Holy Ghost« an. Ich versuchte, interessiert zu wirken, fragte:

»Wen?«

»Charles Haughey und Eamonn Dunphy.«

»Merkwürdiges Gespann. Ich hätte gedacht, dass der hl. Franziskus wenigstens eine kleine Chance kriegt.«

Ein Auto hielt, und er sagte:

»Da ist mein Taxi.«

Und weg war er.

All dies ging mir durch den Kopf, als ich bei Rita Monroe auf die Klingel drückte. Das Haus war sauber, ordentlich, ehrbar. Zwei Stockwerke mit duftigen Tüllgardinen. Noch aus ihrer Zeit in der Wäscherei, dachte ich. Die Tür ging auf. Eine große dünne Frau mit stahlgrauem Haar, zu einem strengen Dutt gebunden. Ich schätzte sie auf siebzig, aber sie war sehr gut erhalten. Ein Gesicht fast ohne Falten. Sie hatte sich Spuren einer eindrucksvollen Schönheit bewahrt. Sie hätte Stationsoberschwester sein können. Sie fragte:

»Ja?«

»Rita Monroe?«

»Ja.«

»Ich bin Jack Taylor, äh, ich ...«

»Sind Sie Polizist?«

»Ja.«

»Treten Sie ein.«

Führte mich in ein karges Wohnzimmer. Nüchtern, bis auf die Bücher, Tausende, überall, wo nur möglich, sauber aufgereiht. Sie sagte:

»Ich lese gern.«

»Ich auch.«

Sah mich seltsam an, und ich sagte:

»Polizisten lesen durchaus auch.«

Sie sah rasch auf meine braune Papiertüte, verwirrt, fragte:

»Sie haben Ihr Mittagessen mitgebracht?«

Was zum Teufel, dann log ich eben. Sagte:

»Wir müssen uns was zu futtern suchen, wo wir können.«

Ich habe nie einen leibhaftigen Feldwebel der Marineinfanterie kennengelernt, aber ich kann ihn mir lebhaft vorstellen. Sie hatte die richtigen Kommiss-Augen, sagte:

»Ich dachte, sie schicken eine Uniform.«

Ich musste aufpassen. Sie dachte, ich wäre ein Zivilbeamter. Beschloss, mich verstärkt auf Intuition zu verlassen, sagte:

»Mrs Monroe.«

»Ms.«

»Entschuldigung?«

»Die korrekte Anrede für eine Dame unbekannten Familienstands lautet ›Ms‹.«

Während sie dies sagte, kam sie mir total schwachsinnig vor, und ich hätte fast gerufen:

»Olle Jungfer!«

Mit meinem interessiertesten, Korrektur: betroffensten Gesichtsausdruck fragte ich:

»Ms Monroe, würden Sie mir bitte ... mit Ihren eigenen Worten ... sagen, warum Sie uns angerufen haben?«

Tiefer Seufzer. Die einzige andere Frau auf Erden, die diese Scheiße so überzeugend durchziehen konnte, war meine Mutter. Tatsächlich fiel es mir schwer, diese Person als den »Engel vom Magdalenenstift« zu sehen. Immerhin hatte Bill hartnäckig darauf bestanden, wie viel Mitgefühl sie aufgebracht hatte. Sie sagte:

»Bei mir ist jetzt zum dritten Mal eingebrochen worden.«

Dann verstummte sie, und dann sagte sie:

»Müssten Sie sich nicht Notizen machen?«

Doch. Müsste ich.

Ich patschte mir an die Stirn, sagte:

»Geht alles hier rein.«

Das kaufte sie mir nie im Leben ab, sicherheitshalber soufflierte ich: »Also dreimal?«

»Ja, einmal am helllichten Tage.«

Sie zog eine angewiderte Grimasse, sagte:

»Beim dritten Mal ... haben sie sich auf die Auslegware erleichtert.«

Die Pillchen trudelten munter vor sich hin, und am liebsten hätte ich gesagt:

»Jetzt verscheißern Sie mich aber.«

Stattdessen:

»Sehr störend. Eine Ahnung, wer die Schuldigen sein könnten?«

Sie schnalzte. Ein beunruhigendes Geräusch, fast wie ein »Hü-hott«. Sie sagte:

»Zweifellos aus der Siedlung.«

»Ms Monroe, es gibt so viele Siedlungen; könnten Sie sich etwas genauer äußern?«

Jetzt war ihr die Ungeduld anzusehen, und sie schnappte:

»Aber wirklich! Als könnte es noch eine geben.«

»Verstehe.«

Wenn sie sie nicht beim Namen nennen wollte, wollte ich es schon gar nicht. Ich versuchte, nachdenklich zu wirken. Als wöge ich das Gehörte ab.

Ich wog es nicht ab.

Ich sagte:

»Ich werde einen ausführlichen Bericht abliefern.«

Sie stützte die Hände auf die Hüften und spottete:

»Sie werden, mit anderen Worten, nichts unternehmen.«

Ich stand auf, dachte:

»Das Angebot, ein Tässchen Tee zu machen, wäre hilfreich gewesen.«

Sie legte die Hand an die Stirn und sagte:

»Oh.«

Und sah aus, als werde sie gleich ohnmächtig. Ich steuerte sie zu einem Stuhl, setzte sie hin. Sie roch nach Karbolseife, wie ein starkes Desinfektionsmittel. Ich fragte:

»Kann ich Ihnen etwas bringen?«

»Ein bisschen Sherry. Er steht in der Küche, in dem Wandschrank über dem Kessel.«

Ich ging hin. Auch die Küche war makellos. Dämonisch antiseptisch. Fand den Sherry, nahm ein Wasserglas, schenkte tüchtig ein, trank einen Schluck, dachte:

»Heiland, ist das süß.«

Nahm noch einen Schluck. Aber hallo, fast wie Sirup.

Brachte ihr das Glas. Sie nahm es mit beiden Händen entgegen, nippte zierlich, sagte:

»Ich muss mich entschuldigen. Ich hatte vor Kurzem einen Trauerfall.«

Wenn ... Wenn ich aufgepasst hätte, wenn ich nicht von Chemikalien überspült gewesen wäre, wenn ich ein polizeilicherer Polizist gewesen wäre, wenn ich den Kopf nicht im Arsch getragen hätte ...,

... hätte ich nachgefragt. Vielleicht sogar den Namen gehört und, mein Gott, einen Riesenkummer abwenden können.

Stattdessen fragte ich:

»Kommen Sie zurecht?«

Sie kriegte wieder etwas Farbe. Sie sagte:

»Sie waren überaus freundlich.«

Der Ton war ihr fremd. Dankbarkeit fiel ihr nicht leicht und war bei ihr bestimmt auch nicht vorgesehen.

»Sind Sie wieder einigermaßen auf dem Damm? Soll ich jemanden anrufen?«

»Nein, nein, es gibt niemanden zum Anrufen.«

Wenn man so was hört, empfindet man normalerweise Mitgefühl. Aber für sie brachte ich das nicht auf. Alles, was sie bei mir auslöste, war Abscheu. Eigentlich wollte ich nur weg. Ich machte den Sherry dafür verantwortlich, weil er mir über die schönen Drogen geschwappt war, und das ist schlicht ein weiterer Punkt auf meiner Liste furchtbarer Fehlentscheidungen. Ich sagte:

»Ich geh dann mal.«

Klang wie eine irische Version von *Dixon of Dock Green.* Sie sprach nicht, als ich wegging, ohne von ihr an die Tür gebracht worden zu sein. Halb war ich versucht gewesen, ihr ein paar Bücher zu klauen, aber ich wollte nichts anfassen, was ihr gehörte. Als ich an der Universität vorbeiging, konnte ich sie mir vorstellen, krumm auf diesem Stuhl, den einsamen Sherry neben sich und kein einziges Geräusch im Haus. Ein Gefühl des Triumphs, zuallermindest der Erleichterung, weil ich jetzt Bill Cassell nicht mehr am Halse hatte, hätte sich einstellen sollen.

Aber nichts geschah.

Worauf ich mich am meisten fokussierte, war die *pint* Guinness, die ich mir in maximal fünf Minuten einpfeifen würde.

»Sollte ich Peter Mailer anrufen? Lieber nicht. Seitdem er vom Alkoholismus geheilt ist, hat er einen anderen Zwang entwickelt. Er starrt einem tief in die Augen, und bereits die trivialste Gesprächseröffnung provoziert ihn zu Orgien ernsthaften Nickens. Ich führe das auf Gruppentherapie zurück.«

Nigel Williams, *Fortysomething*

Der neue Tag, milde betäubt. Ich kroch zu Nestor's. Jeff telefonierte, winkte. Was war das für ein Winken? Ein Winken des Abschieds ...? Des Lokalverbots ...? Was ...? Der Wachposten ließ die Flüssigkeit in seinem halb leeren Glas rotieren, als wolle er den Bodensatz hochspülen, und sagte:

»Schon der zweite Fall von Maul- und Klauenseuche im Norden.«

»Soso.«

Ich wollte das nicht vertiefen und ließ es auf sich beruhen. Jeff beendete sein Telefonat, sagte:

»Jack, was kann ich dir bringen?«

Sehr alarmierend.

Wenn man in richtig großem Umfang Scheiße gebaut hat, und der Mistkerl ist nett zu einem, krame man nach seiner Waffe. Ich sagte:

»Kaffee wäre gut.«

»Kaffee ist in Arbeit.«

Traf zu.

Er sagte:

»Setz dich, ich bring ihn rüber.«

Unheilverkündend.

Ich setzte mich, holte eine jungfräuliche Packung Rote raus, warf eine an. Rauchen, als hätte man nie aufgehört. Jeff kam herüber, stellte den Kaffee ab. Er trug wie üblich schwarze Jeans, Stiefel und schwarze Weste über langärmeligem Großvaterhemd. Er fragte:

»Hast du von dem jungen Studenten gehört?«

»Von welchem?«

»Der auf dem Eyre Square abgeknallt wurde?«

»Was ist mit ihm?«

»Heute ist seine Beerdigung.«

»Oh.«

»Ich erwähne das, weil der Rückstau der Trauernden bei uns auflaufen wird und ich weiß, dass du auf Menschenmassen nicht so gut kannst.«

»Das hast du dir korrekt eingeprägt.«

Ich trug, wie bereits erwähnt, den Kopf im Arsch. Wäre ich zur Beerdigung gegangen, hätte ich sämtliche Antworten gehabt.

Ich stand auf.

Die Lautsprecher hatten den Betrieb aufgenommen, und ich hatte vage eine Frauenstimme registriert, die den Blues sang. Weniger sang als lebte. Ich fragte:

»Wer ist das?«

»Eva Cassidy, das *Fields of Gold*-Album.«

»Klasse, wenn sie je ins Roisín kommt, geh ich hin.«

»Glaub ich nicht.«

»Glaubst du nicht?«

»Krebs. Mit dreiunddreißig.«

»Scheißspiel.«

Ich trank den Kaffee aus und machte mich davon.

Die Sonne war herausgekommen, und der Lenz pochte an die Himmelstür. Eine Trink-Akademie bei der Bedürfnisanstalt rief im Chor:

»Scheißkerl.«

Ich?

Nahe dem Standbild von Pádraic Ó Conaire saßen drei Backfische am Springbrunnen. Wie üblich hatte ein Witzbold Farbe ins Wasser gekippt, und zu Häupten der Mädchen entfaltete sich ein technisches Kaleidoskop. Sie sangen:

»You make me whole again.«

Eine Nummer eins für Atomic Kitten, oben auf den britischen Charts.

Der Song war zu einem guten Abschluss gebracht, und ich

fiel in den Applaus der Menge ein. Ein junges Mädchen zupfte mich am Ärmel, die Hoffnung hell in den Augen, fragte:

»Sind Sie Louis Walsh?«

»Ich? Nein ..., tut mir leid.«

Sie war vor Enttäuschung wie am Boden zerstört.

»Warum dachten Sie, ich wäre Louis Walsh?«

»Sie sehen alt aus.«

Ich hätte Bill einfach anrufen können, sagen:

»Ich habe sie gefunden. Hier ist die Adresse.«

Tat ich das? Oder tat ich stattdessen ganz was anderes?

Hätte ich ihn angerufen, wäre die ganze Show vielleicht da und dann überstanden gewesen.

Oder ... entwirrt.

Aber Bill stank mir. Es war lange her, dass ich so mit Emotion betankt gewesen war. Ich fütterte den Hass, indem ich den Pistolenlauf an meinem Kopf immer wieder durchlaufen ließ. Ich ballte die Fäuste, bis sich die Fingernägel in die Handflächen gruben. Bald taten mir die Zähne vom Zusammenbeißen weh.

Mann, war das ein gutes Gefühl.

Liebe oder Hass, geh damit auf die volle Distanz, und – egal, was du sonst bist – scheißenochmal, elektrisch bist du dann. Fahr die Sache nur ein Eckchen weiter hoch, und schon erleuchten Funken dein Hirn. 'türlich weiß ich: je doller es leuchtet, desto spektakulärer macht es bums, wenn du wieder runterkommst. Nichts erhellt den Himmel schöner als die Sternschnuppen. Saß auf meinem Zimmer, polierte die Heckler & Koch. Es stimmt: eine Waffe ist ein großer Gleichmacher. Etwa nicht?

In meinem Kopf lief Psalm 137. Mit einem Teil daraus hatten Boney M. einen massiven Hit, damals, als die Polizei noch meine Seinsberechtigung gewesen war. In dem Psalm bettelt der Dichter, durch den Mord an den Kindern seiner Feinde könnte er glücklich werden. Die Musik plärrt um blutrünstige Wiedergutmachung.

Es war lachhaft leicht, Bills gedungenen Helfer zu finden, den Typ, der mich zu ihm gebracht und über meine Erniedrigung gelacht hatte. Ich saß vor Sweeney's und nahm einfach die Zeit, wann er rein- und wieder rauskam. Das ging bei ihm nach einem festen Plan. Ich brauchte nur zu entscheiden, wann ich ihn mir holen wollte. Nev wäre dann ein ganz anderes Tagwerk. Für ihn würde ich Zeit brauchen.

Um das Behagen, die Leichtigkeit all dessen zu feiern, ging ich in eine neue Kneipe, mir jedenfalls neu, McSwiggan's am Wood Quay. Klingt sogar wie eine anständige Pinte.

Es wächst ein Baum in Brooklyn.

Und drinnen bei McSwiggan's ebenfalls.

Verarsche sei mir fern. Peng hinten in der Kneipe ein bildhübscher massiver Baum. So was gibt es nur in Irland. Fäll den Baum nicht, aber bau die Kneipe. Ich mochte sie jetzt schon. Riesenschuppen. Ich setzte mich in die Nähe des Baumes.

Wer hätte das nicht getan?

Hatte zwei Schluck in mein Guinness gegraben, als sich eine Frau näherte. Ich dachte:

»Was für eine Kneipe.«

Dann registrierte ich die ordentlichen winzigen Perlohrringe. *Ban garda,* weibliche Polizei.

Man braucht keine Polizistin zu sein, um sie zu tragen, aber *ban gardaí* haben, wenn sie sie anlegen, ein gewisses Stilprinzip, welches sagt:

»Also okay, ja, ich bin Polizistin, aber, hey, feminin bin ich auch.«

Ihr Alter verschwamm irgendwo im Dreißigerbereich, der mit Make-up unkenntlich gemacht werden kann. Ein hübsches Gesicht, sehr dunkles Haar und Stahl um die Kinnpartie. Sie sagte:

»Jack Taylor.«

Keine Frage, eine Feststellung. Ich sagte:

»Bullenhitze hier, was?«

»Darf ich mich setzen?«

»Wenn Sie sich benehmen.«

Schimmer eines Lächelns. Sie sagte:

»Von Ihrer Klappe habe ich schon gehört.«

Sie sprach Englisch, wie sie das tun, wenn sie in der Gaeltacht aufgewachsen sind, den westlichen Landesteilen, wo noch Irisch gesprochen wird. Englisch ist dort erste Fremdsprache. Kommt nie so ganz fließend. Ich sagte:

»Connemara?«

»Furbo.«

»Und von meiner Klappe haben Sie ... von ... mal überlegen ... Polizeipräsident Clancy gehört?«

Stirnrunzeln, dann Kopfschütteln.

»Nein ... Von anderen ... Aber nicht von ihm.«

Ihre Klamotten waren gut, aber nichts Besonderes. Marinepullover mit weißem Kragen, dunkelblaue Jeans und frisch-weiße Trainingsschuhe. Keinerlei Designerkram, mehr Penny's als Gucci. Abgetragen, aber gut in Schuss gehalten. Wie ihr Leben, nahm ich mal an. Sie würde nie aus dem dritten Glied vorrücken. Sie fragte:

»Woher haben Sie gewusst, dass ich eine *ban garda* bin?«

»Ich war mal Polizist.«

Darauf ein blendendes Lächeln. Verwandelte ihr Gesicht. Ein Mix aus ausgelassen und aufgeräumt, die allerbeste Sorte, sagte:

»Das weiß ich doch.«

Sie trank etwas Orangefarbenes im Glas, mit massig Eis. Jede Wette, es war Britvic plus garnix. Na, das war ja mal ein vernünftiges Mädchen. Saufen höchstens an Wochenenden und nie tödlich. Ich fragte:

»Was wollen Sie?«

»Reden.«

Ich war mit Lächeln an der Reihe, aber ohne Ausgelassenheit oder gar Wärme, die Art Lächeln, die man in Templemore beigebracht kriegt. Ich fragte:

»Worüber?«

Sie sah sich rasch um, und ich dachte:

»Na, worüber? Koks, Pillen, Suff?«

»Das Magdalenenstift.«

Damit hatte ich nicht gerechnet. Ich sagte:

»Oh.«

»Sie haben den Boden unter den Füßen verloren. Ich kann helfen.«

Ich nahm einen langen Schluck von meiner *pint*, spürte, wie er mir den Magen massierte. Ich fragte:

»Und warum würden Sie helfen wollen?«

Kurz flitzten Schatten über ihr Gesicht, dann:

»Weil es angebracht ist.«

Ich leerte mein Glas gründlich, fragte:

»... Ihnen was mitbringen?«

»Nein, danke.«

»Wie heißen Sie?«

»Bríd ... Bríd Nic an Iomaire.«

Musste ich erst mal verdauen, tief ins alte Gedächtnis greifen, um es zu übersetzen, sagte:

»Welle, Wulst, Bergkamm ... Stimmt's?«

Sie sah angewidert drein, sagte:

»Welle, Wulst, Bergkamm ... Wir verwenden diese englischen Wörter nicht.«

»Warum überrascht mich das nicht?«

Ich stand auf.

»Sie gehen schon?«

»Kein Wunder, dass Sie Polizistin sind.«

»Aber haben Sie nicht gewusst, dass Polizeipräsident Clancys Tante Nonne in der Wäscherei war?«

Ich versuchte, meine Überraschung nicht zu zeigen, und sie sagte:

»Sehen Sie: die Polizei, dein Freund und Helfer.«

»Liebchen, es ist elend lang her, dass ich mit der Polizei befreundet war. Und geholfen hat sie mir noch nie.«

»Sie machen einen Fehler.«

»Glauben Sie mir, das kann ich am besten.«

»So, wie sie darüber dachte, waren solche Missgeschicke intim mit der Intelligenz des Betroffenen verbunden. Gewalt stieß Leuten zu, die, im Gegensatz zu ihr, nicht genug gesunden Menschenverstand besaßen, ihr aus dem Weg zu gehen.«

Louise Doughty, *Honey-Dew*

Zwei Tage später war ich alkoholfrei, aber voll der Droge. Die doppelte Pillendosierung hatte mich so milde gestimmt, dass mich kein Mantra mehr traf. Der Frühling versprach, ein echter Knaller zu werden, und obgleich der Wind noch etwas Frisches hatte, liefen die Menschen in Hemdsärmeln herum. Ich trug ein gebatiktes T-Shirt. Gebatikt war es nicht, weil es gebatikt gewesen wäre, sondern weil ich es gewaschen hatte wie ein Henker. Durch die Jahre hindurch hatten mir Frauen geduldig erklärt, welche Farben man nie zusammen waschen darf. Pflichtbewusst schrieb ich die Instruktionen nieder. Und wusch dann die Liste.

So war ein einstmals strahlend weißes T-Shirt in den Kampf gegen Marineblau und (verzeiht mir, gute Frau'n) Rosa gezogen.

Wie im richtigen Leben verlor Weiß.

Keine komplette Katastrophe, da die ursprüngliche Beschriftung fast getilgt worden war. Einst hatte sie

I WAS A GUARD.
NOW I'M A BLACKGUARD

gelautet, *Vom Wächter des Friedens zum Störenfried*, und um sie war es wirklich nicht schade.

Ich saß auf dem Rand des Springbrunnens. Zu meiner Rechten stand die Statue von Pádraic Ó Conaire. Sein Kopf war wieder drauf. Ja, man hatte ihn enthauptet, das steinerne Haupt war nach Nordirland verschafft worden. Irgendwann wurden die Schuldigen gefasst, das Stück zurückgegeben.

Vielleicht nicht die größte Großtat der Polizei, aber stets noch eine ihrer beliebtesten.

Eine Trink-Akademie war neben dem öffentlichen Klo in lauten Gesang ausgebrochen. Klang wie »She Moved Through the Fair« zur Melodie von *Who Wants to Be a Millionaire.* Keine leichte Aufgabe, aber nichts ist unmöglich. Auf dem Eyre Square, seitdem der Keltische Tiger brüllte, war besonders wenig unmöglich.

Wenn man dann noch das Konglomerat aus Italienisch, Spanisch, Irisch, Amerikanisch und, ich schwör's, Serbokroatisch dazurechnete, hatte man den Wahnsinn frisch vom Fass.

Eine Frau löste sich vom Rudel, näherte sich, sagte:

»Und auch Ihnen einen guten Morgen, Sir.«

»Wiegehts?«

Meine Erwiderung ermutigte sie, sie rückte dichter ran. Von ihrem zerrütteten Gesicht und den toten Augen hätte ich sie auf fünfundzwanzig oder sechzig geschätzt. An den zwei breiigen Rs, die sie ausgesprochen hatte, erkannte ich den Akzent von Glasgow, den sie aber schon längst nicht mehr aktiv betrieb. Sie fragte:

»Preis einer Tasse Tee, Sir?«

»Sowieso.«

Überraschte sie. Wenn man einen Penner überrascht, ist man ihm um ein paar Züge voraus. Ich fasste in die Tasche, holte das Kleingeld heraus, überreichte es. Sie nahm es schnell. Ich fragte:

»Je was von Pádraig gehört?«

Ich meinte den verstorbenen Oberpenner.

Sie sah zu Pádraic Ó Conaire hinüber, fragte:

»Wer ist das?«

»Er hat *M'Asal Bheag Dubh* geschrieben.«

»Er hat was?«

»Egal.«

»Was zu rauchen?«

»Klar.«

Ich holte eine Packung Rote heraus, schüttelte die Packung, sie schnappte sich zwei und riss die Filter ab. Ein Streichholz aus dem Nirgendwo, sie war von Rauch verhüllt und fragte:

»Sind Sie Sozialarbeiter?«

»Kaum.«

»Polizist?«

»Nicht mehr.«

»Nümmerchen schieben?«

Ich lachte laut. Schuld waren die Drogen.

Ich dachte an Casey, Bill Cassells Muskelprotz. Den Riesen, der solches Vergnügen aus meiner Demütigung gezogen hatte. Die Sizilianer sagen, wenn du Rache planst, grabe zwei Gräber. Eins für dich mit.

Wie Melanie in den hoffnungsfrohen Jahren sang:

»Yada, yada.«

Oder es heißt, Rache muss man kalt genießen. Ich war richtig schön kalt.

Eine Nonne hüpfte vorüber, ließ eine Spur der Frömmigkeit hinter sich. Hätte ich sie gefragt, hätte sie sich auf die Firmenpolitik berufen und »indem wir vergeben, wird uns vergeben« angestimmt.

Ich hätte geantwortet:

»Bockmist.«

Stand auf, reckte mich, fühlte mich fast leicht. Ich würde die Pistole auswickeln, den Griff polieren. Ich hatte Caseys Stundenplan intus. Ich musste nur noch den nächsten Schritt unternehmen.

Ihn erschießen.

*»Nur ein kleiner Riss …
Aber Risse bringen Höhlen zum Einsturz.«*

Alexander Solschenizyn

Nichts ist so typisch für diese Monate der Benommenheit, diese Monate fast wie im Koma, wie mein totaler Egoismus. Maul- und Klauenseuche kam und ging und hinterließ nicht einmal eine Delle in meiner Wahrnehmung. Im Rückblick sage ich heute:

»Was zum Teufel hast du überhaupt gedacht?«

Am 7. Juni stand eine britische Wahl an, und Tony Blairs zähneversessenes Lächeln war überall. Ging vollständig unter meinem Radar durch. Es hatte Zeiten gegeben, da konnte ich die Parlamentsabgeordneten aufzählen und verfolgte die Debatten im Unterhaus.

Jetzt kannte ich kaum das Oireachtas. Ich kriegte aber durchaus mit, dass Des O'Malley in einer Fernsehserie kanonisiert worden war. Haughey wurde vernichtend geschlagen, aber was war daran neu? Ich erhaschte einen Blick auf ihn, aufgewühlt und zerbrechlich, wie er aus einem Auto stieg und die Menge ihn mit Münzen bewarf.

Fiel mir ein Wortspiel mit »gemünzt« ein?

Längst nicht mehr.

Louis Walsh hatte feierlich vor unseren Augen eine weitere globale Band aus der Taufe gehoben. Mädels diesmal. Das musste ich mitkriegen, weil zwei aus Galway waren. Wie war das noch mal mit dem eigenen Tellerrand? Langsam verblasste ich, wurde zu meinem eigenen Vater. Meine Mutter spielte weiter auf den Straßen ihre Rolle als schwarzes Gespenst. Spukte nicht nur hinter mir her.

Videos.

Mit meiner neuen chemischen Gelassenheit gelang es mir, eine ganze Ladung Filme anzusehen. In keiner bestimmten Reihenfolge

liebte

ekelte
lachte
weinte ich mich durch
Sieben Tage ohne Gnade
The Company of Strangers
Audition
Jennifer 8
Smiley's People
Boulevard der Dämmerung.

Hörte Gabrielle; hörte viel Gabrielle. *Sunshine* sprach mich irgendwie an, ich weiß aber nicht, was es mir sagen wollte.

Bücher.

Robbers von Christopher Cook
Noise Abatement von Carol Anne Davis
1980 von David Peace.

Man schnüre das alles zu einem Bündel, bringe es zu einem Psychiater, schmeiße es ihm auf den Schreibtisch und frage:

»Was?«

Dann greift er nach dem Thorazin.

Jeder Penner stellt die Blitzdiagnose:

»Du bist ernsthaft im Arsch, Alter.«

Sagen Sie was dagegen.

Als Fußnote zu Obenerwähntem wühlte ich in alten Fotos herum, als ich eine abgegriffene Lederbörse fand, die Art, in der man einen Rosenkranz aufbewahrt. Machte sie auf und fand ... meinen Ehering.

Aus der Themse aufgetaucht?

So richtig überlebt habe ich diese Periode nicht. Mehr im Sinne des Titels der Biografie von den Doors:

Keiner kommt hier lebend raus.

Spürte keinen Schmerz, da das Narbengewebe meine Seele umgab und nur darauf wartete zuzudrücken.

Der Tag des Selbstmords begann langsam und leicht. Wachte in gedämpfter Stimmung auf, nicht unangenehm. Mehr in der Nachbarschaft sanfter Melancholie als chemischer Überladenheit.

Das war zu knacken.

Ein paar Liegestütze und dann eine kalte Dusche. Wer brauchte denn Schnaps?

Ich doch nicht.

Willkommen in der Welt der Pillenabhängigkeit. Wenn da die Reaktion einsetzte, und sie würde einsetzen, das wusste ich, dann wollte ich mir eine Kugel durch den Kopf jagen. Keine Krankenhäuser, kein Entzug mehr. Den Drachen reiten bis ins Ziel.

Brühte mir etwas Kaffee und konnte ihn sogar schmecken. Schmeckte gut. Ich sehnte mich, wusste aber nicht, wonach.

Gott? Nö, Er hatte Sein Zelt abgebaut und war nach Osten weitergezogen.

Wie viel würde ich mitkriegen, wenn es losging?

Im Empfang des Hotels rief Mrs Bailey aus:

»Mensch, Mr Taylor, Sie sehen ja so entspannt aus!«

Aber jede Wette.

Nahm sogar ihre Einladung zum Frühstück an. Dem Teufel ein Schnippchen geschlagen.

Die Kammerkatze/Hausbesorgerin/Putzfrau Janet war auch die Kellnerin, wenngleich eine langsame. Ich hegte den starken Verdacht, dass sie auch die Köchin war. Der Frühstücksraum war hell und fröhlich, ein Stapel Gratis-Zeitungen beim Eingang. Mrs Bailey sah, dass ich einen Blick auf sie warf, sagte:

»Jaaaa, wie in den Grands Hôtels. Sie können den *Independent* haben oder … den *Independent!*«

Und aus ihrem Gelächter sprach der Schabernack. Der Anblick war die reinste Freude. Sie klebte einem ihre politische Gesinnung immer gleich als Erstes an die Backe. Wir setzten uns, und sie sagte:

»Janet bügelt sie.«

»Was?«

»Jeden Morgen, jede Zeitung. Damit die Gäste keine schwarzen Finger kriegen.«

Ich hatte das Anthony Hopkins in *Was vom Tage übrig blieb* tun sehen, aber als englische Macke abgetan. Wir bestellten Tee, Toast und Rührei. Mrs Bailey sagte:

»Rauchen Sie, wenn Sie müssen.«

Ich ließ es.

Ich fühlte mich entspannt, fast abgeklärt. Erinnern Sie sich an Donovan? Wenn er Englands Antwort auf Dylan war, schaudert es einen, wenn man an die Frage denkt. Er trug die Jeansmütze, hatte das Gesicht eines Kobolds, und ich kannte immer noch »Atlantis«.

Gott steh' mir bei.

Lebte jetzt in Nord-Cork und wie die anderen im Ausland ansässigen Rockstars jammte er gern im Dorfkrug. Seine Tochter war die Schauspielerin Ione Skye. Und noch bevor die Eier kamen, fragte ich mich:

»Woher weiß ich diesen ganzen Scheiß?«

Und, schlimmer noch, warum?

Mrs Bailey berührte mich am Arm. Ich sah, wie ihr Handrücken mit Leberflecken übersät war. Sie fragte:

»Wo waren Sie gerade?«

»In den Sechzigerjahren.«

Ein Schuss Traurigkeit in die Augen, und sie sagte:

»Da sind Sie oft.«

»In den Sechzigerjahren?«

»In der Vergangenheit.«

Ich nickte, akzeptierte das Wahre, das dran war, sagte:

»Da ist es nicht sicherer, aber, ich weiß nicht, vertraut.«

Eine große Kanne Tee kam, sie hob den Deckel, rührte energisch um und sagte:

»Ich habe Teebeutel immer abgelehnt.«

Ein Mann blieb stehen, sagte:

»Schon gehört?«

In Irland kann das bedeuten, dass der Papst tot ist oder dass es aufgehört hat zu regnen. Wir versahen ihn mit dem nötigen »Was ist passiert?«.

»Der FAI-Pokal ... Bohemians haben Longford Town geschlagen.«

Noch mehr hätte es mich aufgewühlt, wenn ich gewusst hätte, dass Longford überhaupt spielt. Mrs Bailey, die sich allen Sport ansah, sagte:

»Dieser Idiot Michael Owen hat am Samstag zwei Wundertore geschossen und Arsenal tüchtig vorgeführt.«

Eine Frau über achtzig, im Westen Irlands, wusste das, und ich war mir nicht einmal sicher, welchen Wochentag wir hatten. Der Mann, vernichtet, lamentierte:

»Der Traum ist ausgeträumt für Longford.«

Und er zog ab, die fleischgewordene Niederlage. Ich sagte:

»Ein Mann aus Longford.«

»*Ary*, gehen Sie weg, er ist aus Tuam.«

Immer wieder kam mir Brendan Flood in den Sinn. Zeit, sich wieder mal zu sehen. Nun, da er seine Religion eingebüßt und zum Suff gefunden hatte, fand ich, musste ich prüfen, wie es ihm ging. Wir waren nicht befreundet, aber wir waren einander verbunden. Durch seine Informationen hatte ich zwei Fälle gelöst. Fand seine Nummer, rief an.

Zu meiner Überraschung ging eine Frau dran. Ich sagte:

»Könnte ich bitte mit Brendan sprechen?«

Leise auftreten, höflich bleiben.

»Wer ist da?«

»Jack Taylor … Ich bin ein Bekannter von Brendan.«

Lange Pause, dann:

»Sie waren zusammen bei der Polizei.«

Ich brauchte etwas Zeit, überlegte, dann:

»Ja, vor langer Zeit.«

»Nicht für Brendan. Er ist immer Polizist geblieben.«

»Ämm, könnte ich mit ihm sprechen?«

»Nein.«

Wie ein Schlag aufs Maul. Ich sammelte mich, versuchte es erneut:

»*Wie* bitte?«

»Er hat sich aufgehängt.«

»Zu dieser Szenerie stoßen Eddie und Ray Bob, Außenseiter aus dem ländlichen Raum, von den nie gesichteten und vergessenen weltärschigen Ausläufern der städtischen Medienlandschaft. Gaffen die Stadt an, sehen, was was ist, nicht sehr beeindruckt. Wieder nur Leute, die sich für den Dollar krumm machen.«

Christopher Cook, *Robbers*

Brendan Flood hatte einen Briefumschlag hinterlassen, adressiert an:

»*Jack Taylor*«.

Ich bot an vorbeizukommen, sie sagte:

»Ich möchte Sie nicht in meinem Haus haben.«

Auch gut.

Jeder, der glaubt, Selbstmord sei eine leichte Option, möge das noch einmal überdenken, besonders bei einem Strick als bevorzugtem Tatwerkzeug. Brendan hatte die Schlinge um einen stämmigen Balken gelegt, dann war er, in seiner Polizeiuniform, auf einen normalen Küchenstuhl gestiegen. Ein Typ in Bohermore hat die früher in Handarbeit hergestellt. Auf Dauer gebaut. Der Strick hatte ihn fast geköpft. Im Sterben hatte er sich gelöst und seine Uniformhose ruiniert. All diese Details wusste ich von dem jungen Polizisten, der ihn hatte abschneiden müssen.

Ich fragte Mrs Flood:

»Wann ist die Beerdigung?«

»Von Flaherty's, morgen um sechs ... bis zur St. Patricks. Er wird auf dem neuen Friedhof beigesetzt.«

»Kann ich irgendwas tun?«

»Mich in Frieden lassen.«

Klick.

Ich konnte nicht glauben, dass er tot war. Dass ich bei ihm versagt hatte, war klar. Erinnerte mich an den ganzen Scheiß, den ich über »Wächter« und »Schrankenwärter« gelesen hatte:

> *Schrankenwärter sind die Ersten, denen klar wird, dass der Potenziell Suizidale es ernst meint. Sie sind der erste »Finder«. Es ist ihre Pflicht, ihre Verantwortung, den Potenziell Suizidalen der Hilfe zuzuführen.*

Oh Gott ... Finder! Meine gesamte Karriere basierte jetzt auf einem Ruf als Finder. Und Schrankenwärter! Konnte es ein schlechteres Beispiel geben als mich. Ich hatte die verdammte Schranke weit aufgerissen, hatte praktisch gesagt:

»Los, häng dich auf.«

Das reine Vermächtnis des Selbstmords ist die Schuld des Überlebenden. Ein Sperrfeuer von Fragen, die nie beantwortet werden können:

Hätte ich helfen können?
Warum habe ich nicht gehandelt?
Wie blind war ich?

Alles jetzt nutzlos. Ich wollte in eine Whiskeywolke kriechen und nie wieder herauskommen. *Trugbild* von Thomas H. Cook. Aber genau.

Schuld brüllte durch meinen Körper, um oben als Geheul totaler Qual herauszukommen. Ach, Heiland, ein weiteres Grab in der langen Reihe von Gräbern, die von mir so übel vernachlässigt wurden.

Schluckte in der Hoffnung auf etwas künstlichen Frieden ein paar Quaaludes trocken runter. Hoffentlich ganz schlimme Burschen. Lag auf dem Bett, schluchzte in Intervallen. Als die Wirkung einsetzte, begannen sich meine Augen zu schließen. Mein letzter Gedanke:

»Hoffentlich bringen sie mich verdammtekacke um.«

Machten sie nicht.

Aber sauber umhauen taten sie mich. Kam im Finstern wieder zu mir. Sah auf die Uhr, 20:30 h. Heiland. Und wusste, was ich tun würde.

Schwarz angezogen, schon wegen Brendan. Jeans, T-Shirt, Wollmützchen. Steckte mir die Pistole in den Hosenbund.

Überprüfte mich im Spiegel. Das reflektierte Gesicht war ein Klumpen abgenutzten Granits. Wenn einem der eigene Blick hart vorkommt, ist man bereits über den Jordan.

Machte ein Koffein-geladenes Getränk, spülte ein paar Schwarze Schönheiten herunter. Holte mehrmals tief Luft, sagte:

»Klar zur Landung.«

Der Hafen war still. Weniger als einen Touristen entfernt war der Eyre Square mit seinem dazugehörigen Wahnsinn. Und, wer hätte das gedacht, der Wind trug »This Year's Love« von David Gray herüber.

Bringt mich um. Ich kann jeden Text singen, und zwar, schlimmer noch, mit echtem Gefühl. Reißt einem das gottverdammte Herz raus.

Ich hatte den Himmel angebrüllt:

»Gott, warum quälst du mich so?«

'türlich antwortete Er nicht. Zumindest nicht so, dass ich es entziffern konnte. Da konnte mir nicht mal Thomas Merton helfen.

Als ich mich Sweeney's näherte, spürte ich den Pistolengriff, ganz kalt an meiner Haut. Mein Hirn machte an allen Fronten dicht. Konnten die Drogen gewesen sein ... oder Trauer. Ich hatte nie die Verbindungen verstanden, die zu solch intensiven Zeitpunkten entstehen. In der Reha, während einer meiner zahlreichen Einkerkerungen, hatte ein Klapsrat gesagt:

»Ihre mentalen Prozesse suggerieren eine tiefer liegende Psychose. Es ist bezeichnend, dass Sie sich in Stressperioden auf Passagen aus Büchern fixieren, die Sie gelesen haben.«

Er hatte in pseudoamerikanischem Stil weitergefaselt und oft den Ausdruck Empathie verwendet.

Wenn Sie das tun, Vorsicht mit der Brieftasche, dann kostet es.

Jetzt tauchte eine Stelle aus *Why Sinatra Matters* von Pete Hamill auf.

> *Italiener hatten in ihrem erwählten Amerika gelitten. In New Orleans wurden acht Italiener von einem Geschworenengericht von der Anklage wegen Mordes freigesprochen; bei drei weiteren kam es zu keiner Verurteilung. Die Bürger spielten verrückt, behaupteten, das wäre eine Mafia-Schiebung. Ein Mob von mehreren Tausend stürmte das Gefängnis. Zwei entsetzlich schreiende Italiener wurden an Laternenpfählen aufgeknüpft. Ein weiterer wurde mit Hunderten von Kugeln niedergeschossen. Sieben wurden von Erschießungskommandos hingerichtet. Zwei weitere waren in eine Hundehütte gekrochen, wurden gefunden und massakriert.*

Als er in den Sechzigern war, sagte Frank Sinatra:

> *Als ich jung war, fragten mich die Leute, warum ich der NAACP Geld schicke. Ich sagte, weil wir da auch waren, Mann. Es hingen nicht nur Schwarze an diesen Scheißstricken.*

Amen.

Ein paar Häuser weiter von Sweeney's ist eine winzige Gasse. Sogar bei Tageslicht ist sie dunkel. Eine Trink-Akademie hatte hier kurz ihr Quartier aufgeschlagen, bis es ihnen zu stockfinster wurde. Penner streben noch stärker als die meisten anderen Menschen zum Licht. Ich ging in die Gasse, sah auf die Uhr ... 22:30 h. Wenn Casey der Gewohnheitsmensch war, den ich beobachtet hatte, musste er in etwa einer Stunde hier längsgewackelt kommen. Gegen die Mauer gekauert, wurde mir fast behaglich. Eine Ratte schoss aus der Mauer hervor, huschte mir über die Beine und war weg. Ich hatte mich nicht bewegt. Man möchte ihre Aufmerksamkeit nicht auf sich ziehen. Ein Kälteschauder lief mir über die Beine, wo sie sie berührt hatte. Am Wasser gibt es Ratten, kein Grund zur Sorge. Ich machte mir trotzdem welche.

Wer hätte sich keine gemacht?

Holte das Stück heraus, untersuchte es taktil.

Kannte die Einzelheiten auswendig:

Heckler & Koch, HK-4 Doppelaktionspistole
Kaliber .32, 8-Schuss-Magazin
Lauf: 3/50
Gewicht: 16 Unzen (423,29 Gramm)
Griff: Plastik (schwarz)
Visiereinrichtung: Fest stehende Kimme,
fest stehendes Korn

Was brauchte man schon sonst noch zu wissen?

Eine der besten Faustfeuerwaffen am Markt.

Wenn Sie je eine Frau starr und stumm langweilen wollen, sagen Sie die obige Liste auf.

Wenn Sie Ihre Kumpels nicht beim Fußball beeindrucken können, sagen Sie die obige Liste auf.

Vive la différence.

Hörte die Sperrstundengeräusche. Menschen auf der Straße, Rufe und Gelächter, ein Typ kam in die Gasse, und ich machte mich noch kleiner. Er fetzte seinen Reißverschluss auf und protzte in hohem Bogen ab.

Ich dachte:

»Du Schwein, warum bist du nicht aufs Kneipenklo gegangen?«

Hätte ihn fast erschossen.

Er stieß einen Seufzer der Erleichterung aus, zog den Reißverschluss hoch und machte sich davon. Ich wollte brüllen:

»Wasch dir die Hände.«

Es wurde still. Der Hafen lud nie zum Verweilen ein. Man bewegt sich schnell. Die ganze Gentrifizierung, der Wohlstand haben daran nichts geändert. Hier zögern, und sie kriegen dich dran. Ich ging dorthin, wo die Gasse in die Straße mündete, hielt die HK gegen mein rechtes Bein gedrückt. Atmete mehrmals tief ein. Hörte ein lautes

»Gute Nacht«.

Dann wurde die Kneipentür zugezogen.

Hier war er, der kühne Casey. Trampelte im weißen Trainingsanzug vorbei. Ich hob die Pistole, feuerte zweimal in seine rechte Kniekehle. Einen doppelten Belfast spezial. Ich haute ab, ging nach links, flink weiter Richtung Victoria Hotel. Zwei Minuten.

Drei: Ich war im Gedränge vor dem Nachtklub. Riss mir das Mützchen runter, knöpfte mir die Jacke auf.

Vier: Ich war durch die Drehtür vom Great Southern gespült, nickte dem Portier zu. Er sagte:

»Jack.«

»Na, wie geht's.«

Sechs: Ich kam gerade recht zur letzten Bestellung bei einem jungen Barmann:

»Großen Jameson, *pint* Guinness.«

Und ich sank auf eines dieser umarmenden Sofas am Ende der Empfangshalle, über mir auf einem Bord eine Büste von James Joyce. Ich hob die *pint*, senkte den Pegel, dann den

Whiskey, einen Mundvoll, hielt das Glas schräg in die Höh', sagte:

»Und prösterchen, Jimmy.«

Jetzt, dachte ich, musste ich nur noch Nev finden, den, der das russische Roulette gespielt hatte, und für ihn hätte ich dann etwas Mittelalterliches.

Im Jahr 1985 hatten wir den Sommer der beweglichen Statuen. Im ganzen Land waren die Standbilder auf Wanderschaft. Ich war am Mount Mellary in Waterford stationiert, und neun Nächte lang ist die Hl. Jungfrau drei Kindern erschienen. Ich sollte die Menschenmassen unter Kontrolle halten und für Ordnung sorgen, war aber zu besoffen, ein Streichholz anzureißen. Die Luft als solche war erwartungsfroh, während sich jeden Abend die Menschen versammelten, um die Hl. Jungfrau zu sehen. Inzwischen lief mein Zynismus auf Hochtouren, und ich fragte meinen Polizeimeister:

»Also, wenn die Menge durchdreht, soll ich dann den Schlagstock einsetzen?«

Er sah mich *so* an und sagte:

»Glauben Sie ernsthaft, dass in einem Land, in dem Statuen wandeln und Kinder direkt mit Unserer Lieben Frau sprechen, ein Schlagstock auch nur das Mindeste auszurichten vermag?«

Alles, was ich in den dazwischenliegenden Jahren gelernt hatte, war, dass, wenn man wirklich etwas ausrichten wollte, eine Pistole eine ganz schöne Hilfe sein konnte. Die Statuen hatten längst das Wandeln eingestellt, aber das Land war vor die Hunde gegangen. Die Botschaft der Visionäre hatte gelautet, dass Irland gerettet würde! Die Lüge wurde mit der Erfindung des Keltischen Tigers untermauert. Ich schlug ein Buch auf. Dieser Gedankengang hatte eine Erinnerung wachgerufen, und ich fand die betreffende Textstelle:

> *»Aber ich würde immer noch wetten, dass keiner der pickligen Nachbarn und Vettern zweiten Grades auf deiner Liste je mit einer halb automatischen .25er die Treppe raufgekommen ist. Macht das etwa Spaß?«*

»Nein«, sagt sie, »mit Knarre macht Ficken keinen Spaß mehr.«

Aus *Hollowpoint* von Rob Reuland.

Am nächsten Morgen kam ich dem Kater mit Pillchen zuvor. Schnitt ihm einfach den Weg ab. Brendans Beerdigung, da musste ich halbwegs richtig aussehen. Ging zur Abtei, bat um eine Messkarte. Der Typ da sah aus wie etwa hundert. Und wie er sich benahm, war keins der Jahre leicht gewesen. Er bellte:

»Name des Dahingeschiedenen?«

»Brendan Flood.«

»Einfach oder Serie?«

»Was?«

»Eine Messe oder ein ganzer Batzen?«

Ich versuchte auszusehen, als überlegte ich das ernsthaft, dann:

»Einfach, glaube ich.«

Wollte hinzufügen:

»Mit Salz und Essig.«

Ließ es aber bleiben.

Sein Gesichtsausdruck sagte:

»Knicker, elendiger.«

Ich fragte:

»Wie viel kommt das in Euro?«

Ein Heidengeld. Ich war versucht zu sagen:

»Könnte ich die Messe nicht einfach mieten?«

Aber er schloss bereits das Gitter, und ich kam kaum noch hinein.

»Gottes Segen.«

Als Nächstes einen Kranz bestellen. Ging in denselben

Blumenladen, zum selben Mädchen, zu dem ich schon so oft gegangen war. Sie lächelte mich ganz groß an, sagte:

»Sie sind's selbst.«

Man muss Ire sein, um das ganze Aroma dieses Satzes auszukosten.

Dann:

»Ist es eine Hochzeit oder eine Beerdigung?«

Ich ließ sie mein Gesicht sehen, selbst drauf kommen. Das geschah.

»Och, tut mir leid.«

»Mir auch.«

»Etwas Schlichtes oder Dekoratives?«

»Etwas Teures.«

Sie bedachte mich mit dem traurigsten nur möglichen Lächeln. Wir wussten Bescheid. Das Banner flattert uns voran, und auf dem Beifahrersitz hockt das Schuldbewusstsein mit der Winchester und sichert den Transport. Ich gab ihr die Details, und sie fragte:

»Eine Beschriftung?«

»Ja, ›Dem letzten Wächter‹.«

Als Mädchen aus Galway besaß sie genug Klasse, nicht nach der Bedeutung zu fragen. Ich weiß sowieso nicht recht, ob ich es hätte erklären können. Als ich ging, sagte sie:

»Sie sind ein guter Mann.«

»Schön wär's.«

Sah die Menschenmenge, als ich mich dem Beerdigungsinstitut näherte. Musste kämpfen, um einen Blick auf die Überreste werfen zu können. Innen standen die Verwandten Spalier. Ich legte die Messkarte in den Korb, stellte mich hinten an, um an Brendan vorüberzudefilieren. Ein offener Sarg.

Scheiße.

Er sah aus wie eine Wachsfigur. Sein Hals war, klar, hinter einem Stehkragen verborgen. Die Bestatter hatten sich alle Mühe gegeben, aber die Grimasse um seinen Mund war noch zu sehen. Wenn es einem fast den Kopf weggerissen hätte, lächelt man nicht. Was mich am meisten erschreckte, war eine Wunde am Nasenrücken. Tief und … wund, oh Gott.

Seine Hände waren auf der Brust gefaltet, durch die Finger schlängelte sich ein Rosenkranz. Wie Handschellen. Ich wollte seine Hand berühren, aber die Kälte hätte mich wahnsinnig gemacht. Ich hätte endgültig die Beherrschung verloren. Ich maulte:

»Tschüs, Kumpel.«

Lahm … und was nicht noch alles.

Gab einer Schar Verwandter die Hand. Ich sagte:

»Tut mir so leid.«

Sie stimmten an:

»Danke für Ihre Mühe.«

Mord.

Ein kurzer Segen und eine Dekade Rosenkranz, bevor der Priester uns entließ. Draußen zogen die Männer ihre Päckchen hervor, ihre

Carrolls
Majors
und
Silk Cut Ultras.

Gegen die Mauer gelehnt, in Zivilkleidung, stand Polizeipräsident Clancy und winkte mich mit dem Finger zu sich. Er hatte ein paar Pfund verloren; war auch dringend nötig gewesen. Ich registrierte ein paar Meter weiter zwei stramme Kümmerer. Ernsthafter Schutz.

Ich schlenderte hinüber, sagte:

»Herr Präsident.«

»Jack, gut, dich zu sehen.«

Die Bonhomie war beunruhigend. Wir waren mal Freunde gewesen. Oh ..., so sehr lange her. Ich sagte:

»Bei den Weight Watchers gewesen, was?«

»Stress, Burschi ... Und Golf.«

»Schön, dass du hier bei Brendan aufgekreuzt bist.«

Halb meinte ich das sogar.

Clancy sah sich um, als hätte er Angst, belauscht zu werden, sagte:

»Er hätte ein ganz Großer werden können, echte Nase für Ermittlungen, aber dann hat er Religion gekriegt.«

Klang bei ihm wie eine Krankheit, Pause, dann:

»Wie du, Jack, nur dass dich die Pulle beim Arsch gekriegt hat.«

Ich hätte ihm das so durchgehen lassen können, wenn Brendan nicht gewesen wäre. Ein bisschen musste ich mich anstrengen. Ich sagte:

»Mensch, wir hätten beide Karriere machen können und was werden ... Was ...? Golfspieler ...? Fett ...?«

Er gab einem seiner Kümmerer ein Zeichen, wischte sich einen Fussel vom Rockaufschlag, sagte:

»Gestern Nacht wurde einer angeschossen.«

»Ja?«

»Ein Laufbursche für deinen alten Kumpel, dieses Stück Scheiße Bill Cassell.«

»Du wirst zweifellos eine gründliche Untersuchung durchführen.«

Er sah mir direkt ins Auge, sagte:

»Keinen einzigen gottverdammten Finger werde ich krumm machen.«

Er lächelte süffisant, drehte sich zu dem Kümmerer um, schnappte:

»Was stehen Sie da rum? Holen Sie den Scheißwagen.«

Ich war mit Lächeln an der Reihe, sagte:

»Autorität steht dir wie ein zu weites Jackett.«

Er stürmte davon.

Ich bemerkte Bríd Nic an Iomaire unter den Trauernden; hatte wohl Schicht gehabt und konnte erst später. Sie sah völlig niedergeschmettert aus. Ich nahm an, es war für sie der erste Tod eines Kollegen. Selbst wenn er Ex-Polizist war –, ganz kommt man nie davon los.

Ich dachte, ich gehe zu ihr, aber da war sie schon weg.

»wäre mir auch recht, wenn das,
was ich lesen mochte, fast ... ganz knapp ungelesen bliebe,
Auswurf eines übel zugerichteten Geistes«

K. B.

P. Malachy, wie immer der diensthabende Priester, zündete sich eine Major an der anderen an. Ich sagte:

»Schöner Gottesdienst.«

»Ah, bei einem Selbstmord kann man nur wenig sagen, schon gar nichts Gutes.«

Er starrte durch eine Rauchwolke, sagte:

»Jetzt sind sie ihn jedenfalls los.«

»Sie bluten ja förmlich vor Mitgefühl.«

Dann wechselte sein Gesichtsausdruck, seine Augen glitzerten verschlagen. Weniges ist unerquicklicher als ein verschlagener Priester. Und dann noch der ganze theologische Schamott auf der Hinterhand. Er sagte:

»Als ich hörte, dass sich ein Ex-Polizist umgebracht hat, dachte ich, das wärst du. Hätte drauf gewettet.«

»Und meiner armen Mutter das Herz gebrochen?«

Er winkte mir, ich solle abhauen, aber ich war noch nicht fertig, sagte:

»Demnach kriegen Sie immer noch ›Beiträge‹ von ihr?«

Er erbleichte, musste sich regelrecht zügeln, sagte:

»Du legst es wohl mit aller Gewalt auf einen ordentlichen Arschvoll an, was?«

»Da gäbe es zwei Bedeutungen, und für beide sind katholische Priester Experten.«

Bevor er was an den Herzkranzgefäßen kriegte, näherte sich eine Frau und sagte:

»Jack Taylor?«

Ich drehte mich um ... Mrs Flood, in schwarzer Trauerkleidung, wie eine verhutzelte Dohle. Ich sagte:

»Herzliches Beileid zu Ihrem Verlust.«

»Er ist kein Verlust. Hier.«

Schubste mir einen Umschlag zu. Brendans Nachricht. Ich wusste nicht, was ich sagen sollte. Sie sagte:

»Oh, keine Sorge, ich habe ihn nicht geöffnet.«

»Das hatte ich auch nicht angenommen.«

»Doch, das hatten Sie angenommen. Die Uniform tragen Sie vielleicht nicht mehr, aber Sie sind immer noch Polizist. Gott vernichte Sie.«

Angespuckt hatte sie mich nicht, aber ich wischte mir das Gesicht ab, als hätte sie es getan, und quengelte:

»Das reicht.«

Ging in Richtung Forster Street. Ging schnell.

DAS MAGDALENENSTIFT

Die Wäscherei war bestens im Geschäft, und das Geschäft florierte in einem Maße, dass selbst die Anwohner ihre Wäsche dort abzugeben begannen. Von ihnen kam kein Mitgefühl. Die Mädchen hatten Gesichter wie Kreide, und da sie kaum je das Gebäude verließen, ähnelten sie den gestärkten Laken, deren Pflege ihnen anvertraut war. Der Mangel an Sonne und die erdrückenden Arbeitsbedingungen verstärkten den Ausdruck äußerster Hoffnungslosigkeit, der allen Mädchen eigen war. Da sie als Büßerinnen galten, wurde von ihnen erwartet, dass sie während der Arbeit den Rosenkranz beteten. Wenn Geistliche zu Besuch kamen, erinnerten sie diese daran, dass sie aus der Gnade gefallen waren und welche Höhen sie zu erklimmen hatten, um je zur Erlösung zu gelangen.

Luzifer betrat die Wäscherei jedes Mal mit einem nahezu schwindelerregenden Gefühl von Macht. Ihre Augen hatten sich an die beißenden Ausdünstungen von Seife, Bleichmittel, Dampf und konstant siedendem Wasser gewöhnt. Der Geruch nach Schweiß und der Gestank ungewaschener Leiber trugen nur dazu bei, ihre köchelnde Wut anzufachen. Sie hasste diese Mädchen aus Gründen, die sie selbst nicht verstehen konnte.

Am nächsten Tag, vor der Beerdigung, rief ich Bill Cassell an. Er bellte:

»Was willst du, Taylor?«

»Mensch, Bill, was ist aus ›Jack‹ geworden?«

»Geh mir heute nicht auf den Sack, Bubi.«

»Ich habe die Frau gefunden.«

Einatmen, dann:

»Wo?«

»Newcastle.«

»Erzähl mir mehr.«

Das tat ich.

Er war still, während er die Daten verdaute. Ich sagte:

»Demnach sind wir quitt …, stimmt's?«

»Was?«

»Du hast gesagt, mein Deckel ist gelöscht, wenn ich sie finde.«

»Ja, ja, du bist schuldenfrei.«

Dabei hätte ich es belassen können, aber ich wollte den Scheißkerl piesacken und sagte:

»Du hörst dich gar nicht gut an, Bill.«

»Casey wurde angeschossen.«

Noch ein bisschen nachgefasst, gefragt:

»Wer ist Casey?«

Leises, gemeines Lachen und:

»Überrascht mich, dass du ihn vergessen hast. Großer Typ im weißen Trainingsanzug, hat dich bei unserem letzten kleinen Plausch festgehalten. 'türlich hast du Nev nicht zu sehen gekriegt, und wenn du Glück hast, bleibt das so.«

»Oh.«

»Ja, irgendeine feige Sau hat ihm in die Kniescheibe geschossen.«

»Das muss ja ganz schön wehtun.«

»Als wäre dir das nicht so was von wurscht.«

»Eine Ahnung, wer's war?«

»Dich kann ich schon mal mit Sicherheit ausschließen.«

»Warum?«

»Zwei Gründe. Eins, du bist meistens zu knülle, um deinen Pimmel zu finden, und zwei, du hast nicht die Eier zu so was.«

Klick.

Schwer zu sagen, ob ich bei diesem Austausch gepunktet hatte. Ich trug wieder den schwarzen Anzug, mir wohl bewusst, dass Brendan Flood heute sechs Fuß tief begraben würde. Sein Brief war neben meinem Bett. Ich hatte ihn noch nicht öffnen können. Schmiss zwei *Ludes* ein und machte Kaffee. Stellte das Radio an. Bob Dylan war sechzig geworden.

Hatte endlich den Oscar für seinen Song in *Wonder Boys* gekriegt.

Sie spielten ihn: »Things Have Changed.«

Kann man wohl sagen, und zwar »irreversibel«.

Gutes Wort, kommt man sich gebildet vor. Am besten sparsam verwenden.

Alles klar.

Sah auf die Uhr, merkte, dass die Ludes wirkten, weil ich vergessen hatte, den Kaffee zu trinken.

Steckte eine Zigarette an.

Atmete ein, öffnete den Umschlag, im Geiste den Spruch:

»Und der Oscar geht an ...«

Und so fing der Brief an:

Jack,
was soll ich Dir sagen? Meine Energie war alle. Als mein Glaube alle war, konnte ich nur noch brüllen. Zweifellos wirst Du das Gebrüll bei meiner Beerdigung

hören. Diese Sache mit dem Magdalenenstift hat das Fass zum Überlaufen gebracht. Clancy und seine Truppe sind scharf darauf, sie in der Vergangenheit zu belassen. Als könnte man das Böse jemals in die Mülltonne schmeißen. Dieser Bill Cassell will die Frau aus keinerlei gutem Grund finden. Behalte ihn im Auge und sei vorsichtig. Meine Frau kriegt das Haus und Geld. Aber wir Polizisten, wir haben immer eine kleine Reserve. Geh zur AIB, Lynch's Castle, Sparkontonummer 19 426 421, und Du kriegst das Grundstück Deines Lebens. Ich wäre länger geblieben, wenn die Kater erträglicher gewesen wären. Ich meine gar nicht die Kater vom Saufen. Du kommst dem am nächsten, was ich je als Freund hatte, und ich bin nicht einmal sicher, ob ich Dich mochte. So, jetzt bin ich schon länger tot, als ich dachte. Glaubte ich noch an Gott, würde ich sagen: Gott segne Dich.
Ich wäre gern der Polizist gewesen, der Du hättest sein können.
Slán.
Brendan Flood

Ich faltete den Brief sorgfältig, steckte ihn in mein Portemonnaie. Neben dem Foto von dem Mädchen mit den braunen Ringellocken kam ein Bildchen von Padre Pio wieder zum Vorschein. Das irische Wort für Traurigkeit ist *brónach.* Aber es bedeutet so viel mehr als das. Es ist mit Trostlosigkeit verwandt, mit Verwüstung, Verlassenheit, und davon war mein Herz durchschossen.

Am Empfang fragte Mrs Bailey:

»Frühstück?«

»Nein, danke schön.«

»Geht es Ihnen gut? Sie sehen so durchhin aus.«

»Ich muss zu einer Beerdigung.«

»Jemand Nahes?«

»Ich glaube schon.«

»Ich werde ein Gebet für ihn sprechen.«

»Danke.«

Nach dem Trauergottesdienst beschloss ich, hinter dem Leichenwagen herzugehen. Ein Brauch, der in Vergessenheit gerät, für mich so wichtig wie die Beichte. Immerhin, trotz der wuchernden Kommerzialisierung blieben Passanten stehen, nahmen die Mütze ab, bekreuzigten sich. Das berührte mich stärker, als Religion das je geschafft hat. Auch ein paar Polizisten waren zu Fuß unterwegs. Nicht in Uniform, aber präsent. Wie immer nickten sie mir vorsichtig zu, Bríd Nic an Iomaire mittendrin. Ich bin einer der Ihren ..., aber nicht mittendrin.

Ich war einer der Männer, die die Seile hielten, mit denen der Sarg in die Grube gelassen wurde. Gott, war der schwer. Gegen Ende wäre er uns beinahe weggerutscht, und als er auf dem Schmutz aufschlug, machte er ein Geräusch wie »AH«.

Als entwiche ihm ein ganz sanfter Seufzer.

P. Malachy intonierte:

»Des Menschen Leben währt nur kurze Zeit und ist doch voll des Jammers.«

Ich hasse die Stelle. Als wäre nicht alles schon schlimm genug. Danach kam er schnurstracks auf mich zu, aber ich war nicht in der Stimmung für den Blödmann, sagte:

»Verpiss dich.«

Ich sah die Totengräber lächeln.

Nur dafür hat es sich gelohnt.

In der keltischen Tradition gab es die schöne Vorstellung der *anam cara; anam* ist das irische Wort für Seele, und *cara* ist das Wort für Freund. In der *anam cara*, der Freundschaft, wird man auf altehrwürdige Weise mit dem Seelenfreund verbunden. So hat es John O'Donohue in seinem Buch *Echo der Seele* beschrieben.

Ich hatte Jeff und Cathy zu lange vernachlässigt. Sagte mir:

»Weil, jetzt haben sie ein Baby, lass sie erst mal zufrieden.«

Halb glaubte ich manchmal diesen Scheiß. Der alte Spruch:

»Wenn du unbedingt eine Rolle spielen willst, spiel deine eigene.«

Oha.

Trug ein Sweatshirt mit der Aufschrift

667
(NACHBAR DER BESTIE)

und die ausgeblichenen 501er.

Dann fiel mir die AIB wieder ein. Las die Kontonummer und lernte sie auswendig. Mrs Bailey las den *Irish Independent*, sagte:

»Wissen Sie, wer tot ist?«

Irischer kann's nicht mehr werden.

Ich sagte:

»Ich weiß bereits, wer tot ist, das können Sie mir glauben.«

Sie sah mich frontal an, sagte:

»Sehr locker, dieses Kleidungsstück.«

»Bin ja auch ein sehr lockerer Typ.«

Sie lächelte höflich und sagte dazu:

»So hätte ich Sie nicht beschrieben.«

Ging zuerst zur Bank. Ein Nicht-Landsmann hockte draußen auf einer Matte, bat:

»Euro, bitte.«

»In einer Minute, in Ordnung?«

»Eine Minute, ich zähle mit.«

Die Versuchung, ihm den Schädel zu spalten, wuchs mit der Erwiderung:

»Ich zähle auf Sie.«

Schlagzeile in der Lokalpresse?

EX-POLIZIST ATTACKIERT ASYLANTEN

Ganz bestimmt.

In die Bank und der Schaltermaus meine Kontonummer präsentiert. Sie hatte ein Geldgesicht, hart, hart, hart.

Ein Namensschildchen behauptete:

»Siobhan«.

Sie tippte die Zahlen ein, sagte:

»Dieses Konto wurde auf den Namen Jack Taylor eröffnet.«

Ich schenkte ihr das Asylantenlächeln, sagte:

»Er ich sein.«

Keinerlei Pfadfinderpunkte. Sie frostete mich an:

»Ich werde irgendein Ausweispapier sehen müssen.«

Damit hatte ich gerechnet und knallte ihr Folgendes hin: Pass, Führerschein, Leihbüchereiausweis.

Sie untersuchte alles wie ein Steuerprüfer, schnappte:

»Der Führerschein ist abgelaufen.«

»Ein Sinnbild meines Lebens.«

Sie blickte auf, fand das, was sie sah, offenbar nicht richtig schön. Ich sagte:

»Siobhan, machen Sie ein fröhliches Gesicht, dies ist doch kein Tribunal.«

»Es geht um eine beträchtliche Summe.«

»Ohne Scheiß jetzt?«

Ist mir so herausgerutscht, wer will mich dafür tadeln? Sie stand auf, sagte:

»Ich werde mit einem Geschäftsführer sprechen müssen.«

»Das überrascht mich jetzt aber.«

Irgendwann erscheint ein Anzug, sagt:

»Mr Taylor, willkommen bei der AIB.«

Ich frage mich, wie viel ist beträchtlich?

Und fragte das auch ihn.

Er sieht sich um, sagt:

»Ich kann Ihnen einen Ausdruck des Kontostands geben.«

»Na, dann her damit.«

Als ich ihn kriege, sehe ich ihn mir nicht an, stopfe ihn mir in die Tasche, sage:

»Sagen Sie Siobhan, dass ich sie liebe.«

Draußen nahm die Polizei gerade den Asylanten fest. Ich dagegen folgte der Aufforderung, wie es im Gedicht heißt:

»Reite weiter, Reiter!«

»Sei egoistisch, dumm und bei guter Gesundheit. Wenn aber die Dummheit fehlt, ist alles vergebens.«

Flauberts Rat, wie man unbeschadet durchs Leben kommt

Zu Garavan's, rief nach einer *pint* und setzte mich in den *snug*, die behagliche Einzelsäuferkoje.

Behaglich ist sie.

Die *pint* kam, ich nahm einen tüchtigen Zug, kramte den Konto-Ausdruck hervor, rief:

»Brandy, groß.«

Und boxte in die Luft. Es waren keine unerschöpflichen Ruhestandsbezüge, aber ich würde einige Zeit nicht zu knausern brauchen. Schon gar nicht, wenn ich etwas Vorsicht walten ließ. Als der Brandy kam, fragte der Typ:

»Kleine Feier?«

»Ja. Was hätten Sie gern?«

»Zehn Jahre Rosenkranz.«

In dieser Kneipe kann man sie nicht beeindrucken. Ich wollte den ganzen Tag da sitzen, aber mein Gewissen jaulte:

»He du, was ist mit Jeff und Cathy?«

Also ging ich zu Nestor's. Der Wachposten war auf seinem Platz, sein halbes Bier stand vor ihm. Jeff wusch Gläser. Der Wachposten sagte:

»Haben Sie hier früher nicht mal getrunken?«

Jeff lächelte.

Ich stieg auf einen Hocker, sagte:

»Tut mir leid, dass ich mich nicht gemeldet habe.«

»Gut, dich zu sehen, Jack.«

»Wie geht's Cathy?«

»Gut.«

»Und dem Baby?«

Der Brandy war schuld, ich kam nicht darauf, wie das Baby hieß. Beschämt wühlte ich nach meinen Lullen, kurbelte eine an, als Jeff sagte:

»Sie gedeiht.«

Und das Gespräch erstarb. Stotterte nicht und wurde dann

langsam abgewürgt oder mäandrierte sich von Klischee zu Klischee und kollabierte. Ich sagte, nachdem horrend viel Zeit vergangen war:

»Eine *pint*, Jeff.«

»Unterwegs.«

Kriegte sie und verzog mich an den Ort, der einst mein Büro gewesen war. Harter Stuhl mit Tisch, Rücken zur Tür, und dachte:

»Trink die *pint* aus und fliehe.«

Jeff kam herüber, Tasse Kaffee in der Hand, fragte:

»… darf ich?«

»Klar.«

Er setzte sich dazu.

Fragte dann:

»Wo stehst du beim Thema Bob Dylan?«

»Hauptsächlich im Dunklen.«

Kopfschütteln, falsche Antwort.

Zweiter Versuch:

»Sieh mal kurz auf *Don't Look Back* zurück, den Dokumentarfilm über seinen Englandbesuch 65, als er jung und schön war. Hier ist er, wird gerade vierundzwanzig, und alle Berühmtheiten mit all ihrem Glamour küssen ihm die Füße. Er ist das auf vollkommenste Weise hippe Geschöpf auf Erden.«

Jeff hält inne, vom schieren Wunder dieses Bildes gefangen genommen. Schüttelt den Kopf, fährt fort:

»Stell dir vor, wie du damit fertigwürdest. Nur zehn Prozent davon, und du wärst hinüber. Aber Dylan wird damit fertig und sagt dem Mann vom *Time*-Magazin: ›Sie werden sterben. Sie werden tot sein. Das kann in zwanzig Jahren sein, das kann morgen sein, jederzeit. Ich auch. Ich meine, wir werden einfach weg sein. Die Welt wird ohne uns weitergehen, angesichts dessen machen Sie Ihren Job, und wie ernst Sie sich nehmen, entscheiden Sie selbst.‹ Das ist die Dylan-Haltung. Sechsunddreißig Jahre später ist er immer noch in der Endzone, entschieden unbeeindruckt von dem ganzen Radau, den er ununterbrochen erzeugt und ertragen hat.«

Jeff trank von seinem Kaffee, Schweißperlen auf der Stirn. Mr Cool, Mr Lässig, Mr Zurückgelehnt hatte Leidenschaft entwickelt. Bevor ich das sagen konnte, sagte er:

»Das ist nicht von mir; das hat Michael Gray geschrieben, ein Dylan-Chronist aus alter Zeit.«

»Und du? Hast es auswendig gelernt?«

Er kriegte meinen Ton mit, verteidigte sich:

»Ja und, was dann?«

»Komm, Jeff, du warst Musiker, an Dylans Ära verdammt nah dran. Auch du hast überlebt.«

Das Kneipenradio setzte ein, und »Lola« von den Kinks ertönte. Wir lächelten beide. Vielleicht war das der letzte Kommentar zu uns.

Als würde gefragt:

»Hätt'st du's gewusst?«

Ich sagte:

»Hast du das Buch von Ray Davies gelesen?«

»Als hätte ich nicht schon genug eigenen Kummer.«

Ich hatte die *pint* ausgetrunken und ging mit mir zurate, ob es noch eine sein soll, als er sagte:

»Weißt du, wie es ist, wenn man ein Kind mit Down-Syndrom hat?«

Ich hatte keine Ahnung, sagte:

»Ich habe keine Ahnung.«

»Würdest du es gern wissen?«

Bevor ich antworten konnte, griff er in seine Jeans, holte ein zusammengefaltetes Stück Papier heraus, sagte:

»Da erfährst du es.«

»Hast du es geschrieben?«

»Nein, ich lebe es.«

Dann war er aufgestanden, sagte:

»Ich habe eine Bierlieferung. Wenn ich nicht da bin, schmeißen sie die Fässer auf dem ganzen Hof herum.«

Ich faltete das Stück Papier auf, las:

Willkommen in Holland
Von Emily Pearl.

Es war ein langer Text über die Planung einer Reise nach Italien. Ergeht sich in Einzelheiten, wie aufregend der Trip ist. Genau der Trip, den man sein ganzes Leben lang geplant hat. Man hat sogar die Sprache gelernt und die Sehenswürdigkeiten festgelegt, die man immer schon sehen wollte. Aber als das Flugzeug landet, ist man in Holland, und verwirrt fragt man sich, wie kann das passieren? Alle Vorbereitungen hatten Italien gegolten. Nachdem sich der erste Schock gelegt hat, beginnt man langsam, die Wunder Hollands zu sehen, so anders sie auch sind als alles, worauf man sich gefreut hatte. Man muss die neue Sprache lernen und alle Erwartungen der neuen Landschaft anpassen. Allmählich beginnt man die Vorzüge Hollands zu genießen, obwohl man seinen Blickwinkel gründlich verschieben muss. Beizeiten beginnt man, Holland tatsächlich zu lieben, was man nie geglaubt hätte.

Ich saß da, mein Herz in Fetzen. Ich wollte die *pint* nicht mehr. So oder so, hatte ich das Gefühl, hatte auch ich mein Leben lang Italien nachgetrauert.

Ich tat das Einzige, was ich konnte. Ich ging los und kaufte einen Strauß Tulpen für Cathy.

»Der Wissensdurst ist wie eine Mausi,
von der man weiß, dass man ihr nicht nachsteigen sollte;
am Ende steigt man ihr doch nach.«

George P. Pelecanos,
Down by the River Where the Dead Men Go

Am Freitagabend kam ein junger Mann aus seinem *FÁS*-Kurs. Es ging ihm gut. Er hatte etwas Bares auf Tasche und wollte sich im Cuba mit den Jungs treffen.

Nicht in Kuba, sondern im Cuba, dem Nachtklub.

Ein Summen war in der Luft, mit all den leeren Versprechungen des Wochenendes. Er verweilte eine Minute hinter dem Dom. Da er der übersprudelnden neuen Generation angehörte, kam es ihm natürlich nicht in den Sinn, sich zu bekreuzigen. Warum auch? Dies Ritual wurde immer seltener. Braucht man Gott, wenn man siebzehn ist?

Einer Laune folgend, ging er zur Uferböschung hinüber, die paar Stufen hinunter, wo die Enten sind. Er stand am Wasser, fühlte sich wohl. Hörte den Mann nicht. Leute, die von der alten Mühle zur Brücke wollen, benutzen diesen Pfad regelmäßig. Hier kann man sich, wenn man von der hektischen Newcastle Road kommt, ein Stückchen Stille schnappen.

Der Mann blieb stehen, schoss dem jungen Burschen zwei Kugeln in den Kopf, drehte sich um und ging zurück in Richtung Mühle. Wie laut auch immer das Platschen der Leiche gewesen sein mochte, es brachte ihn nicht dazu, sich umzusehen. Er schnippte das leere Einwickelpapier des Kaugummis in den Fluss.

Augenzeugen lieferten wie immer einen Mahlstrom widersprüchlicher Information. Ich hörte bei Nestor's davon. Jeff sagte: »Allmächtiger, was ist denn mit der Welt los?«

Der Wachposten sagte:

»Alles nur wegen der Korruptionsskandale.«

Bevor ich kommentieren konnte, ging die Tür auf, und Terry Boyle kam hereingestürmt. Das blonde Haar schief, die große Gestalt starr vor Zorn, trug er einen sehr guten Anzug. Ragte über mir auf, rief:

»Wofür zum Teufel bezahle ich Sie?«

Ich saß an meinem üblichen Tisch, ein Buch vor mir. Mit dem Zeigefinger deutete ich auf den anderen harten Stuhl. Er sagte:

»Sagen Sie mir nicht, was ich zu tun habe.«

»Setzen Sie sich hin, oder ich schlage Sie nieder.«

Ich konnte kurz die Adern an seinen Schläfen pulsieren sehen. Wog ab, wie seine Chancen standen. Jeff hatte sich gestrafft, Terry sah sich um, schätzte ihn ein, schnappte dann:

»Barmann, einen Wodka Tonic, und zwar bald.«

Er setzte sich.

Ich bemerkte Verletzungen an seinen Fingerspitzen. Versuchte, mich an irgendwas von meiner Ausbildung in Templemore zu erinnern. Er hatte gesagt, er sei in der Software, also sagte ich:

»Soso, vom Tippen.«

Das verächtliche Grinsen machte seinen Mund hässlich, und fast spie er seine Erwiderung:

»Mensch, ihr alten Krauter. Niemand tippt mehr, man gibt ein.«

Ich beugte mich zu ihm vor, sagte:

»Kommen Sie her.«

Verschreckter Blick, und:

»Was?«

»Kommen Sie, näher ran.«

Er kam nicht näher ran, also sagte ich:

»Wenn Sie mich noch mal anbrüllen, jemals, stecke ich Ihnen Ihre eigenen Klöten in den Hals. Geben Sie das ein.«

Er machte den Rücken gerade, sagte:

»Ich betreibe Kai-tai-wan.«

Zumindest glaube ich, dass er das gesagt hat. Bevor ich reagieren konnte, knallte Jeff ihm sein Getränk auf den Tisch, sagte:

»Sohnemann, wenn du wieder in meine Kneipe platzt und dabei schreist wie verrückt, wirst du dein Kai-Sowieso brauchen.«

Und weg war er.

Terry atmete aus, maulte:

»Was ist mit euch Senioren los? Ihr seid so verdammt empfindlich!«

Senioren? Das Abgleiten ins Amerikanische nahm nicht gerade für ihn ein, aber ich ließ es ihm durchgehen, holte meine Fluppen heraus und steckte mir eine an. Er sagte:

»Noch nie was von Nikotinpflastern gehört?«

»Terry, nun seien Sie einen Moment still, trinken Sie Ihren Drink, und wir fangen noch mal von vorne an. Wie wäre das?«

Er tat, wie ihm geheißen.

Ich sagte:

»Was für eine Hummel haben Sie im Arsch?«

»Ich habe keinen einzigen Tätigkeitsbericht erhalten. Wie geben Sie mein Geld aus? Kirsten schmeißt mit Geld um sich wie ein betrunkener Seemann. Dem Geld meines Vaters.«

In Wahrheit hatte ich die ganze Sache so gut wie vergessen, sagte:

»Ich arbeite an einer definitiven Ermittlungszielrichtung.«

Hätte fast hinzugefügt:

»Eine Festnahme steht unmittelbar bevor.«

Er beäugte mich stark ungläubig, sagte:

»Sie verfolgen eine Spur?«

»Kann man so sagen, ja.«

Er nahm einen Schluck von dem Wodka, grimassierte, sagte:

»Und Sie können einfach so … jeden Tag … saufen?«

»Ist meine Pflicht.«

Das beließ er, wie es war, rieb sich die Hände, sagte:

»Okay, das ist ja sehr vielversprechend. Meinen Sie, die Zicke geht baden?«

Ich nickte feierlich.

Er griff in seine Jacke, seine sehr teure Jacke, holte sein Scheckbuch heraus, sagte:

»Werden weitere zwei Wochen Vorschuss reichen, um die Fotze dranzukriegen?«

Ich hätte mich fast verschluckt. Das Wort haut rein wie eine rollige Betschwester. Spürte, wie sich mir die Fäuste ballten, entschied mich dann für ökonomische Schadenszufügung, sagte:

»Um ganz sicherzugehen, sagen wir: einen Monat.«

Er schrieb den Scheck aus. Ich bemerkte den Füller, ein wunderschönes Stück. Ich bin ja noch ein Kind der alten Schule. Mit dem Lineal wurde auf unsere Fingerknöchel eingedroschen, um unsere Schreibkünste zu vervollkommnen. Wir hatten schmerzende Finger, aber eine leserliche Handschrift. Etwa so nützlich wie eine Empfehlung von Fianna Fáil. Er sah, wie ich glotzte, sagte:

»Das ist ein Montblanc, die limitierte Agatha-Christie-Edition. Wollen Sie ihn mal halten?«

»Ich weiß nicht. Vielleicht will ich ihn dann nicht mehr hergeben.«

Er bot ihn mir an. Spürte sofort das Gewicht, untersuchte ihn langsam. Edelstes Kunsthandwerk, weckte Sehnsucht nach Dingen, die ich nicht brauchte. Er nahm ihn wieder an sich, sagte:

»Nicht so ganz Ihre Liga, Alterchen.«

»Terence, ich muss Sie wirklich ersuchen, Ihre Zunge im Zaume zu halten.«

In seiner Miene wucherte jetzt das Neue Irland, selbstgefällig, gierig, wissend. Er sagte:

»Ich habe eine ganze Garnitur davon, kostet mehr, als Sie in Ihrem gesamten tristen Leben verdienen könnten.«

Ich beschloss, dass er zu dumm für aufs Maul war. Ich konnte warten. Jeff kam hinter dem Tresen hervor, begann, den Fußboden zu fegen. Ich hatte das noch nie bei ihm gesehen. Terry merkte es nicht; ein arbeitender Unterling war unwichtig. Er sagte:

»Haben Sie heute Abend schon was vor?«

»Wie jetzt. Wollen Sie mit mir ausgehen?«

Er keckerte leise. Ich würde es gern »lachen« nennen, gern auch den verwandten Begriff, »kichern«, verwenden ..., aber nein ..., es war übelst gekeckert. Er sagte:

»Geraldo und ich halten eine kleine Soiree in unserem Domizil ab.«

»Domizil! Und wer ist Geraldo?«

Er setzte das erste echte Lächeln auf, das ich an ihm gesehen hatte, sagte:

»Mein besseres zweites Ich. Wir feiern Jubiläum.«

Ich zündete mir eine weitere Zigarette an, zog tief. Er fuhr fort:

»Wir sind seit zwölf Monaten ein Thema.«

»Und diese Soiree ist wahrscheinlich nur für Schwule.«

»Ach, Jack ... Sie haben doch nichts dagegen, wenn ich Sie so nenne? Wir haben Freunde in jedem Milieu.«

»Und ich soll da das ungehobelte Segment vertreten?«

»Seien Sie doch nicht so hart gegen sich selbst, Jack. Sie haben einen gewissen primitiven Reiz. Meine Adresse steht auf der Karte, die ich Ihnen gegeben habe. Es wird bestimmt sehr spaßig.«

Dann war er aufgestanden und sagte:

»Von halb neun an, Kostüm Siebzigerjahre.«

»Habe ich doch schon an«, dachte ich.

An der Tür kollidierte er mit dem fegenden Jeff. Keiner entschuldigte sich. Er ging rechts an Jeff vorbei, und weg war er. Ein paar Minuten später begann Jeff sich hinter seinen Tresen zurückzuziehen und ließ etwas auf meinen Tisch fallen. Den Montblanc.

Ich sagte:

»Manno, Jeff.«

»Wird ihn Umgangsformen lehren.«

»Aber du bist Musiker; wo hast du das Kunststück gelernt?«

»Man nennt es Improvisation. Was für ein Künstler wäre man ohne sie.«

»Das merkt er aber doch ... Jeff, er wird wissen, dass du den Füller geklaut hast.«

»Ich hoffe stark, dass du recht behältst.«

»Ich war mir ziemlich sicher, dass sie eine Stofftiersammlung besaß. An der Stoßstange ihres kaputten Corolla klebte entweder ein Smiley oder so ein Jesus-Fisch. Sie las Bücher von John Grisham, hörte gerne Kuschelrock, feierte mit Vorliebe Junggesellinnenabschied und hatte noch nie im Leben einen Film von Spike Lee gesehen.«

Dennis Lehane, *Regenzauber*

So gut ich konnte, mied ich den Claddagh. Nicht, dass ich den Stadtteil nicht gemocht hätte. Im Gegenteil, früher war er Teil meines Erbes gewesen. Die ganze Nummer: Schwäne füttern, zur Grattan Road spazieren, am Ende von Nimmo's Pier einen Wunsch äußern.

Aber sein Karma war ganz schön mies.

Heutzutage, da die Chemie alle Depression erfolgreich in Schach hielt, wurde ich von Erinnerungen überflutet. Schwankte von bittersüß bis Kreuzigung. Retteten Bücher meine Zurechnungsfähigkeit? Darauf können Sie aber Ihren Arsch wetten.

Jeden Tag hatte ich eins in der Jacke, las, las, las.

Als wäre es mir ernst damit.

War es meistens auch.

Ich ging die Quay Street entlang, die jetzt ganz heiß als Galways Antwort auf Dublins Temple Bar gehandelt wurde, und bemerkte die Überbleibsel der englischen Junggesellenabschiedspartys. Konnte einem jede Gegend vergällen. Die Straße erstrahlte vor Coffeeshops, Pizzerien, Bistros, nirgends Iren beschäftigt. Wenn man Englisch hörte, hatte man Glück gehabt, mit irischem Akzent erst recht. Ein gewisser Ankerplatz war McDonagh's, die Adresse für Fisch mit Fritten. Immer gerammelt voll. Beim kleinsten Anflug von Sonne dehnte sich die Kundschaft bis zu Jury's. Wenn ich dagegen echten Fisch mit echten Fritten will, gehe ich zu Conlon's, praktischerweise gegenüber Keohane's Buchhandlung. Auch ein Familienunternehmen. Man setze sich bei Conlon's auf einen Fensterplatz, bestelle eine schön sämige Fischsuppe und betrachte die Bücher auf der anderen Straßenseite. Als ich letztes Mal da war, pfiff Martin Sheen sich gerade gierig Kabeljau mit Pommes ein. Niemand nahm von ihm Notiz. Niemand. Ganz bestimmt. Niemand (obwohl *The West Wing* für den größten Teil der Stadt Pflichtfilm war und sich sämtliche jungen Mädchen erneut in Rob Lowe verknallten).

Ich persönlich mochte Toby, den eindringlichen jüdischen Schwarzseher. Ist nur logisch. Als Gott Sein »Bitte lächeln« an die Babys verteilte, hat Er mich ausgelassen. Wusste wahrscheinlich, dass ich später mal zur Polizei gehen sollte.

Für Spanish Arch schnallte ich den Walkman an. Bono stürzte sich kopfüber in »One«. Wollte am liebsten mit ihm mitbrüllen. Wenn U2 ihre große Zeit hinter sich haben, was wird dann aus mir?

Die Ausgabe von Charles Bukowskis *Schlechte Verlierer* war bei City Lights herausgekommen und wunderschön hergestellt. Wie es sich anfühlt, wie es gebunden, gedruckt ist, all das steigert den Wert noch. Magisches Foto von Bukowski auf dem Umschlag, er raucht einen Stumpen, sein Gesicht wirkt zerstört, aber interessant zerstört. Man denkt nicht »ruiniert«, man denkt: »gelebt, bis es wehtat«. Ich holte mir einen Mitnehm-Espresso und setzte mich vor einem Thai-Restaurant auf die Stufen. Wie irisch ist das denn?

Begann zu lesen. Nach Bono kam *Flame* von Johnny Duhan, sein ernsthaftestes, persönlichstes Album. Keine leichte Kost.

Ich warf wieder einen Blick auf die Quay Street. Touristengewimmel, und noch nicht einmal zwölf Uhr mittags. Wie die Stadt sich verändert hatte. In meiner Kindheit war dies eine der heruntergekommensten und herunterziehendsten Gegenden gewesen, gerühmt für zwei Dinge: eine Pfandleihe und die Kasbah.

Ein Mann ging am Samstag trinken, hatte seinen besten Anzug an; am Montag ging der Anzug zum Pfandleiher. Je nachdem, wie der Mann drauf war, der die Miete eintrieb, blieb der Anzug ein paar Tage oder einen Monat da.

Die Kasbah hatte ihren eigenen Glanz. Es war weit mehr als

eine Spelunke und wurde von Nora Crubs geführt, mit der man sich besser nicht anlegte.

Nie.

Wenn die Kneipen schlossen, klopfte man bei der Kasbah an. Der Einlass erfolgte ausschließlich nach Laune. Sobald man drin war, konnte man was zu trinken kriegen, der ganze Sinn der Übung. Außerdem konnte man einen Teller Schweinsfüße kriegen, die nach der Chefin benannten »Crubeens«. Sie schmeckten hauptsächlich nach Salz. Es spricht einiges für Salz.

Es war eine Lieblingskneipe der Polizisten, große Jungs vom Lande, die immer Nachschlag verlangten. In dieser Zeit der multikulturellen Bevölkerung hätten sich unsere Nicht-Europäer, glaube ich, nicht mit der Speisekarte anfreunden können.

Ein Schatten fiel. Ich blickte auf und sah eine *ban garda*. Sie sagte:

»Sie werden den Platz räumen müssen, Sir.«

Bevor ich protestieren konnte, brach sie in Lächeln aus. Ich erkannte das Mädchen von unserem Treffen bei McSwiggan's. Klaubte nach dem Namen, sagte:

»Welle, Wulst, Bergkamm ..., stimmt's?«

Seufzen, dann:

»Ich hab's Ihnen doch gesagt, ich heiße Nic an Iomaire. Wir betreiben kein Englisch.«

»Das ist mir scheißegal.«

Der Kraftausdruck brachte sie ins Wanken. Sie erholte sich, sagte:

»Ich könnte Sie wegen anstößiger Redeweise festsetzen.«

»Nur zu.«

Sie sah sich um, dann:

»Ich muss mit Ihnen sprechen.«

»Nein.«

»Wie bitte?«

»Ich will nicht mit Ihnen sprechen, Welle-Wulst-Bergkamm. Undine.«

»Es ist wichtig ... Ich gebe Ihnen einen aus.«

»Wo?«

»Wo Sie mögen.«

»Brennan's Yard?«

Zögern, dann:

»Ist das nicht kostig?«

»Sie meinen teuer? Doch ..., hab ich gehört.«

»Also gut ... Morgen Abend ... Halb neun.«

»Ich werde da sein.«

»Ich gehe lieber. Man muss nicht sehen, dass ich mit Ihnen rede.«

Sie wandte sich zum Gehen, und ich sagte:

»Undine!«

»Ja?«

»Kommen Sie nicht in Uniform.«

Ich sah mir das World-Cup-Qualifikationsspiel England – Griechenland an. Beckham als Kapitän hatte gerade ein überaus erstaunliches Tor erzielt. Wenn man das Einsnull von Schole dazu rechnete, lief es auf ein griechisches Lebewohl hinaus. Der englische Kommentator war in seiner Schwärmerei ballistisch geworden. Sogar Beckhams Mohikanerhaarschnitt war fast verziehen. Das Telefon klingelte. Ich sagte:

»Ja.«

Ein Auge auf dem Fernseh.

»He, großer Junge.«

»Hallo, Kirsten.«

»Was machen Sie?«

»Glotze Fußball.«

»Wollen Sie mit mir spielen?«

Ich seufzte. Nicht so doll wie meine Mutter, aber von Herzen. Sagte:

»Eigentlich nicht.«

»Och, kommen Sie, Jack, Sie machen keinen Spaß.«

»Ich bin allerdings zu einer Party eingeladen.«

»Oh, ich liebe Partys.«

»Dann treffen wir uns hier in einer Stunde.«

»Ich zähle die Minuten.«

Klick.

Stellte den Fernseh ab. Duschte lau, warf einige Ludes ein und unterzog meine unermessliche Garderobe einer eingehenden Prüfung. Dachte: weißes Hemd, Jeans und Pullover; den Pullover vielleicht für über die Schulter, sehr, sehr locker. Hätte ich eine Sonnenbrille gehabt, hätte ich sie mir auf den Kopf stecken können und wäre das Totalarschloch gewesen. Nein, der Wetterbericht hatte Regen angekündigt ... echte Überraschung ..., und ich grub meinen polizeilichen Allwettermantel aus. Im Gegensatz zu mir wurde er mit zunehmendem Alter immer besser. Stellte den Kragen hoch ... So sieht es richtig schnittig aus. Sah in den Spiegel, und mir wurde klar: Ich war mein Vater geworden.

Wann war das passiert?

Ich nahm die Heckler & Koch und roch an der Mündung. Man konnte merken, dass sie vor Kurzem abgefeuert worden war. Ich wickelte sie in Wachstuch, kniete nieder und verstaute sie zwischen Bettfedern und Matratze. Wenn Janet diese Ebene des Saubermachens erreichen sollte, konnte sie das Traumgrundstück behalten.

Zurück zur Garderobe. Ich holte das SKV, das E flüssig, das ich mir bei Stewart, dem Drogendealer, besorgt hatte. Er war sehr eindringlich gewesen, was die korrekte Dosierung betraf. Wenn man bei einer Abendeinladung mit einer möglichen Gattenmörderin und einem schwulen Beisammensein rechnet, braucht man jede nur mögliche Hilfe. Ich steckte es ein.

Nahm die Treppe und lungerte im Empfang herum.

Ein gelber Datsun hielt, der Wagenschlag ging auf, und ich sah ein langes nylonbestrumpftes Bein. Hätte Kirsten einen kürzeren Rock angehabt, wäre sie festgenommen worden. Er war aus glänzendem PVC, und obenrum trug sie was Ärmelloses. Rot. Das Haar trug sie zerzaust. Das Wort gefällt mir. Suggeriert Bett und heftigen und immer heftigeren Sex. Mrs Bailey saß am Empfang. Sie sagte:

»Da fallen einem die Wörter ›Fratz‹ und ›Wildfang‹ ein.«

Diese Wörter gefielen mir nicht. Ich ging vor die Tür, Kirsten drehte eine Pirouette und fragte:

»Recht so?«

»Kaum zu übersehen.«

Zwei junge Burschen gingen vorüber und machten:

»Heiland.«

Sie bedachte sie mit einem geräumigen Lächeln. Ich sagte:

»Ich reise nicht in einem gelben Auto.«

»Zu dick aufgetragen?«

»Es passt nicht ins Bild.«

»Es ist ein Mietwagen. Gehen wir zu Fuß.«

Sie hakte sich unter, und ihr Parfum stellte schwindelerregende Dinge mit meinem Kopf an. Sie sagte:

»Paris.«

»Was?«

»Mein Duft.«

»Lesen Sie neuerdings Gedanken?«

»Nur schmutzige.«

Als wir uns Terence' Wohnung näherten, blieb sie stehen, sagte:

»Augenverdammtekackeblick mal.«

»Ja?«

»Hier herum wohnt Terence.«

»Es ist seine Party. Wenn wir nicht hingehen, weint er.«

Sie sah mich stechend an, sagte:

»Sie nehmen mich auf eine Party von dieser Obertucke mit?«

»Er hat gesagt, es ist eine Siebzigerjahrefete. Sie kommen mir vor wie ein Siebzigerjahremädchen. Habe ich da falschgelegen?«

Sie sah mich sehr prüfend an, fragte:

»Wo sind Sie drauf?«

»Wie bitte?«

»Kommen Sie, Taylor, ich bin doch nicht von gestern. Koks ist es nicht; dazu labern Sie nicht genug. Etwas Weicheres ... Doppeltes Valium?«

»Quaaludes.«

Sie war entzückt, kreischte fast:

»Die werden noch hergestellt! Scheiße, wo sind meine Eagles-LPs?«

Wir hatten Terrys Bude in der Merchant's Road erreicht, in meiner Jugend in jeder Beziehung eine Sackgasse, jetzt schicke Apartments und Gewerbe wie Schönheitsoperationspraxen. Sein Gebäude war aus erlesenstem Connemara-Granit. Aus dem widerspenstigen Boden gehauen, um den Neureichen als Fassade zu dienen. Ich klingelte, und wir wurden durchgesummt. Kirsten sagte:

»Ich kann nicht glauben, dass wir auf die Party dieses kleinen Pimmels gehen.«

»Ich hätte nicht gedacht, dass Frauen dieses Wort verwenden.«

»Worüber sollen wir uns denn sonst die ganze Zeit amüsieren?«

Die Party hatte sich auf den Korridor ausgebreitet, und, ja, das Siebzigerjahrethema stach ins Auge. Schlaghosen, falsch: Schlaghosen mit Schlag wie Elefantenfüße, zerknitterte Samtjacken und tuffige Frisuren. Bei beiden Geschlechtern. Die Musik klang verdächtig nach Ballroom Blitz.

Mir wäre wohler, wenn ich das nicht erkannt hätte.

Wir drängelten uns durch die Menge, und Kirsten sagte:

»Ganz offensichtlich Ihre Ära.«

Jemand überreichte mir einen Joint, ich nahm einen Zug und bot die Tüte Kirsten an, die sagte:

»Ich hab's nicht so mit fremdem Speichel, zumindest nicht vor Publikum.«

Terence erschien. Enges gelbes Hemd und hautenge gelbe Schlaghose mit breitem roten Gürtel. Ich sagte:

»Er passt zu Ihrem Auto.«

Schweiß troff von seinem Stirnband. Großes Lächeln, bis er mein »Mitbringsel« sah, dann:

»Haben Sie den Scheißverstand verloren?«

Ich bot ihm die Rauschgiftzigarette an, sagte:

»Alles easy, Alter.«

Ein Spanier in den Zwanzigern, unmöglich gut aussehend, trat herzu, nahm Terence bei der Hand, sagte:

»Ich bin *Ch*eraldo.«

»Wie Gerald?«

»*Sí.*«

Ich glaube, er hatte mir mal in der Quay Street Kaffee serviert. Er trug ein schwarzes Seidenhemd und passende Hose und um den Hals eine große Goldkette. Die hätte man ins Pfandhaus tragen können, da hätte der Pfandleiher Augen gemacht.

Gerald breitete die Arme aus, sagte:

»Feuchtes gibt es in der Ecke.«

Terence stürmte davon und sagte:

»Wir sprechen uns noch, Taylor.«

Ich wandte mich an Kirsten, sagte:

»Er hat gar nicht ›Mutti‹ zu Ihnen gesagt.«

Den Barmann erkannte ich von O'Neachtain's. Er beugte sich vor, flüsterte:

»Ich bin nicht schwul.«

»Habe ich was gesagt?«

»Nein … Aber …«

Er zeigte auf die gleichgeschlechtlichen Pärchen, die sich bereits gesellig niederließen, sagte:

»Ich möchte nur nicht, dass Sie glauben …«

»Ich glaube, wir hätten gern was zu trinken.«

»Alles klar. Für die Dame?«

»Scotch Eis. Machen Sie zwei draus.«

Machte er.

Jetzt war die Musik Gary Glitter: »Do You Want to Be in My Gang?«

Kirsten sagte:

»Sobald sie Village People spielen, bin ich weg.«

Ich lachte, und sie sagte:

»Ein Mann macht sich daran, die Welt zu zeichnen. Während die Jahre vergehen, bevölkert er eine große leere Stelle mit den Abbildern von Provinzen, Königreichen, Bergen, Buchten, Schiffen, Inseln, Fischen, Zimmern, Instrumenten, Sternen, Pferden und Individuen. Kurz bevor er stirbt, entdeckt er, dass das geduldige Labyrinth von Linien seine eigenen Gesichtszüge nachzeichnet.«

Sie verstummte, kippte sich den Scotch hinter die Binde wie ein Schauermann. Weil ich letztens viel im Hafen gewesen war, wusste ich das. Ich sagte:

»Eindrucksvoll.«

»Das ist von Jorge Luis Borges … *El hacedor.*«

»Das sollten Sie mal Geraldo aufsagen.«

»Diesem Blödmann würde ich Borges nicht mal borgen. ’tschuldigung, musste raus.«

Ich dachte an Jeff und an seinen Text über Dylan und fragte mich, warum die Menschen sich so was Seltsames merkten, fragte:

»Und warum haben Sie das auswendig gelernt?«

»Keine andere Wahl.«

»Ist Borges jetzt Pflichtlektüre?«

Sie bedachte mich mit einem coolen, langsamen, trägen Blick. Der Scotch wirkte bereits und schürte ihre stets köchelnde Sinnlichkeit vollends. Sie sagte:

»Dummerle. Sie müssen immer Schlüsse ziehen. Nichts ist je, wie es den Anschein hat. Mein Mann, mein lieber verstorbener, hatte sich das über den Badezimmerspiegel gepinnt. Da ist es offenbar haften geblieben.«

»YMCA« begann, zu Schreien des Entzückens aus der Menge. Kirsten drückte mir das leere Glas in die Hand, sagte:

»Ich habe Sie gewarnt.«

Und weg war sie.

Ich hinter ihr her. Mein Arm griff in den Korridor. Terry, inzwischen ernstlich dehydriert, rief:

»Welches Spiel spielen Sie, Taylor?«

»Ein Strategem … Man konfrontiere die Verdächtige mit dem Klageführer; vielleicht gesteht sie.«

»Sie sind doch voller Scheiße, echt jetzt.«

»Auch das.«

»And you remain, inviolate.«

Johnny Duhan, *Inviolate*

Kirsten ging schnell in Richtung Franziskanerkirche. Ein sehr betrunkener Geschäftsmann schwankte am Wagenschlag seines BMW und lallte »Galway Girl«.

Letztes Mal hatte ich das gesungen von Steve Earle auf der Bühne in der Town Hall gehört. Dieser Typ ließ die Schlösser des Autos im Takt des Liedes piepen, auf, piep, zu, piep, hicks.

So ähnlich.

Er schien dem Delirium nah vor Glück.

Neidvoll schluckte ich, rief:

»Kirsten … Mensch.«

Holte sie am Ende der Buttermilk Lane ein. Sie sagte:

»Terry hat mich angeschrien, ›Hure!‹, bevor ich ging, und mich angespuckt.«

»Heiland.«

»Ich habe ihm gesagt, er soll sich abregen, sonst kriegt er noch einen Infarkt.«

Sie hielt ein Taxi an, fragte:

»Kommen Sie mit?«

»Klar.«

Der Taxifahrer sagte uns, weshalb das Volk den Vertrag von Nizza abgelehnt hatte, sagte:

»Wir können uns doch von Europa nicht herumkommandieren lassen, stimmt's?«

Niemand antwortete. Kirsten sagte ihm, wohin er fahren sollte, und er erörterte unverzagt die Dänen. Vor dem Haus sprang sie aus dem Taxi, sagte:

»Sie zahlen.«

Und verschwand im Innern.

Während ich nach Geld kramte, unterzog der Fahrer das Haus einer Betrachtung, sagte:

»Sie haben es geschafft, Kumpel.«

»Ich bin da nur zur Aushilfe.«

Er zwinkerte, dann:

»Diese *FÁS*-Kurse machen sich bezahlt.«

Und gab die Einfahrt runter ordentlich Gummi. Ich ging hinein; nichts von ihr zu sehen. Ein Ruf aus dem 1. Stock:

»Ich bin unter der Dusche, fühlen Sie sich ganz wie zu Hause.«

Ich versuchte es.

Fand die Hausbar, schenkte einen Scotch ein, knallte mich aufs Sofa.

Ein Häufchen Bücher auf dem Tisch, einschließlich Jackie Collins, Alice Taylor, Maeve Binchy.

Und siehe da: ein wunderschönes schlankes Bändchen mit dem Titel *Die Legende vom heiligen Trinker* von Joseph Roth. Übersetzt von Michael Hofmann.

Ich war wie gebannt.

Ich las die Schmonze:

> *Erschien 1939, dem Jahr, in dem der Autor starb. Wie Andreas, der Held der Geschichte, trank Roth sich in Paris zu Tode, aber dies ist kein autobiografisches Bekenntnis.*

Ich sagte laut:

»Dem Heiland sei Dank.«

Und steckte mir eine Lulle an. Nirgends ein Aschenbecher. Las weiter:

> *Es ist dies ein weltliches Mirakelspiel, in dem der unstet vagabundierende Andreas, nachdem er unter Brücken gelebt hat, eine Reihe von Glücksfällen erlebt, die ihn auf eine andere Existenzebene heben. Die Novelle ist außerordentlich komprimiert, unweiner-*

lich und witzig, obwohl sie sich mit einem so melancholischen Thema befasst.

Bei *Granta* erschienen. Bin ich alt oder was? Ich weiß noch, wie Bill Buford die Zeitschrift gründete, und erinnere mich an das Buch, das er geschrieben hat, *Among the Thugs*. Sollte Pflichtlektüre für Polizisten sein, die mit Fußball-Hooligans zu tun haben.

Mir kam in den Sinn, den Roth zu klauen. Einfach in die voluminöse Tasche von Artikel 8234 gleiten lassen und nix sagen. Ich legte es zurück auf den Tisch.

Kirsten kam herein, rubbelte sich das Haar. Barfuß, im kurzen Seidenkimono. Das ist ein Bild, das bei mir immer funktioniert hat. Es ist so beiläufig intim. Ich habe es nur selten erblickt, das ist ein Armutszeugnis und zeigt, wie isoliert ich bin. Entsprechend genoss ich es. Sie warf einen Blick auf das Buch, sagte:

»Kam Ihnen in den Sinn, es zu klauen?«

»Was?«

»Ich kenne Sie, Jack. Außerdem: Glauben Sie, ich hätte es mir *gekauft*?«

Sie ging an die Bar, begann sich einen Drink zu bauen, summte leise. Heiland, wie ich das hasse; schlimmer ist nur noch Warenhausaufzugmusik. Trotzdem hatte ich den Eindruck, ich erkenne die Melodie, fragte:

»Was ist das?«

»Ich weiß nicht. Ich höre es immer mal wieder auf einem Golden-Oldies-Sender.«

Es fiel mir ein. Ich sagte:

»Mensch, Kevin Johnson.«

»Wer?«

»›Rock and Roll, I Gave You All the Best Years of My Life‹.«

Eine Flasche Stoli halb erhoben, fragte sie:

»Ist das ein Geständnis?«

»Ein Songtitel.«

»Gefällt mir.«

»Da kommt eine Zeile drin vor, die meine Jahre bei der Polizei zusammenfasst.«

»Was ist los, Taylor, schnürt Ihnen die Vergangenheit die Kehle zu?«

Das ignorierte ich und sagte:

»Genau kriege ich den Text nicht mehr zusammen, aber er geht etwa so: ›Versuch eine Solokarriere in 'ner Band, die 'nem andern gehört‹.«

Sie schenkte den Drink ein, nahm einen heftigen Zug, sagte:

»Das sind Sie ..., der Außenseiter.«

Ich wühlte in meiner Tasche, fragte:

»Ein bisschen SKV gefällig?«

»Oh, Bestrafung, Sie perverses Schwein.«

Zog das E flüssig hervor, fing an:

»Hiermit muss man sehr vorsichtig sein.«

Mit leuchtenden Augen sagte sie:

»Scheiß drauf, her damit.«

Wir pfiffen uns die gute Sache ein.

Alle verheißenen Wirkungen: Hemmungen, Klamotten und Selbstkontrolle verschwanden tatsächlich.

Stewart hatte Euphorie und Libido garantiert.

Er hatte nicht gespaßt.

'türlich hatte er zu extremer Behutsamkeit im Zusammenhang mit Alkohol geraten, aber ich dachte mir, Vorsicht war für mich ungewohntes Terrain. Zu alt demnach, um damit anzufangen.

»Fünfzig. En gefährliches Alter – für alle Männer. Mit fünfzig hat ein Mann am meisten zu sagen, aber niemand hört ihm zu. Seine Ängste klingen unglaubhaft, weil sie so neu sind – er könnte sie erfunden haben. Sein Körper beunruhigt ihn; er beginnt, ihm Streiche zu spielen, die Zähne warnen ihn, der Magen wird rebellisch, es fallen ihm die Haare aus; eine Warze könnte Krebs sein, eine Verdauungsstörung eine Herzattacke. Er verspürt eine schleichende Müdigkeit; er will jung sein, aber er weiß, dass er eigentlich alt sein sollte. Er ist keins von beiden und ist entsetzt.«

Paul Theroux, *Saint Jack*

Kam am helllichten Tage zu mir, setzte mich auf. Wo war ich? In einem großen Bett, mit weißen Seidenlaken. Zwei Dinge fielen mir auf: Ich war nackt und unverkatert. Nichts deutete auf Kirsten hin. Eine Uhr auf dem Nachttisch zeigte 12:05 an.

Noon vorbei, High oder sonst wie.

Wie lang war ich weg gewesen? Keine Ahnung. Ich erinnerte mich an tollen gymnastischen Sex. Ich! Junge, würde mein Körper zu zahlen haben, wenn die Wirklichkeit zurückkehrte. Aber der lange Schlaf ... Ein Alkoholiker kommt der totalen Schlaflosigkeit so nah wie nur möglich. Genug Alk, um die U21-Rugby-Auswahl der Provinz Munster in die Heia zu schaffen, aber nach einer Stunde wird aufgewacht, komplett mit Kater. Der Rest der Nacht geht mit konfusen Nickerchen, Albträumen, Angst und Schweißausbrüchen dahin.

Und beim Tagesanbruch erwartet einen der ganze traurige Zirkus erneut. *Und täglich grüßt das Murmeltier* mit der Betonung auf *Tier*. Ich sprang nicht aus dem Bett, war aber fast agil. Von meinen Klamotten keine Spur. Ging an einen großen Garderobenschrank, öffnete ihn. Heiland.

Eins dieser begehbaren Teile. Müssen fünfzig Anzüge gewesen sein, genauso viele Sportsakkos und, militärisch präzise aufgereiht, Schuhe. Fast hundert Paare. Imelda Marcos wäre in Gesang ausgebrochen. Ich zog mir ein dickes Baumwollhemd mit knitterfreier Hose an. Passte alles recht gut. Ging zurück ins Schlafzimmer, sah meine Lullen, Feuerzeug auf dem Sekretär. Feuer frei.

Die Tür ging auf, und Kirsten trat mit einem Tablett ein. Den Kimono am Leibe, ein selbstzufriedenes Grinsen im Gesicht, sagte:

»Na, guten Morgen, du Hengst.«

Ich stöhnte.

Sie stellte das Tablett ab. Ich sah Toast, Eier, O-Saft, gefaltete Servietten und, Gott, eine rote Rose. Silberne Kaffeekanne, dampfend. Ich sagte:

»Für einen Kaffee würde ich jemanden umbringen.«

Maliziöses Lächeln, dann:

»Sagt man so was zu einer unter Mordverdacht Stehenden?«

Sie schenkte ein und reichte mir die Tasse. Der Kaffee duftete fantastisch. Und schmeckte tatsächlich fast genauso gut. Das ist einer der Scherze des Lebens, dass Kaffee nie hält, was er verspricht. Wenn man sein Leben auf diese Wahrheit gründen wollte, würde man wahrscheinlich TD. Sie bestrich Toast mit Butter, legte einen Keil hartes Ei drauf, sagte:

»Mund weit auf, Romeo.«

Ich schüttelte den Kopf:

»Lieber nicht.«

»Willst du nicht, dass ich dich füttere?«

»Nein.«

»Meinen Mann habe ich immer gefüttert.«

»Und er ist ...«

Sie zuckte die Achseln. Ich trank den Kaffee, fragte:

»Wo sind meine Klamotten?«

»Ich habe sie verbrannt.«

»Ernsthaft: Wo sind sie?«

»Ich habe sie ernsthaft verbrannt.«

»Heiland, warum?«

Sie drehte sich um, sah mich an, sagte:

»Bleibst du bei mir, wirst du dich ein bisschen in Schale werfen müssen.«

»Lieber nicht.«

»Du wirst dich lieber nicht in Schale werfen ..., oder du wirst lieber nicht bei mir bleiben?«

»Beides.«

Sie zeigte auf die Garderobe, sagte:

»Die Sachen meines Mannes werden dir passen, und glaube mir, sie sind die besten. Ich habe sie gekauft.«

Ein Gedanke durchfuhr mich, ich packte sie am Arm, rief:

»Der Mantel ... Mein Polizeimantel ... Hast du den verbrannt?«

»Ich hab's versucht ... Du tust mir weh.«

Ich wie nix treppab, Korridor, durch die Küche und konnte das Feuer im Garten sehen. Riss die Tür auf und näherte mich den Flammen. Der Mantel war beiseitegeworfen worden, übel versengt, aber heil. Ich schnappte ihn mir, den Geruch nach Rauch in den Nasenlöchern. Kirsten stand bei der Tür, fragte:

»Was soll das denn? Ist doch ein Stück Scheiße.«

»Der Mantel, Dame, ist meine Geschichte, meine Karriere, die einzige Verbindung zu meiner Vergangenheit.«

»Somit eine ganz schön jammervolle Vergangenheit.«

Ich wetzte an ihr vorbei, durch zum Salon, suchte. Sie folgte, und ich fragte:

»Wo ist es?«

»Wo ist was?«

»Das SKV.«

Ein halbes Lächeln kräuselte ihre Lippen, sie sagte:

»Wir haben es aufgebraucht.«

»Als würde ich dir das glauben. Wo ist das leere Fläschchen?«

Sie wedelte in Richtung Garten.

»Bei deinen Klamotten. Willst du's überprüfen?«

Ich atmete tief ein, sagte:

»Kirsten, ich hoffe, dass das die Wahrheit ist. Mit dem Zeug möchtest du wirklich keine Scheiße bauen. Das kann ein Koma bewirken.«

Jetzt lächelte sie, sagte:

»Deinen Motor hat es jedenfalls auf Touren gebracht.«

Ich ging hinauf, suchte mir ein schweres Paar Haferlschuhe aus. Eng an den Zehen, aber, he, Schmerz war vertraut. Sie folgte mir wie ein Schatten überallhin, fragte:

»Wann kommen wir zusammen?«

»Kirsten ..., was machst du?«

»Machst?«

»Du weißt schon, mit deinem Leben. Was fängst du mit deinen Tagen an?«

»Shoppen und Ficken.«

»Was?«

»Die Stadt ist voller junger Typen. Zum Preis eines Drinks beben die alles auf, was einen zum Menschen macht.«

Ich schüttelte den Kopf, unfähig, nach Kondomen, nach Schutz zu fragen. Ich hatte echt Angst vor der Antwort. Stattdessen fragte ich:

»Also wofür möchtest du mich?«

»Du amüsierst mich.«

Ich machte, dass ich die Treppe wieder hinunterkam, und sie fragte:

»Du haust ab?«

»Ja.«

»Du meinst, du kannst so einfach vögeln und verduften?«

Gibt es darauf eine Antwort?

»He, Jack.«

»Was?«

»Dies E flüssig?«

»Ja?«

»Es ist ein Killer.«

»›Wo sind sie denn abgestiegen?‹
›Empire Hotel.‹
›Empire, soso. Wohnen bloß Säufer da.‹
›Trifft sich gut. Ich bin auch so eine Art Säufer.‹«

Andrew Pyper, *Die Nachhilfestunde*

Der schlechte Tropfen.

Ich spreche nicht von einer *pint* Guinness, die sauer geworden ist. Es ist ein Konzept, das ich einst Clancy zu erklären versuchte, damals, als wir Freunde waren. Es ist eine Scheibe Eis im Herzen. Gar nicht schlecht, die Fähigkeit, im letzten Moment um sich zu schlagen, eine Scherbe für die Selbsterhaltung, die ins Spiel kommt, wenn man in die Enge getrieben ist, mit dem Rücken zur Wand. Man weiß gar nicht, dass sie da ist, bis es um Kopf und Kragen geht.

Dann übernimmt plötzlich eine Stimme, und die sagt:

»Mich anpupen wollen, was ...? Ihr habt ja keine Ahnung von der Wildheit, zu der ich imstande bin.«

Clancy hatte den Kopf geschüttelt, gesagt:

»*Ary*, das ist irres Geschwätz.«

Er machte so weiter und wurde die Verkörperung eines sehr schlechten Tropfens. Und als ich nun den Taylor's Hill hinunterging, hatte die Stimme ihren Einsatz:

»Na dann, Kirsten, leck mich am Arsch.«

Und meinte es so.

Ich ging an Nile Lodge vorbei, bog bei der Scoil Ursa, der Ursulinerinnenschule, ab, und das gepflegte Gälisch erinnerte mich daran, dass ich eine Verabredung mit einer *ban garda* hatte. Ich freute mich drauf; zumindest konnte ich so tun. Vor der Ruine des Sancta Maria Hotels spielte ein Typ die Blechflöte, zu Füßen eine Mütze für Spenden. Wenn es in Galway eine schlechtere Stelle für einen Straßenmusikanten gibt, komme ich nicht drauf. Niemand geht durch diese Straße. Es ist wie Geisterstadt. Die Menschen mieden die Gegend, wenn sie konnten. Das Hotel war bis auf die Grundmauern abgebrannt, und dabei war tragischerweise jemand ums Leben gekommen.

Ich fand ein paar Münzen in meinem angebrannten Mantel

und ließ sie in die Mütze fallen. Er machte große Augen und fragte:

»Stehen Sie in Flammen?«

»Jetzt nicht mehr.«

Er fuhr sich mit der verwitterten Hand über die Stirn, sagte:

»Ich dachte, ich verliere den Verstand.«

Er deutete mit dem Daumen hinter sich, fuhr fort:

»Dass Sie vielleicht, wissen Sie ... da rausgekommen sind.«

Der Suff hatte sein Gesicht sattlila gesprenkelt, und sein Körper wurde von seltsamem Zittern geschüttelt. Ich sagte:

»Dies ist nicht die beste Stelle für Ihre Kunst.«

Er lächelte wissend, sagte:

»Sehen Sie den Mond, hören Sie nicht mehr den Hunden auf der Straße zu.«

Werd daraus einer schlau.

Der Kreis der Sucht, wie er in mannigfachem Gewande daherkommt. Ich war auf dem Trip, in mir tuckerte der Beat, ich hatte keinen Kater, und hier nun schaute ich das Antlitz schieren Alkoholismus.

Der Mix dreht sich, und man kann nie vorhersagen, was das Ergebnis sein wird. Jetzt wurden wieder die Würfel geschüttelt, und heraus kam ein Schmachter auf Koks.

Ich konnte eine Linie aus reinem Weiß sehen. Ein Typ hatte mal zu mir gesagt:

»Och komm, Jack, das ist doch so was von achtzigerjahre.«

Als scherte mich die Ära, als wäre ich trendbewusst.

Hauptsächlich bin ich irgendeiner Siebzigerjahremanier verhaftet, als die Hoffnung noch ein richtiges Gesicht besaß.

Zwei Linien Koks, und die Welt öffnet ihre Pforten weit. Der weiße Blitz, der mein Gehirn durchzuckt, das eisige Tröpfeln hinten in der Kehle. Ach Scheiße, ich merkte, wie mir die Knie nachgaben.

Wenn der Charlie zu leuchten anfängt, kommt diese große Entschlossenheit. Plus die Wonne, die einen vom völligen Wahnsinn überzeugt. Dass man zum Beispiel singen kann. Und genau das tut man dann, man singt. Sehr viel verrückter wird es nicht.

Aber der Nachteil: wenige brechen so zusammen wie die Kokser. Von himmelhoch zu einem Abstieg in die Hölle als solche, mit Dresche, Übelkeit, Paranoia. Der physische Teil ist auch keine Reklame: die eingebüßten Augen, das konstante Geschniefe und die Erosion der Nasenmembranen. Irgendwann ist die Nasenscheidewand komplett weggefressen.

Schadenfroh führen die Revolverblätter die arme Daniella Westbrook vor, den Soap-Star. Vorher/Nachher-Fotos, ganz nah dran, die verheerte Nase. Wenn es schon keine Abschreckung ist, dann doch bestimmt ein Schuss vor den Bug des Glamours.

Ich hatte den Dom erreicht und spürte das Bedürfnis nach einem Augenblick der Stille. Drückte die dicke Messingtür auf, und hinter mir fiel sie dröhnend zu. Die Reliquie der hl. Theresa hatte Mengen vom U2-Typus angelockt, aber jetzt war es ruhig. Ich ging durch einen Seitengang, und die Stationen des Kreuzwegs gaben den Takt meiner Füße vor. Kniete in einer Kirchenbank nahe dem Hauptaltar nieder.

Ohne nachzudenken, begann ich:

»Glóir don Athair ...«

Ich habe meine Gebete auf Irisch gelernt, und echte Resonanz brachten sie nur, wenn sie so aufgesagt wurden. 'türlich habe ich wie jeder andere verängstigte Katholik eine Schwäche für ein ordentliches lateinisches Geschmetter. Die leicht eingängige Majestät spricht meine bäuerliche Seele an. Der Dom wurde dort erbaut, wo früher das alte Gefängnis von Galway stand. Da saßen nicht nur Männer, sondern auch Frauen.

Befremdlich hohe Strafen für kleine Vergehen, Vorbote der Bösartigkeit des Magdalenenstifts. Ein Priester kreuzte mein Gesichtsfeld, blieb stehen, sagte:

»Was dagegen, wenn ich mich dazusetze?«

Ich wollte sagen:

»Es ist Ihre Mucke«,

nickte aber nur. Er setzte sich in die Reihe vor mir. Er war in den frühen Vierzigern, groß, mit den dunklen Gesichtszügen eines spanisch-irischen Erbes. Ich blieb auf den Knien, hätte fast losgelegt:

»Seit meiner letzten Beichte sind dreißig Jahre vergangen.«

Aber er strahlte nichts Pfäffisches aus. Wenn überhaupt, hatte er eine Aura stiller Heiterkeit. Er sagte:

»Es tut gut, sich mal einen Moment zu gönnen.«

»Stimmt.«

»Sind Sie Polizist …, ein irgendwie verbrannter Polizist?«

Er lächelte, und ich sagte:

»Ausgebrannt.«

»Das kenne ich.«

Und er streckte die Hand aus, sagte:

»Tom.«

»Jack Taylor.«

Ich spürte nicht den Drang zur angezüchteten »Herr Pfarrer«-Kniebeuge. Ich hatte sogar den Eindruck, dass er das gar nicht gut gefunden hätte. Er sagte:

»Manchmal besteht meine Höchstleistung bereits darin, dass ich morgens aufstehe.«

Ich war mit Lächeln dran. Und mit dem Spruch:

»Gehört allerdings irgendwie zu Ihrem Job.«

Er verdrehte die Augen gen Himmel. Da scheint noch eine zusätzliche Dimension hinzuzukommen, wenn ein Geistlicher das macht. Er sagte:

»Predigten, sie sind der Schierling meines Lebens. Normalen, anständigen Menschen sagen, wie sie leben sollen, wo ihr Leben doch von der schroffen Wirklichkeit gebeutelt wird.«

»Sie könnten ihnen die Wahrheit sagen.«

Er war nicht schockiert, nicht einmal erstaunt, sagte:

»Das habe ich, einmal.«

»Und?«

»Der Bischof hat mich kommen lassen.«

»Oh, oh.«

»Hat mich gefragt, ob ich Ungehorsam übe.«

Ich dachte darüber nach, sagte:

»Klingt wie bei der Polizei.«

Er grinste, sagte:

»Etwas sagt mir, dass Sie sich nicht richtig eingefügt haben.«

»›Nicht richtig‹ stimmt. Ich hab jemandem aufs Maul gehauen.«

Dem schmeckte er nach. Ich fragte:

»Wie steht die Kirche heutzutage zum Selbstmord?«

Er bedachte mich mit dem besorgten Blick. Ich hob die Hände, sagte:

»Ich nicht ... Ein Freund von mir hat sich aufgehängt.«

Er bekreuzigte sich. Ich war nicht sicher, ob ich es ihm gleichtun sollte. Er sagte:

»Sie stellen die falschen Fragen.«

»Ja?«

»Sollten Sie sich nicht fragen, wie Gott dazu steht?«

»Wie steht Er dazu?«

»Ich glaube, Gott bringt ein enormes Mitgefühl für jemanden auf, der in so schrecklicher Verfassung ist.«

»Hoffe, Sie haben recht.«

Er stand auf, streckte Hand aus, sagte:

»Hat mich gefreut, Sie kennenzulernen, Jack.«

Ich nahm seine Hand, antwortete:

»Sie haben mir gutgetan ..., Herr Pfarrer.«

Großes Lächeln, dann:

»Gehört angeblich irgendwie zu meinem Job.«

»Tja, es ist ganz schön lange her, seitdem mir ein Priester irgend gutgetan hat.«

Er drehte sich um, beugte das Knie vor dem Altar und war weg. Ich wollte gehen, und am Hauptportal war eine Nonne, die Traktate ordnete. Sie sah mich böse an. Ich sagte:

»Entschuldigung?«

»Was?«

»P. Tom, wie heißt der mit Nachnamen?«

»Es gibt keinen P. Tom.«

Ich beschrieb ihn, und sie sagte:

»Sind Sie schwerhörig? In dieser Gemeinde gibt es keinen solchen Priester.«

»Warum sollte ich keine paranoiden Züge haben, so, wie ich gelebt habe? Im Lauf meines Lebens hat mir meine Mini-paranoia mehr als einmal genau dieses Leben gerettet.«

Edward Bunker, *Memoirs of a Renegade*

Ins Bailey's kam ich erst am späten Nachmittag zurück. Wenn man durch die Shop Street geht, hat man es besser nicht eilig. Man trifft auf seine Vergangenheit, auf Überbleibsel einer fragwürdigen Gegenwart und auf Vorboten der düsteren Zukunft. Die Vergangenheit wird von Schulfreunden repräsentiert, die alt, durchhin und heimlichtuerisch wirken. Die Gegenwart tanzt in einem Wirbel aus Regen, Flüchtlingen und verlorenen Pennern, die Zukunft kündigt sich durch die Anzahl von Handys und durch hieroglyphische Texte an. Die Wirkung ist allgemeine Verwirrung.

Vor Jahren beherrschte ein Rundfunkprogramm namens *Dear Frankie* die Ätherwellen. Frankie klang wie Bette Davis an einem ganz besonders schlechten Tag. Das ganze Land kannte die Sendung. Probleme, die man ihr einsandte, schienen normaler, lösbarer zu werden. Ihre Antworten waren knapp, ätzend, und mit einer längeren Debatte war sowieso nicht zu rechnen. Zwischendurch Werbung und ein bisschen Sinatra. Man konnte sie nicht als etwas Erhabenes wie das Gewissen der Nation bezeichnen, aber sie schien tatsächlich eine Kombination von guter Laune mit beißendem Witz zu liefern. Hinter der Schroffheit, meinte man, war es ihr ernst.

Lange her, seit man sagen konnte, es gibt jemanden, dem ist es nicht scheißegal.

Während der schrecklichen Vorfälle meines vorherigen Falles hatte ganz kurz ein helles Licht geschienen. Ich hatte ein junges Mädchen namens Laura kennengelernt, ein sehr junges Mädchen. In den Zwanzigern, und wenn man fünfzig wird, ist jünger kaum noch denkbar.

Schlimmer, sie war sehr leidenschaftlich.

Ich kann nicht sagen, dass ich total entbrannt gewesen wäre, aber ich habe sie bestimmt sehr gern gemocht. Ihr gelang das fast Unmögliche, sie schaffte es, dass ich mich mit mir selbst wohlfühlte. Was Drogen und Alkohol spendeten, war bloß vorübergehende Erleichterung von den Dämonen. Sie sorgte für ein ganz natürliches Gefühl. Wer weiß, was daraus hätte werden können. Ich stand am Abgrund des tragischsten Urteils in meinem Leben. Außerdem war ich kaum über meine eilige Scheidung hinweggekommen. Diese Erklärungen reichen nicht hin, aber so stellte es sich damals für mich dar.

Ihre Mutter machte mir öffentlich eine Szene, sagte:

»Sie sollten sich was schämen. Laura ist jung genug, Ihre Tochter zu sein.«

Stand ich zu ihr, habe ich gekämpft, verkündet, ich sei bereit, alles zu tun, um Laura zu behalten?

Oder tat ich eher den Teufel?

Ich schlich davon wie ein verbrühtes Kind. Schlimmer noch: Ich rief Laura an und sagte ihr, ich hätte eine andere kennengelernt.

Tapfer ..., was?

Seitdem hatte ich sie ein paarmal gesehen, nur auf die Entfernung. Einmal, in der Nähe vom Supermac's, war sie stehen geblieben, aber ich hatte auf dem Absatz kehrtgemacht, war eilig abgehauen. Die Zeit heilt die meisten Wunden, oder sie erreicht eine Übereinkunft, nach der man funktionieren kann. Keine Anzahl von Jahren kann je die Schäbigkeit meines Benehmens tilgen.

Ich habe versucht, mich, zusammen mit meinem ganzen anderen Müll, auch damit abzufinden. Bringt's nicht. Tritt immer wieder hervor aus dem Lagerhaus der Schande, steht dann allein da und schreit:

»Du hast dich beschämend verhalten.«

Der Finger regt sich, schreibt, und hat geschrieben er, so regt er sich von dannen nimmermehr.

Kafka schrieb in seinen Tagebüchern:

Derjenige, der mit dem Leben nicht lebendig fertigwird, braucht die eine Hand, um die Verzweiflung über sein Schicksal ein wenig abzuwehren – es geschieht nur sehr unvollkommen – mit der andern Hand aber kann er eintragen, was er sieht, denn er sieht mehr als die andern.

Aus alledem habe ich etwas ganz Simples gelernt:

Manchmal bin ich ein ziemliches Arschloch.

Als ich zurück ins Bailey's kam, war ich restlos erschossen. Mrs Bailey war hinter ihrem Rezeptionstresen, sagte:

»Heute habe ich Dana gesehen.«

Bestimmt gibt es darauf eine schlüssige Erwiderung. Ich winkte vage und nahm die Treppe. Dachte:

»Und jetzt einmal gepflegt Augen zu.«

Öffnete meine Tür, und mir bot sich eine Szenerie des Chaos. Das Zimmer lag in Trümmern. Meine Bücher, zerrissen, waren auf dem Fußboden verstreut, das Bett umgekippt, und tiefe Schlitze klafften in der Matratze. Überall lagen Klamotten, entzweigerissen. Ein starker Uringeruch ging von der ruinierten Garderobe aus. Die Vorhänge waren ins Waschbecken gestopft worden.

Ich machte die Tür zu, versuchte, meinen Kopf anzuwerfen. Begutachtete den Schaden und überprüfte die Sprungfedern des Bettes. Die Pistole war weg.

In der Garderobe hatte ich vorher unter großen Mühen ein Regalbrett angehoben und die Drogen versteckt. Hob es wieder an und ließ einen kleinen Seufzer der Erleichterung frei. Sie waren unberührt.

Griff mir zwei Höchstleistungspillen und schluckte sie trocken runter.

Ging auf der Suche nach einem Wasserglas zum Waschbecken. Das Glas war in tausend Stücke zerbrochen. Ich zog die durchweichten Vorhänge heraus und ließ sie auf den Boden plumpsen. Neigte das Haupt und trank aus dem Hahn. Richtete mich auf und griff nach meinen Lullen, zündete mir eine an. Starrte den Klamottenhaufen an. Heiland, würde ich je die Energie aufbringen, erneut einkaufen zu gehen? Ich musste ständig mit allem von vorne anfangen. Über meine so überaus geschätzte Büchersammlung hätte ich weinen können. Die Bücher waren nicht nur zerrissen, sondern schienen grausam verstümmelt worden zu sein, die Umschläge teilweise kaum noch identifizierbar. Das Rückgrat meiner noch so dürftigen Belesenheit ... Merton, Chandler, Yeats. Dichter, Krimiautoren, Philosophen, Blender, alle in einem Kuddelmuddel der Zerstörung verwoben. Eine bessere Grabinschrift für mein Leben würde ich kaum finden.

Kiki, meine Ex-Frau, hatte versucht, mir einen Schnellkurs in Philosophie zu verpassen, um mich ans Denken zu kriegen.

Ich hatte protestiert.

»Was ich am meisten will, ist nicht denken. Was meinst du, wozu die Ozeane von Schnaps da sind?«

Sie hatte nicht lockergelassen.

'türlich hatte ich nach jedem Strohhalm der Verzweiflung, jedem Fünkchen Hoffnungslosigkeit gegriffen. Ich konnte den Namen Kierkegaard nur schwer und nicht sehr überzeugend aussprechen, aber an eins erinnere ich mich:

> *Je größer die Verzweiflung ist im Leben, desto eher ist man fähig zu sehen.*

Nach meiner Berechnung müsste meine Sehkraft inzwischen allumfassend sein. War aber leider gar nicht wahr. War ich mit Selbstmitleid verstopft? Jede Wette.

Neben Gewinsel, Geträume und Gelaber ist es diese Selbstmitleiderei, die ein Alkoholiker am besten draufhat.

Ich latschte die Treppe hinunter, näherte mich Mrs Bailey. Sie lächelte unverbindlich, und mir sank das Herz. Ich sagte:

»Ich muss Ihnen etwas Beunruhigendes sagen.«

»Ah, sagen Sie nicht, Sie gehen wieder nach London.«

»Nein ..., nein. Mein Zimmer wurde verwüstet.«

»Verwüstet?«

»Durchwühlt und geplündert ... Ein Einbruch.«

»Diese Bagaluten.«

»Was?«

»Diese Spitzbuben, die heutzutage frei herumlaufen. Keinen Respekt vor gar nichts.«

»Ich werde für den Schaden aufkommen.«

»Gehen Sie mir damit weg. Das soll die Versicherung zahlen.«

»Sie sind versichert?«

»Nein, aber das wollte ich schon immer mal sagen.«

DAS MAGDALENENSTIFT

Das andere Geräusch, das man in der Wäscherei hörte, war Husten. Wie ein Kehrreim aus der Hölle. Die Mädchen rauchten alle Kette; es machte die Ödnis leichter erträglich und gab ihnen ein Gefühl von Erwachsensein. Die feuchten Dämpfe, kombiniert mit dem Nikotin, erzeugten den quälenden Husten aus den tiefsten Tiefen der Verzweiflung herauf. Wenn Luzifer dies Geräusch hörte, begann sie zu lächeln, ohne es selbst zu merken. Das Lächeln fing in den Augenwinkeln an und breitete sich im Takt ihrer Schritte aus, wenn sie den Raum der Länge nach durchpirschte. Die Mädchen, die Köpfe gesenkt, versuchten, ihre Laune zu schätzen. 'türlich war es immer eine Stinklaune, aber der Grad ihres Zorns variierte.

Ihr Lieblingstrick war, ein Mädchen auszuwählen und ihm einen Stapel Vorhänge zum Nähen zu geben. Fast lullte sie das Geschöpf mit süßen Worten ein, und dann, aus dem Nirgendwo, holte sie mit der Faust aus und schickte das Mädchen kreischend und sich um die eigene Achse drehend zu Boden.

»Du babylonische Hure, was glaubst du, wo du bist? Dies ist kein Kurort. Du bist hier, um zu bereuen, und wenn ich dich je wieder beim Lächeln erwische, geht's ab in die Toilette.«

Zu ihrem Katalog von Grausamkeiten gehörte das Einwickeln der Missetäterin in nasse Laken – so musste die Delinquentin dann stehend die Nacht verbringen. Sie nannte es »die Reinigung«.

Ich ging zur AIB und stellte mich hinten an. Nahm mir die Zeit, einen Rückzahlungsschein auszufüllen. Schrieb eine stramme Zahl hin. Wer hätte das gedacht, dasselbe Schalterfräulein. Ich sagte munter:

»Hallo.«

Sie sah auf und erinnerte sich. Sie seufzte nicht, denn das verbietet das Handbuch für Bankbedienstete. Aber sie kam einem Seufzer so nah sie konnte. Ich überreichte ihr den Schein, sagte:

»Ich nehme an, diesmal brauchen Sie keinen Identitätsnachweis.«

Sie konnte mich jedoch hinhalten. Das steht im Handbuch. Sie stand auf, sagte:

»Ich muss das autorisieren lassen.«

»Kleine Lulle für zwischendurch?«

»Ich rauche nicht.«

»Sie überraschen mich.«

Ich las über Darlehen zum Eigenheimbau, Dividendenpapiere und anderen fesselnden Scheiß. Konnte sie sehen, wie sie einen Anzug konsultierte. Er sah viermal in meine Richtung. Ich weiß das, weil ich mitgezählt habe. Als sie zurückkam, fragte sie:

»Wie hätten Sie Ihr Bargeld gern?«

»In einem braunen Umschlag, sieht gleich viel netter aus.«

Gab mir einen weißen, und ich sagte:

»Sie haben einen Anflug vom schlechten Tropfen.«

Ging zu Dunne's, Oxfam, Age Concern und Penny's. Kaufte

2 Anzüge
3 Jeans
6 Hemden
4 T-Shirts
3 Paar Schuhe.

Und machte einen schönen, dicken Batzen Geld nieder. Winkte ein Taxi heran, und der Fahrer sagte:

»Moin …, Jack.«

»Wie geht's?«

»Nicht so gut wie dir. Was sollen die vielen Pakete?«

»Neuanfang. Hör zu, könntest du das alles in Bailey's Hotel abladen?«

»Du hast neue Klamotten für das Hotelpersonal gekauft?«

Ich zog ein Bündelchen hervor, sagte:

»Und für dich ein Getränk.«

Keine weiteren Fragen.

Als Nächstes in die Augustinerkirche und einen Satz Kerzen für Brendan Flood angezündet. Ist das ein Unterschied, ob man eine oder acht anzündet? Ja …, beruhigt das nörgelnde Gewissen. Ich wusste nicht, welches Gebet ich sprechen sollte, also sagte ich:

»Du fehlst mir, Brendan.«

War vielleicht nicht besonders tiefsinnig, aber dafür besonders wahr.

Dann zu Charlie Byrne's. Klamotten mögen wesentlich sein, aber Bücher waren lebensnotwendig. Und es ist mein Lieblingsort. Charlie, gerade auf dem Weg nach draußen, sagte:

»Jack, da ist eine ganze Ladung Krimis frisch reingekommen.«

»Wie schön.«

»Ich hab dir deine Favoriten rausgelegt.«

Also, manche Menschen kennen Buchmacher persönlich und glauben, das bringt's. Ich glaube eher nicht, dass die einem ein gutes Pferd herauslegen würden, und dabei kennen sie sich wirklich aus mit Favoriten.

Da nehme ich doch jederzeit lieber einen Buchhändler. Drin

saß Vinny und las Gurdjieffs *Begegnungen mit bemerkenswerten Menschen.*

Ich fragte:

»Ist das jetzt Angabe, oder ... beschäftigst du dich ernsthaft mit dem Buch?«

Er lächelte riesenhaft.

»Ich beschäftige mich jetzt ernsthaft mit Angabe. Wo warst du? Wir dachten schon, du hättest Bücher satt.«

Ich streckte die Hände aus, Handflächen nach oben, sagte:

»Wie kann man Bücher satthaben?«

»So was hören wir gern.«

»Vinny, ich habe meine aktuelle Bibliothek eingebüßt.«

»Eingebüßt?«

»Das ist eine lange Geschichte.«

»Alles klar. Also ... wirst du ganz von vorn anfangen wollen, einen Grundstock anlegen.«

»Muss ich eine Liste durchgehen?«

»Nö, das stelle ich dir in Nullkomma zusammen. Wo bist du zu erreichen?«

Wenn er überrascht war, so zeigte er es nicht. Ich sagte:

»Kannst du in ein paar Tagen liefern?«

Er schrieb auf einen Block, sagte:

»Ich bringe sogar eine Pizza mit.«

Ich griff nach meinem Portemonnaie, und er sagte:

»Das machen wir danach.«

Am Abend war ich dann wieder auf meinem teilrestaurierten Zimmer. Es sah immer noch etwas schlimm aus, aber die Verwüstung war erkennbar eingedämmt. Ich fragte Mrs Bailey:

»Wer hat denn die Reparaturen durchgeführt?«

»Janet und ich.«

»Was?«

»Klar, Fachkräfte waren erst in einer Woche zu bekommen. Ich könnte Ihnen ein anderes Zimmer geben.«

»Nein …, nein …, ist alles ganz prima.«

Meine Klamotten waren geliefert worden. Ich duschte und probierte einen neuen Anzug an. In einem gesplitterten Spiegel sah mein Abbild schartig aus. Die Ausschnitte des Anzugs, die ich sehen konnte, schienen okay. Mein Gesicht war fragmentiert, und dafür machte ich definitiv den Spiegel verantwortlich. Zeit, aufzubrechen und die *ban garda* zu treffen. Als ich die Treppe herunterkam, fragte Mrs Bailey:

»Haben Sie es der Polizei gemeldet?«

»Nein.«

»Das habe ich auch nicht angenommen.«

1982 sagte Papst Johannes Paul II. zu einer Pilgergruppe, die aus irischen Polizisten bestand:

> *In der gegenwärtigen Welt ist die Aufgabe der Polizei gewiss keine leichte. Sie erfordert ein Gefühl des Berufenseins, von engagierter Hingabe an die Sicherheit und das Wohlergehen Ihrer Mitbürger. Sie erfordert, dass Sie sich als wichtige und effiziente moralische Kraft erkennen und betrachten, die in Ihrer Gesellschaft für das Gute wirkt.*

Obiges konnte ich auswendig rezitieren, was ich auch zu den seltsamsten Anlässen tat.

Als Brennan's Yard eröffnet wurde, lautete die allgemeine Reaktion:

»Das darf doch nicht wahr sein.«

Ein Hotel nach einem Hof benennen? Aber es läuft gut. Um die Ecke von der Quay Street günstig gelegen, floriert es. Klar, es ist anspruchsvoll, aber nicht protzig anspruchsvoll. In der Bar herrscht kein Anzugzwang, aber die Bar flüstert, dass sie einen Anzug irgendwie ganz toll fände.

Ich ging hinein, und ein eifriger Barmensch grüßte:

»Guten Abend, Sir.«

Wie gesagt … anspruchsvoll.

Ich holte mir eine *pint* Guinness und nahm einen Tisch weiter hinten. Erkannte die *ban garda* nicht, als sie mit Jeans-Oberteil, schwarzem kurzem Rock und halbhohen Hacken erschien, einen Drink in der Hand. Ich sagte:

»In der Aufmachung würde ich Sie nicht erkennen.«

»Darf ich mich setzen?«

»Es sei denn, Sie stehen lieber.«

Sie setzte sich.

Ich sah ihr Getränk an, sagte:

»Lassen Sie mich raten, ein Gespritzter?«

»Nein, Weißwein.«

Ich steckte mir eine Lulle an, und sie sagte:

»Könnten Sie bitte nicht rauchen?«

»Mensch, Undinchen, was sind Sie denn für eine Zicke?«

»Die Art, die nicht gern passivraucht.«

Ich lehnte mich zurück, sah genauer hin. Sie hatte ein auf fade Weise hübsches Gesicht. Man würde sie sich nicht aus einer Menschenmenge heraussuchen, aber ich hatte den Eindruck, dass sie es so wollte. Ich sagte:

»Sie sagten, Sie wollten mich sehen. Ich erinnere mich nicht, dass Sie gesagt haben, es gäbe Regeln.«

Sie nahm einen Schluck von dem Wein. Unmöglich zu sagen, ob ihr das Befriedigung bereitete. Ihre Augen hatten den fiebrigen Glanz von jemandem, der mit Leib und Seele bei der Sache ist. Kein Eiferer, aber es kam der Sache nahe. Ihre Stimme war ruhig, als sie sagte:

»Warum verärgern Sie Menschen so gern?«

»Tu ich gar nicht …, nicht wirklich. Sagen wir, ich ›verärgere Menschen‹ ungern. Und Menschen gibt es weiß Gott wie Sand am Meer. Durch den Wohlstand sind sie noch schlimmer geworden.«

»Ihnen ist die gute, alte Zeit lieber.«

»Seien Sie nicht abfällig, Undinchen, davon kriegen Sie einen verkniffenen Mund.«

Sie beobachtete, wie ich die *pint* austrank, sagte:

»Könnten Sie nüchtern bleiben, bis unser Gespräch beendet ist?«

»Kommt drauf an, wie umständlich Sie sind.«

Sie beugte sich vor, sagte:

»Ich bin gut in dem, was ich mache.«

»War ich auch.«

Sie schüttelte den Kopf und sagte:

»Ich meine es ernst. Ich bin sehr gern bei der Polizei. Und mache sie nicht schlecht.«

Pause:

»Im Gegensatz zu Ihnen.«

Ich stand auf, fragte:

»Möchten Sie noch was zu trinken?«

»Nein.«

Während ich bestellte, versuchte ich, meinen Unmut zu zügeln. Keine Frage, sie ärgerte mich. Ich steckte mir eine weitere Zigarette an, prüfte, ob sie mich beobachtete.

Nein.

Starrte aus dem Fenster. Träumte wahrscheinlich davon, eines Tages Polizeichefin zu sein. Und wenn ich einfach meine *pint* herunterstürzte und mich verpisste? Sie auf ihrer hohen moralischen Warte sitzen ließ? Wusste, dass sie nicht die Sorte war, die einem so was durchgehen ließ. Dann würde sie mich später irgendwo abfangen, und ich musste mir den Sums anhören, den sie mir sagen wollte. Ein Priester kam hereingesaust, P. Malachy, der Freund meiner Mutter. Er entdeckte mich, sagte:

»Wie immer auf den Tresen gestützt.«

»Und Sie wie immer ein Arschloch.«

Er trat einen Schritt zurück, abgestoßen von meiner Bitterkeit, aber er fing sich, sagte:

»Ich dachte, das ist hier einen Tick zu fein für dich.«

»Sie haben Sie doch auch reingelassen.«

»Ein gesetztes Essen der karitativen Bruderschaft. Wir haben einen Saal gebucht.«

»Gebete zahlen sich aus, was?«

»Deiner Mutter geht es gar nicht gut. Du solltest dich mal ausnüchtern und sie besuchen.«

Ich nahm mir meine *pint*, begann mich zu entfernen, sagte:

»Für den Besuch müsste ich sehr besoffen sein.«

Als ich mich setzte, sagte Undine:

»Ist das ein Priester?«

»Nein, das ist der Bodensatz oder, etwas höher angesiedelt, der Abschaum. Also, was treibt Sie um?«

»Das Magdalenenstift.«

»Und ...«

»Galway ist jetzt eine europäische Stadt.«

»Also?«

»Also gibt es Menschen, denen es lieber wäre, wenn alte Geschichten nicht wieder ans Licht kämen.«

»Was hat das mit mir zu tun?«

»Sie haben eine Frau gesucht, die da gearbeitet hat.«

»Und woher wissen Sie das?«

»Mein Onkel ... war Polizist.«

»Bwoa, eine ganze Familie von der Sorte.«

»Ich kann Ihnen helfen.«

»Sie sind ein bisschen spät dran. Ich habe sie bereits gefunden.«

»Sie hören nicht zu.«

»Wem oder was höre ich nicht zu? Der Fall ist abgeschlossen; Affe tot, Klappe zu.«

Sie atmete tief ein, sagte:

»Zwei junge Männer sind vor Kurzem in der Stadt ermordet worden.«

»Ja, hab ich in den Nachrichten gehört.«

»Und mehr wissen Sie nicht darüber?«

Ich regte mich auf und schrie fast:

»Was zum Teufel gibt es darüber denn noch zu wissen?«

»Vielleicht, wie sie hießen?«

»Warum sollte ich das wissen wollen?«

Sie lehnte sich zurück, wartete, dann:

»Weil sie mit Rita Monroe verwandt waren ... Ihre Neffen.«

Ich versuchte, diese Information richtig in meinem Kopf unterzubringen, knurrte:

»Sind Sie sicher?«

»Was glauben Sie?«

»Heiland.«

Ich ging zu dem zurück, was ich wusste, oder zu wissen glaubte, fragte:

»Warum sollte jemand ihre Neffen umbringen wollen?«

»Um sie zu verletzen.«

Dann erinnerte ich mich, wie ich Rita Monroe getroffen hatte. Sie hatte gesagt:

»Ich fühl mich nicht so gut.«

Und:

»Ich hatte vor Kurzem einen Trauerfall.«

Oder so ähnlich. Und sie war sehr mitgenommen gewesen.

Ich hatte das natürlich total ignoriert. Außerdem war ihr Haus verwüstet worden, genau wie mein Zimmer. Undine sagte:

»Sie wirken, als hätten Sie ein Gespenst gesehen.«

»Lassen Sie mich nachdenken.«

Der Name, der einem einfiel, der gemeinsame Nenner, war Bill Cassell. Aber er wollte ihr danken, ihr seine Dankbarkeit für die Hilfe, die sie seiner Mutter hatte zuteilwerden lassen, ausdrücken. Ich fragte:

»Was wissen Sie über Rita Monroe?«

Undine öffnete ihre Handtasche, holte ein Notizbuch heraus, blätterte darin, sagte:

»Die Magdalenen-Mädchen nannten sie Luzifer, die Inkarnation des Teufels. Keine hat gezetert und gezüchtigt wie sie.«

Mir schwirrte der Kopf. Bill Cassell hatte mir gesagt, sie sei ein Engel, und ich hatte das einfach so akzeptiert. Kein einziges Mal war mir in den Sinn gekommen, seine Geschichte zu überprüfen. Ich war so bestrebt gewesen, meine Schuld zu tilgen, dass ich mich notfalls auf den Kopf gestellt hätte. Ich fragte:

»Wie haben Sie das über sie herausgefunden?«

»Mein Onkel hat vorgeschlagen, dass ich in der Sache ein paar Ermittlungen anstelle.«

»Ach …, der Polizist.«

»Stimmt.«

»Wieso ist er so scheißschlau?«

»War.«

»Was?«

»War so – wie Sie es ausdrücken – Ess-Zeh-Haa-schlau. Er ist tot.«

»Das tut mir leid. Standen Sie ihm nahe?«

»Standen Sie ihm nahe?«

»*Wie* bitte?«

»Meinem Onkel Brendan ... Flood.«

»Aber Sie heißen doch ...«

»Er war der Bruder meiner Mutter.«

Ich wusste nicht, was ich sagen sollte, und sagte:

»Ich weiß nicht, was ich sagen soll.«

Sie nippte wieder an ihrem Wein, sagte:

»Er fand, Sie hätten ein großartiger Polizist werden können. Sogar in Ihrem gegenwärtigen Job ist es Ihnen gelungen, ihn zu beeindrucken, trotz ...«

Sie sprach nicht weiter, deshalb fragte ich:

»Was?«

»Trotz Ihrer Schwächen.

»Ja, na ja, ich habe viele.«

»Genau das hat er gesagt.«

Mein Glas war leer. Ich erwog einen weiteren Ausflug an die Bar. Sie sagte:

»Er hat mir gesagt, ich soll mit Ihnen Kontakt aufnehmen, falls er je ›verhindert‹ wäre. Dass Sie einen Kontakt brauchen, eine Verbindung zur Polizei. Er hat ihn Ihre Rettungsleine genannt.«

Ich musste fragen und fragte:

»Waren Sie überrascht, dass er ... getan hat, was er getan hat?«

»Sich umgebracht?«

»Ja.«

»Ich war geschockt, aber ich weiß nicht, ob ich total überrascht war. Er war ein Mann, der leidenschaftlich an etwas glauben musste. Sie verstehen das wahrscheinlich nicht.«

Ich hielt das leere Glas, sagte:

»Glauben Sie, ich habe nichts, woran ich glauben kann?«

»Alkohol ... Mehr haben Sie nicht.«

»Nett. Sie werden es bei der Polizei weit bringen. Die schätzen Blödheit.«

»Onkel Brendan hat Sie respektiert und schien Sie zu mögen.«

»Im Gegensatz zu Ihnen.«

»Ich hasse Verschwendung.«

»Heiland, Sie können einem ja wirklich auf die Nüsse gehen.«

»Wenn Sie unbedingt an dem Fall mit dem Magdalenenstift herumstümpern müssen, fand ich, sollten Sie wenigstens wissen, was los ist.«

»Danke.«

Sie stand auf, sagte:

»Ich hab es nicht für Sie gemacht.«

»Schon klar.«

Sie legte eine Karte auf den Tisch, sagte:

»Meine Telefonnummern, Festnetz und Handy. Falls ich was für Sie tun kann.«

»Sie könnten mir, während Sie gehen, eine *pint* bestellen.«

»Bestellen Sie sie selber.«

Und weg war sie.

Ich steckte eine Lulle an, maulte:

»Ach du Scheiße.«

Ich wusste, ich hatte jede Menge Überlegungen anzustellen, bekam aber meinen Kopf nicht in die Gänge. Ihre Enthüllungen hatten mich kalt erwischt. Stand auf und dachte:

»Jetzt bin ich genau neben Sweeney's.«

Der Hafen war zur Tür hinaus und rechter Hand. Man konnte die Möwen mit ihrem schrillen Laut der Verärgerung hören. So nah war Bills Einsatzzentrale. Was sollte ich tun ... oder ihm sagen?

Keine Ahnung.

Draußen stand P. Malachy und saugte an einer Lulle. Ich sagte:

»Die gesetzte Bruderschaft ist ›Nichtraucher‹?«

»Manche von uns nehmen Rücksicht auf andere.«

Ich sah ihn ganz lange an, bis er schnappte:

»Was?«

»Sie wären ein prima Polizist geworden.«

»Ein besserer als du auf jeden Fall.«

»Doch, wirklich, Sie haben, was es braucht.«

»Gott rief zuerst.«

Ich begann mich zu entfernen, sagte:

»Ich weiß nicht viel, aber eins weiß ich: Gott war es nicht.«

Egal, was er mir hinterherschimpfte –, ich hörte es nicht. Bestimmt nichts Erbauliches. Man hat einen bizarren Lebensabschnitt erreicht, wenn Priester einen auf der Straße mit Verwünschungen überschütten.

»Zu derb der Stoß, um dies allein zu tun.«

K. B.

Sweeney's war geschlossen. Keine Anzeichen irgendeiner Aktivität. Ein Typ ging vorbei, und ich fragte ihn, was passiert war. Er sagte:

»Verkauft, wie alles andere in der Stadt. Da ziehen sie ratzfatz Luxus-Apartments hoch. Genau was wir brauchen, noch mehr bekackte Apartments.«

Von Charlie Byrne's kamen die Bücher, ein eklektischer Mix aus Lyrik, Krimis, Philosophie, Biografien. Vinny war es gelungen, hauptsächlich gebundene Ausgaben zu besorgen. Der Unterschied zwischen gebundenen und Taschenbüchern ist gar nicht riesig genug zu veranschlagen. Das einzige Verdienst, das ich je in Letzteren fand, ist der Preis. Unter den Lyrikern waren Rilke, Coleridge, Lowell, Yeats. Die Krimis hatten als Grundstock Thompson, Cain, Chandler, Derek Raymond. Um die Philosophen machte ich kein großes Gewese, stapelte sie einfach gegen die Wand. Mit meiner augenblicklichen geistigen Verfassung konnte ich kaum Titel registrieren, geschweige Inhalte. Die Biografien waren bestens gemischt: Fitzgerald, Graham Greene, Rupert Graves, Branson.

Branson!

Quer durchs Zimmer geschmissen. Ich konnte Vinny grinsen sehen. Er wusste, dass er mich damit entzücken würde. Ein Klopfen an der Tür. Ich sagte:

»Ja?«

Janet kam herein, sah noch zerbrechlicher aus als sowieso. Sie fragte:

»Brauchen Sie Hilfe beim Einordnen Ihrer Bücher?«

»Nein, das macht mir Spaß.«

Sie plierte die verschiedenen Stapel an, sagte:

»Sie sind mir ja wirklich ein ganz gewaltiger Leser.«

»Danke. Glaube ich zumindest.«

»Werden Sie sie alle lesen?«

»Das hoffe ich doch sehr.«

»Ich lese gerade ein Buch.«

»Sie lesen ... Das ist gut ... Meinen Sie, ich kenne es?«

»Eine Lebensbeschreibung von Matt Talbot.«

»Oh.«

Ich dachte:

»Heiland, der schon wieder.«

Ein Licht schien in ihren Augen, als sie sagte:

»Er war ein Märtyrer des Getränks gewesen. Als er damit aufgehört hatte, pflegte er sich zu geißeln.«

Fast sagte ich:

»Ich bin selbst auch schon ganz schön gegeißelt worden.«

Ein Zögern in ihrem Gesichtsausdruck, dann:

»Ich könnte es Ihnen leihen.«

Ich zeigte auf die Bücher, sagte:

»Vielleicht nicht jetzt sofort, aber, he ...«

Ich ging ans andere Ende des Zimmers, sammelte den weggeschmissenen Band ein, sagte:

»Das ist für Sie.«

Sie starrte den Einband an, sagte:

»Richard Branson.«

»Auch ein bemerkenswerter Mann.«

Sie war unsicher, und wer konnte ihr das verdenken? Sie sagte:

»Vielleicht liest mein Mann es.«

»Toll.«

»Danke, Mr Taylor.«

Als sie weg war, begutachtete ich meine Bibliothek. Eine eindeutige Verbesserung des Zimmers. Vor allen Dingen beruhigte sie mich. Ich zog meinen zweiten neuen Anzug an und empfand mich bereits halbwegs als Mitbürger. Draußen nieselte es leicht. In Galway gilt das fast als schönes Wetter.

Beschloss nicht noch mal zurückzugehen, um meinen Allwettermantel zu holen. Mein Plan war, Bill Cassell zu finden und Rita Monroe noch einmal zu besuchen.

Dies bewegte ich in meinem Sinn, als ich die Eglington Street entlangging. Als ich in die Nähe der Drogerie kam, hörte ich Geschrei. Ein Mann brüllte seine Kinder an. Er war über 1,80 groß, breitschultrig, und sein Gesicht war von Zornesröte überzogen. Ich weiß nicht, was die Kinder angestellt hatten, aber jetzt waren sie deutlich dem totalen Terror ausgeliefert. Sie konnten nicht älter als vier oder fünf sein. Als ich dazukam, bückte sich der Mann und begann, dem Jungen quer übers Gesicht zu dreschen. Die Schwester des Jungen schrie:

»Daddy ... Daddy ... Nicht.«

Er haute ihr auf den Kopf. Ich sagte:

»He.«

Er drehte sich um, die Hand erhoben, sagte:

»Verpiss dich.«

Ich sah mich um. Die Leute glotzten. Die Hand des Mannes sauste bereits wieder herab. Ich packte seinen Arm, und er fuhr herum, versuchte, mir den Kopf in die Zähne zu rammen. Das ist das Erste, was man als Polizist auf der Straße lernt. In Templemore hört man davon; auf der Straße lernt man, es abzuwehren.

Ich machte einen Schritt beiseite und sagte:

»Nun mal sachte.«

Er kam mir nicht betrunken vor. Das wäre leicht gewesen. Sein Blick war klar, glühte aber vor Gemeinheit. Ich hatte diese Sorte gesehen und wusste, dass Argumentieren nicht infrage kam. Bei denen galt nur Brutalität. Ich trat zurück, er bedachte mich mit einem kleinen Lächeln und sagte:

»Ich werd dir deinen Scheißhals brechen.«

Griff mich rasend schnell an. Ich ließ die Rechte locker pendeln und erwischte ihn solide in der Magengrube. Dabei hätte ich es belassen können; der würde nicht mehr herumbrüllen. Ein Moment des Aussetzers, wie er in meinem Leben immer wieder vorkam, der Moment, den ich hätte nutzen können, um vor dem Leichtsinn zurückzuschrecken, der durch meine Existenz tobte. Glaube, ich sah das Gesicht des kleinen Mädchens, die Angst, die er auf dies Gesicht gehext hatte, aber das war es nicht allein. Er war ein Tyrann, ein Einschüchterer, und ich hatte diese Bande satt.

Noch ein Schritt, dann, mit der Schulter und meinem ganzen Gewicht dahinter, ließ ich die Linke nach vorn. Die Kraft erwischte ihn unterm Kinn, hob ihn von den Füßen, sandte ihn mit Geklirr durch die Schaufensterscheibe der Drogerie. Die versammelten Menschen steuerten ein kollektives »Ah« bei.

Es heißt, im Knast gibt es zwei Sorten von Menschen. Die eine passt sich gut an, kontrolliert den Zigarettenhandel, plündert die Schwachen aus und gedeiht prächtig an den kleinlichen Ritualen. Die zweite kann sich überhaupt nicht anpassen. Wird vom ersten Augenblick an verletzt und gehetzt.

Und die eine Personengruppe, die nie ins Gefängnis gehen sollte, sind Polizisten.

Beide erstgenannten Gruppen stehen in der Nahrungskette weiter oben als ein in Ungnade gefallener Bulle. Für die Insassen ist Zahltag, Heimzahl-Tag, und von den Aufpassern setzt es abgrundtiefe Verachtung.

Nur Minuten nachdem ich meine Prügel verteilt hatte, erschienen zwei Streifen- und ein Krankenwagen. Polizisten packten mich und bündelten mich hinten in eins der Autos. Ich besah flüchtig meine Hand, die um die Knöchel herum bereits blau wurde. Wir fuhren aber nicht weg. Nein, die Polizisten nahmen Zeugenaussagen auf. Die Leute starrten zu mir herein, eine Mischung aus Aufregung und Grausamkeit auf den Gesichtern. Ihre Aussagen konnte ich mir vorstellen.

Woran ich mich bei dieser Szene jedoch am besten erinnere, das ist das Gesicht des kleinen Mädchens. Rückseitig vom erleuchteten zerbrochenen Schaufenster angestrahlt, schien sie im allgemeinen Aufruhr vergessen worden zu sein. Sie starrte mich mit großen Augen an, den Daumen im Mund. Ihr Bild ist in meine Seele gebrannt. Wenn ich ihren Gesichtsausdruck beschreiben sollte, kann ich nur sagen, es war purer Hass. Ich kann den Vater nicht dafür verantwortlich machen. Ich wurde in die Polizeikaserne gebracht, unter Anklage gestellt und zu einer Zelle geführt. Sie hatte zwei Kojen. Auf der einen lag ein Mann, schlafend oder bewusstlos. Ich setzte mich auf meine, versuchte, Luft zu holen. Der Anzug hatte einen Riss im Ärmel und sah bereits aus, als hätte jemand drin geschlafen. Eine Wahnsinnsmüdigkeit fiel mich an, aber ich wollte nicht schlafen. Heiland, einschlafen und dann in einer Zelle aufwachen ... Ich stand auf und ging ans Fenster. Durch die Gitterstäbe konnte ich eine Brandmauer sehen. Ich hatte am Morgen zwei Beruhigerchens genommen, ihre Wirkung war längst verflogen.

Zitteranfälle mäanderten mir den Brustkorb hinauf, machten kehrt, liefen die Arme hinunter. Versuchte, ein Geräusch zu identifizieren, das ich hörte. Oh Gott, das eigene Zähneknirschen. Wenn ich hier je wieder rauskam, musste ich dringend ein Vollbad in E flüssig nehmen. Eine Stunde verging, und ich schritt auf und ab. Der Mann auf der anderen Koje schimpfte im Schlaf, ein steter, lauter Fluss von Obszönitäten, unterbrochen von Seufzern. Schwer zu sagen, was schlimmer war. Einmal fing er an, sich zu übergeben, und ich drehte ihn auf die Seite, damit er nicht erstickte. Er krallte sich in meinem Gesicht fest. Nachdem ich ihn umgedreht hatte, sank ich fast völlig erschöpft auf meine Koje. Der Geruch schieren Alkohols in der Luft konnte einem vollends den Rest geben. Ich spürte, wie sich in meinem Mund ein Knebel bildete, ein Würgen ankündigte. Und das an einem jener ganz seltenen Tage, an denen ich keinen Tropfen zu mir genommen hatte. Noch mehr Zeit verging, und die Zelle wurde dunkler. Dann schnipsten sich die Lichter an, badeten uns in ihrem unnachgiebigen Schein. Wieder schritt ich. Ein Beschließer erschien, begann die Tür aufzuschließen, sagte:

»Sie werden verlangt.«

Als ich losging, warnte er:

»Jetzt nicht auf komische Gedanken kommen, alles klar?«

Ich nickte.

Er führte mich in einen Verhörraum, ging weg und schloss ab. Der Raum war mit einem Metalltisch, zwei Stühlen und einem ernsthaft missgebildeten Aschenbecher möbliert. Als ich unter Anklage gestellt wurde, waren meine Taschen ausgeleert, der Inhalt in einen Umschlag gesteckt worden. Für eine Zigarette hätte ich einen Mord begangen, für eine Pille schwere Körperverletzung, und von einem doppelten Scotch wollen wir gar nicht reden. Ich saß auf einem harten Stuhl, versuchte, nicht über meine Lage nachzudenken. Die Tür ging auf, und Clancy kam hereingeschneit. Ein scheißselbstzufriedenes Grinsen aufs Gesicht gemörtelt. Er schien in Hochstimmung, sagte:

»Nanu, nanu, nanu.«

»Das ist ein prima Text. Du solltest ihn aufschreiben und bei einer Feier im Golfklub damit Eindruck schinden.«

Seine Uniform war perfekt gebügelt. Sein Grinsen wurde womöglich noch breiter. Er sagte:

»Habe ich dir nicht gesagt, Burschi, irgendwann baust du richtig schlimme Scheiße, und dann hab ich dich.«

»Ich nehme nicht an, dass dies die Voraussetzungen eines ordentlichen Gerichtsverfahrens erfüllt.«

Er legte die Hand hinters Ohr, fragte:

»Wie bitte, Burschi? Lauter ... Kannst gern auch schreien, keine Seele wird uns stören.«

»Kriege ich keinen Anwalt, steht mir kein Telefonat zu?«

Das gefiel ihm besonders gut, er antwortete mit der grässlichen Parodie eines amerikanischen Akzents:

»›Wen wollen Sie denn anrufen?‹, wie der Yankee sagt.«

Ich wartete ab. Als hätte ich die Wahl gehabt. Er sagte:

»Der Mensch, den du durch das Fenster gehauen hast, da hättest du dir keinen Schlechteren aussuchen können.«

»Ich habe mir vorher nicht seine Referenzen angesehen.«

Schallendes Gelächter. Er schien sich wirklich königlich zu amüsieren, sagte:

»Du bist ja gar nicht mit Geld zu bezahlen, Jack. Aber dein Freund, der Fensterheini, rate mal, wer das ist.«

»Ich habe keine Ahnung.«

»Nun komm schon, rate.«

»Ist doch mir so wurscht.«

Seine Hand knallte auf den Tisch.

»Etwas Interesse wäre aber durchaus angebracht. Er ist einer der Top-Geschäftsleute in der Stadt. Er war zum ›Mann des Jahres‹ nominiert.«

Jetzt war ich mit einem halben Lächeln dran und antwortete:

»Da war er doch in der Auslage schon mal nicht schlecht aufgehoben.«

Jetzt setzte er sich hin. Den Tisch zwischen uns, bohrten sich seine Augen in meine. Er sagte:

»Das Gefängnis wird dir nicht gefallen, Jack.«

»Da hast du sicher recht.«

»Genauer gesagt, du wirst dem Gefängnis nicht gefallen. Besonders, wenn sie hören, dass du Polizist warst.«

»Du wirst bestimmt dafür sorgen, dass es sich herumspricht.«

»So eine Geschichte, Jack, verbreitet sich wie ein Lauffeuer.«

Ich antwortete nicht. Wenn sich jemand in seiner Schadenfreude sonnen will, soll man ihn lassen, ihn nicht unterbrechen, dann ist er früher fertig. Er setzte hinzu:

»Sie werden für dich Schlange stehen, Jack, weißt, was ich meine?«

Er stand auf, fragte:

»Du hast doch genug Tee, Zigaretten ..., alles, was du brauchst?«

Er ließ die Augen über die leere Tischplatte schweifen, sagte:

»Und bestimmt hast du längst eine Verbindung geknüpft, um deinen Drogenkonsum zu gewährleisten. Es heißt, im Knast ist fast alles zu bekommen. Ich muss los, kleine Runde Golf vor dem Abendessen.«

Er hämmerte gegen die Tür, sah mich noch einmal an, sagte:

»Ich möchte dir eine Rettungsleine zuwerfen, ein paar Worte des Trosts in deiner dunkelsten Stunde.«

Unsere Blicke trafen sich, ich sagte:

»Weil wir mal befreundet waren?«

»Doch leider kann ich nur mit Folgendem dienen: Wenn du glaubst, jetzt ist es schlimm, es wird noch sehr viel schlimmer werden.«

Die Tür ging auf, und er war weg. Ich wurde zurück in die

Zelle gebracht. Der Typ auf der anderen Koje schnarchte friedlich. Vielleicht war für ihn das Schlimmste überstanden. Ein paar Stunden später erschien ein Sergeant auf dem Korridor. Er war in den Fünfzigern, am falschen Ende der Fünfziger. Er kam zur Zelle und sagte:

»Jack ... Hier ... Tut mir leid, dass ich nicht früher runtergekommen bin.«

Gab mir eine Dunne's-Einkaufstüte, fügte hinzu:

»Ich wollte nicht, dass das Jungvolk das sieht.«

Und weg war er.

Ich kam nicht auf seinen Namen. Das Gesicht war vage vertraut, aber ich wusste nicht, woher. Öffnete die Tüte: Lullen und Feuerzeug, Stullen, Flasche Paddy.

Wilfrid Scawen Blunt war 1888 in Galway im Gefängnis gewesen. Dies hatte er im Knast notiert:

> *Es hatte ein angenehmes Gefühl bestanden ... zwischen den Gefangenen und den Gefängnisaufsehern, was auf der Tatsache beruhte, dass sie ... weitgehend derselben Klasse angehörten, armes Landvolk, mit den gleichen natürlichen Ideen, Tugenden, Lastern und Schwächen geboren.*

Das steht in *The Women of Galway Jail* von Geraldine Curtin.

Ich rationierte den Whiskey, nippte nur, gerade genug, um mich zu beruhigen. Sparte mir die erste Zigarette auf, bis die künstliche Ruhe eingesetzt hatte. Steckte dann eine an. Ah ..., haute voll rein. War sogar zu einer Betrachtung der Stullen fähig. Nicht wirklich essen, aber zumindest die Option bedenken. Verstaute alles unterm Kopfkissen.

Ein junger Wärter kam zur Zellenüberprüfung, beäugte mich argwöhnisch. Wenn er die Pritsche durchsucht hätte,

hätte ich mich mit ihm geprügelt. Glaube ich jedenfalls. Er klirrte mit seinen Schlüsseln und marschierte davon.

Mein Zellengenosse begann sich zu regen. Ausgiebiges Gestöhne, dann äußerst vorsichtiges Aufsetzen. Alkohol stank ihm aus den Poren. Er war in den späten Vierzigern, mit fliehendem Haaransatz, rötlichem Gesicht und zierlicher Statur. Trug Jeans und Sweatshirt. Beides von Calvin Klein, wie ich bemerkt hatte, als ich ihn umdrehen musste. Er hob behutsam den Kopf, und ich merkte, dass es schmerzte. Er fragte:

»Wer bist du?«

»Jack Taylor.«

»Bist du mein Anwalt?«

»Nein.«

Er verlagerte seinen Körper, versuchte, eine Position zu finden, die nicht wehtat, dann:

»Du hast einen Anzug ... Bist du hier, um mit mir zu reden?«

»Nein ... Ich bin genauso im Knast wie du.«

»Oh.«

Ich wartete ein bisschen, fragte:

»Was würde denn helfen?«

»Helfen?«

»Ja, genau jetzt ... Was brauchst du?«

»Was zu trinken.«

»Okay.«

Bot ihm die Flasche dar. Er starrte sie voll offenmäuliger Verblüffung an, sagte:

»Das ist ein Trick.«

»Nein, das ist Paddy.«

Es schüttelte ihn anfallartig. Ich fand eine leere Tasse, schenkte ein kleines Quantum ein, sagte:

»Mit beiden Händen.«

Das machte er. Es gelang ihm, den Schnaps in den Mund

zu kriegen, dann zuckte er wie im Krampf, als die Flüssigkeit runterging. Ich sagte:

»Warte, bis du merkst, ob dir schlecht wird. Manchmal wird einem vom Ersten so schlecht, dass man den Zweiten bei sich behalten kann.«

Er nickte, während Bäche von Schweiß über sein Gesicht strömten. Ein paar Minuten, und das Unwetter hatte sich gelegt. Ich konnte die physische Veränderung sehen, als der Körper sich an die trügerische Hilfe klammerte. Er hielt mir die Tasse hin, zitterte nur noch leicht, fragte:

»Darf ich?«

»Immer langsam. Damit müssen wir die Nacht rumkriegen.«

Schenkte ihm noch einen ein, fragte:

»Lulle?«

Er schüttelte voller Staunen den Kopf, sagte:

»Heiland, wer bist du?«

»Niemand ..., ein Niemand, der tief in der Scheiße sitzt.«

»Ich auch.«

DAS MAGDALENENSTIFT

Während der endlosen Rosenkranzgebete im Magdalenenstift, es waren die letzten Tage, bevor es endgültig dichtgemacht wurde, dachten die Mädchen nur an eins: sie dachten an einen Tag, an dem sie einen Platz zum Atmen haben und den Rosenkranz mit etwas anderem als Bestrafung in Verbindung bringen würden. Als sie endlich die Wäscherei verließen, setzte die Erleichterung nie richtig ein, weil jede Einzelne von ihnen bis ans Ende ihrer Tage den Rosenkranz als Folter sah.

Sein Akzent war Dublin. Ich war da oft genug auf Schicht gewesen, um das zu erkennen. Ich sagte:

»Southside?«

»Ja ... Bist du auch aus Dublin?«

»Nein.«

Er wischte sich die Stirn, sagte:

»Ich bin zum ersten Mal in Galway.«

»Und wie gefällt es dir bisher?«

Er lächelte, was mehr auf das Heilmittel zurückzuführen war als auf was anderes, sagte:

»Ich bin Danny Flynn.«

»Also ..., was hast du gemacht, Danny?«

Seine Augen glänzten verwirrt, er sagte:

»Ich weiß es nicht. Ich bin zu einer Junggesellenabschiedsparty hergekommen ... In der Quay Street ... Kennst du die?«

»Ich kenne sie.«

»Mann, ich bin sechsundvierzig, ich bin zu alt für Junggesellenabschiedspartys, zu alt für so was.«

Ich holte die Stullen hervor, sagte:

»Meinst du, du kannst schon was essen?«

»Was hast du denn da ..., einen Laden? Nein danke. Ich hab seit Tagen nichts gegessen. Ich weiß noch, wie ich zu Freeney's gegangen bin. Ich erinnere mich noch an den Namen, und dann ... zosch. Filmriss. Kennst du so was?«

»O ja. Ich habe selbst ein paar Jahre eingebüßt.«

»Ich habe alles ausprobiert, um aufzuhören, das klappt, zuerst bin ich trocken, und dann peng.« Dann sagte er: »Inzwischen könnte ich, glaube ich, schon wieder mit einer Zigarette umgehen.«

Wie konnte ich ihn nur so vernachlässigen. Ich sagte:

»Das ist die Bestie ... Das macht sie alles in böswilliger Absicht.«

Ich gab ihm die Zigarette, das Feuerzeug, und er sagte:

»Ja, stimmt, scheißenochmal.«

Ich gähnte und sagte:

»Ich werde mal sehen, ob ich ein paar Stunden Schlaf abstauben kann. Versuch du's doch auch.«

Ich gab ihm die Flasche, sagte:

»Geh's langsam an und ratz eine Runde.«

»Danke, Jack.«

Ich lag auf dem Rücken, Müdigkeit überfloss mich. Ich war gerade am Einnicken, als:

»Jack?«

»Ja.«

»Das wird sich jetzt seltsam anhören.«

»Auf seltsam kann ich gut.«

Er lachte kurz, sagte:

»Ich bin nicht sicher, ob ich es richtig sagen kann.«

»Heraus damit. Hier gibt es keine Zeugnisse.«

»Okay, also los. Ich fühle mich sicher, ist das nicht bekloppt? Ich meine, ich bin im Gefängnis, mit einem Fremden zusammen, habe sonst was an Ärger vor mir, aber ich habe nicht das Gefühl von Bammel, das ich sonst immer habe.«

»Wahrscheinlich der Whiskey.«

»Nein, Schnaps tötet mich ab. Leider nicht genug, um die Angst zu knicken. Hier fühle ich mich schon seit etwa einer Stunde okay.«

»Genieße es.«

»Was?«

»Wenn du ein bisschen Frieden gefunden hast, halt ihn, so fest du kannst. Mit mir war immer das Blöde, wenn ich ein bisschen Gnade am Wickel hatte, habe ich sie zu Tode analysiert.«

»Ich pass schon auf. Gute Nacht, Jack.«

»Ja.«

Noch ein bisschen länger, und wir hätten uns angehört wie die *Waltons* im Knast.

Ich wurde von der Zellentür geweckt, die ein Wärter aufschloss, der ein Tablett trug. Brauchte eine Minute, um mich zu orientieren. Nicht, dass einem das im Bau je gelingen könnte. So eine Zelle wird ein steter Schock bleiben. Er sagte:

»Verhandlung um neun.«

Ich nickte. Auf dem Tablett waren Tee, Porridge und Toast. Könnte schlimmer sein. Ich probierte was davon, dann dämmerte es mir.

Wo war Dannys Tablett? Wo war Danny?

Seine Koje war hochgeklappt, kein Zeichen von Belegung. Wie früh hatten sie ihn abgeholt, und warum hatte er mich nicht geweckt? Ich sah unter meinem Kopfkissen nach. Der Whiskey war da und halb voll. Wühlte in meinen Taschen, fand Zigaretten und Feuerzeug. Ich wurde nicht schlau draus, aber ich war zum ersten Mal im Gefängnis, was wusste ich schon?

Als der Wärter wiederkam, fragte ich:

»Was ist mit Danny passiert?«

»Wem?«

Ich zeigte auf seine Pritsche, sagte:

»Der andere Typ … Er ist aus Dublin.«

Er starrte mich an, fragte:

»Leicht weggetreten, was?«

»Nein, ernsthaft. Er war hier. Vielleicht war das nicht Ihre Wache.«

Er starrte weiter, dann:

»Ich weiß nicht, was Sie für ein Problem haben. Sie hatten die Zelle ganz für sich allein. Steht im Wachbuch, schwarz auf weiß, Einzelbelegung.«

Dann ein bitteres Lachen.

»Wenn Wochenende wäre, wäret ihr hier bis zu den Dachsparren gestapelt.«

Ich ließ es damit bewenden. Also versuchten sie mir ins Hirn zu scheißen, anders konnte es gar nicht sein. Ich entsann mich des Priesters, P. Tom, im Dom. Die Nonne, die mir sagt, so jemanden gibt es gar nicht. War dies eine ähnliche Nummer, mein Hirn endgültig im Arsch? Spielte es immer wieder durch, bis zwei Polizisten erschienen, sagten:

»Zeit zu gehen.«

Danny erwähnte ich nicht.

Ich hatte erwartet, in der Umschlusswanne hingekarrt zu werden. Sie benutzten ein Polizeiauto. Das Gerichtsgebäude brummte. Anwälte, Polizisten, Protokollführer wimmelten herum. Ich wurde in den Gerichtssaal gebracht, neben eine Reihe bedrückter Männer gesetzt. Altersmäßig war von siebzehn/achtzehn bis zu mir alles vertreten. Niemand sprach, und es gab kein Gefühl von Brüderlichkeit in der Not. Ein Mann löste sich von der anderen Seite des Saals, schlenderte herüber. Er musste Anwalt sein; ihm leckte das überall raus. Er beugte sich über die Schranke, fragte:

»Jack Taylor?«

Ich nickte, und er sagte:

»Brian Carey. Ich vertrete Sie.«

Bevor ich antworten konnte, kam der Richter rein, und die Verfahren fingen an. Ich war Nummer drei auf der Terminliste. Als ich aufgerufen wurde, hörte sich der Richter die Anklage an.

»Körperverletzung. Mutwillige Zerstörung von Privateigentum. Rücksichtslose Gefährdung von Leben und Gesundheit.«

Die Polizisten sprachen sich gegen eine Kautionszahlung aus. Als ich das hörte, drehte sich mir der Magen um. Der Gedanke, nicht wieder rauszukommen, war entsetzlich. Mein Anwalt pflanzte sich auf, sagte:

»Mein Mandant ist in der Gemeinde wohlbekannt und eng mit seiner Heimatstadt verwurzelt und verknüpft. Er wurde oftmals ob der Dienste, die er seiner Stadt erwiesen hat, in der Lokalpresse erwähnt.«

Er märte sich weiter über meinen überragenden Charakter aus. Ich hatte keine Ahnung, von wem er sprach.

Der Richter schnitt ihm schließlich das Wort ab, setzte den Prozesstermin in drei Monaten an und eine hohe Kaution fest. Dann rief er:

»Nächster.«

Carey kam an, Riesenlächeln, sagte:

»Das war's.«

»Aber die Kaution?«

»Ich wurde angewiesen, mich darum zu kümmern. Sie können gehen. Ich stehe weiter zu Ihrer Verfügung.«

Ich hatte zentnerweise Fragen, aber am dringlichsten wollte ich bloß weg hier. Ich konnte gar nicht glauben, dass ich tatsächlich auf freiem Fuße war. Vor dem Gerichtsgebäude zündete ich eine Lulle an, und mir zitterten die Hände. Begann, die Stufen hinabzugehen, hörte:

»Morgen, Jack.«

Da stand Kirsten, gegen eine der Säulen gelehnt. In einem marineblauen Power-Anzug. Geschäftsmäßig wie Hölle. Sie kam auf mich zu, sagte:

»Komm, ich kaufe dir ein Frühstück.«

All meine guten Vorsätze lösten sich auf. Nach einer Nacht im Knast sehnt man sich nach Wärme, und warm klang sie eindeutig. Ich sagte:

»Gern.«

Gingen zu einem neuen Laden in Woodquay. Der Besitzer

war Italiener, unser Anblick schien ihn zu erregen, und er machte:

»*Buon giorno.*«

Kirsten grimassierte, sagte:

»Meinetwegen.«

Er geleitete uns zu einem Tisch am Fenster, strahlte:

»Iere Ssie könne ssee'e, wie die Welte ziehte vorübere.«

Kirsten berührte meine Hand, sagte:

»Du wirst was Herzhaftes brauchen.«

»Die Kaution war herzhaft genug.«

Sie wandte sich an den Mann, sagte:

»Espresso, zweimal.«

Dann ließ sie meine Hand los, fragte:

»War es ... Wie heißt es so schön? Eine schwere Zeit?«

»Ich glaube, ich habe halluziniert.«

»Toll. Irgendwas Interessantes gesehen?«

Als wäre ich im Kino gewesen, sagte ich:

»Was es war, war traurig.«

»Hast du an der Wand die abgesessenen Tage eingeritzt und dir Fotos von Mädels angepinnt?«

»Das mit dem Anwalt hast du arrangiert?«

»Und das mit der Kaution.«

»Ich schulde dir was.«

Sie fuhr sich mit der Hand durchs Haar, dann:

»Und zwar nicht zu knapp.«

Ließ sich nicht bestreiten.

Der Kaffee kam. Sie nahm einen Schluck, sagte:

»Mmmmm, authentisch.«

Ich griff nach meinen Lullen, und sie sagte:

»Mach zwei an.«

»Du rauchst neuerdings?«

»Ich statte gern all meinen Lastern kleine Besuche ab.«

Sie zog einmal, drückte die Zigarette aus, sagte:

»Der Typ, den du gehauen hast, den kenne ich.«

»Oh.«

»Ein bisschen Druck, und er könnte dazu überredet werden, die Anklage fallen zu lassen.«

»Das bezweifle ich.«

Sie legte den Kopf schräg, sagte:

»Du verstehst ja wohl echt nicht, wie die Dinge laufen, Jack, oder?«

»Wahrscheinlich nicht.«

Sie klackerte mit einem Fingernagel gegen die Tasse. Der helle Nagellack spiegelte das Fenster wider. Sie fragte:

»Weißt du, was ein Massenarschfick ist, Jack?«

Wie zuvor erwischte mich ihre Geläufigkeit in Obszönitäten sozusagen ungedeckt. Ich musste kurz warten, bevor ich antwortete:

»Ich könnte raten.«

»Dass du raten könntest, hatte ich mir gedacht. Falls du es nicht weißt: Es ist das, was einem blüht, wenn man es sich mit einer ganzen Gruppe mächtiger Menschen verscherzt. Dafür scheinst du ein Händchen zu haben. Der Tourismus ist lebenswichtiger Bestandteil des Einkommens dieser Stadt, und wenn du die Schande der Vergangenheit ans Licht zerrst, wirfst du einen Schatten über die ganze Idylle.«

Ich trank von dem Kaffee. Sie hatte recht, er war prima. Ich fragte:

»Woher hast du gewusst, dass ich im Gefängnis bin?«

»Flüsterpropaganda. Ich dachte, du brauchst Hilfe.«

»Lass mich mal sehen, ob ich alles richtig verstanden habe. Wenn ich gewisse Ermittlungen einstelle ... Magdalenenstift, Gattenmord ..., brauche ich mir keine Sorgen mehr zu machen.«

Sie ließ mir ihr strahlendes Lächeln zuteilwerden.
»Präzise.«
Ich stand auf, sagte:
»Danke für den Kaffee.«

»Der Sündenfall lässt sich nicht auf ein bestimmtes Ereignis oder besondere Umstände zurückführen. Was man bei der Empfängnis nicht besaß, das kann man nicht verlieren. Es ist an der Zeit, eine Epoche von ihrem Mythos zu befreien und einen neuen Mythos zu begründen, der in der Gosse beginnt und nach den Sternen greift.«

James Ellroy, *Ein amerikanischer Thriller*

Ich verließ das Café, der Besitzer sagte:

»*Ciao.*«

Ich antwortete nicht. Es war nicht der Tag, um eine Patenschaft für die europäische Einheit zu übernehmen. Ich ging die Eyre Street entlang, kam bei Roches vorbei und kannte keine Menschenseele. Nicht, dass niemand unterwegs gewesen wäre. Die Bürgersteige wimmelten von Menschen. Galway war eine richtige Stadt geworden. Wenn ich als Kind durch die Straßen gegangen war, hatte ich jeden einzelnen Menschen gekannt. Nicht nur das, ich kannte auch alle seine Angehörigen.

Einerseits begrüßte ich die neue Anonymität, aber ich fand, dass etwas verloren gegangen war. Nicht so sehr die Vertrautheit, mehr eine tröstliche Intimität. Schließlich sagte ein Mann:

»Jack?«

Ein Typ, mit dem ich in die Schule gegangen war. Mensch, wie lange war das denn her? Ich riet:

»Sean?«

Es muss gestimmt haben, denn er gab mir die Hand, sagte:

»Als ich dich letztes Mal gesehen habe, wurdest du gerade Polizist.«

Ich war versucht zu sagen:

»Und du hattest Haare auf dem Kopf … und Zähne *im* Kopf.«

Aber er war freundlich, und das war im Augenblick lebenswichtig. Ich fragte:

»Wie ist es dir ergangen?«

Er überlegte, dann:

»Ich war im Krankenhaus.«

»Oh.«

»Es ist voller Ausländer.«

»Was fehlt denen denn?«

»Manchmal der Krankenversicherungsschein.«

Ich lächelte über den beiläufigen Rassismus. Er war sich nicht sicher, auf welcher Seite des linksliberalen Zauns ich stand, und versuchte es einfach mal:

»Betten sind rar. Wenn man vom Klo zurückkommt, liegt einer drin.«

»Und jetzt …? Wie geht es dir?«

»Mittelprächtig.«

Das ist eine klassische irische Antwort. Man beklagt sich nicht, lässt aber die Tür für jedes Mitgefühl offen, das vielleicht im Angebot ist. Er studierte mich, fragte:

»Was ist mit dem Anzug passiert?«

Ich prüfte den Riss, der gewachsen zu sein schien, sagte:

»Eine Meinungsverschiedenheit.«

Er machte das obligatorische schmerzverzerrte Gesicht, sagte:

»Letztes Jahr haben sie mir den Magen rausgenommen.«

»Sie« konnten Straßenräuber sein …, Passanten …, Ärzte.

Ich nickte, als ergäbe das irgendeinen Sinn. Er sagte:

»Weißt du, was das Schlimmste ist?«

Da fielen einem weiß Gott verschiedene Antworten ein, ich beschloss aber, sie für mich zu behalten. Stattdessen:

»Nein.«

»Pommes und Schokolade. Darauf konnte ich immer.«

»Ein echter Verlust.«

»Ein ganz schlimmer. Für einen Teller Pommes mit Essig könnte ich morden, und dann die ganz große Tafel Vollmilchschokolade.«

Er blickte total trostlos drein, dann:

»'türlich habe ich meine Gebete.«

»Ach ja?«

»Ohne sie wäre ich verloren.«

Er sah zum Platz hinüber, sagte:

»Da ist mein Bus.«

»Pass auf dich auf.«

»Mach ich, Jack. Iss für mich eine Tüte Fritten mit.«

Als ich sah, wie er davonging, spürte ich ein Verlangen nach einer simpleren Ära. Nicht, dass ich sie jemals simpel gelassen hätte. Egal, wie mäßig bewegt die Ära gewesen wäre, ich hätte es geschafft, sie zu komplizieren. Die Alkoholiker haben sich das Konzept patentieren lassen, aus jeder Siegeschance doch noch eine Niederlage zu machen. Zündete mir eine Lulle an, und eine Frau sagte im Vorübergehen:

»Diese Mistdinger werden Sie umbringen.«

»Da werden sie sich hinten anstellen müssen.«

»Was ich ein übernatürliches und mystisches Erlebnis nennen würde, hat in seinem tiefsten Wesen etwas von einem direkten spirituellen Kontakt zweier Freiheiten, eine Art Blitz oder Funke, der eine Intuition zündet ... plus etwas viel Größeres, das ich nur als persönlich beschreiben kann, in dem Gott nicht als ›Er dort oben‹ bekannt ist, sondern als der biblische Ausdruck ›Ich bin‹ ... dies ist nicht die Art Intuition, die nach irgendetwas Erhältlichem schmeckt, denn es ist eine Gegenwart einer Person und hängt von der Freiheit der Person ab.«

Thomas Merton in einem Brief an Aldous Huxley

Als ich ins Hotel kam, teufelte Mrs Bailey aus ihrer Rezeption, sagte:

»Sie waren ja im Krieg.«

»Ja.«

»Geben Sie mir diese Jacke, ich werd sie nähen.«

»Das ist nicht nötig.«

»Ach ja? Und Sie wollen herumlaufen wie ein Vagabund?«

Es war leichter nachzugeben. Ich zog die Jacke aus, überreichte sie ihr. Sie untersuchte das Tuch, machte ts-ts, sagte:

»Was manche Menschen sich ungestraft herausnehmen.«

Ich ließ sie maulend zurück. Oben ging ich schnurstracks zu meinen Vorräten, nahm zwei Hochleistungspillchen, nahm sie schnell. Ich wollte so dringend duschen, dass ich hätte schreien können. Aber zuerst kramte ich nach der Nummer der *ban garda*, wählte. Ein paar Minuten, dann:

»Hallo?«

»Undinchen, hier ist Jack Taylor.«

»Oh, ich hätte nicht erwartet, dass Sie anrufen.«

»Ich auch nicht. Sie haben gesagt, Sie wollten helfen.«

»Das will ich auch.«

»Okay. Ich brauche Hintergrundinformationen über Mrs Kirsten Boyle. Wohnt in Taylor's Hill. Ihr Mann ist vor Kurzem gestorben.«

»Was wollen Sie wissen?«

»Wer sie ist.«

»Ich werde sehen, was ich herausfinden kann.«

Klick.

Mann, das Mädel war schwer zu mögen. Ich legte mich auf dem Bett zurück, dachte:

»Gleich sofort werde ich duschen.«

Schlief bis in den späten Abend. Meine Träume waren lebhaft. Sah meinen Vater, den Kopf vor Scham gesenkt. Sah meine große Liebe, Ann Henderson, wie sie sich entfernte, und hörte Danny Flynn murmeln:

»Ich bin in Sicherheit.«

Wie ich sagte ..., lebhaft.

»Ich wünschte jedoch, das Menschengeschlecht ginge nicht ganz so oft seiner eigenen Flexibilität in die Falle.«

John Arden, Vorspruch zu *Cogs Tyrannic*

Ich brauchte zwei Tage, um Bill Cassell zu finden. Sein Stammlokal, Sweeney's, blieb geschlossen. Ich fischte Galways Spätkneipen ab, hörte hier ein Wort, da eine Andeutung. Er war niemand, über den die Leute mit Behagen sprachen.

Seitdem Casey, sein Leibwächter, angeschossen worden war, war auch dieser nicht mehr zu sehen gewesen. Jetzt erfuhr ich, dass er in Belfast war, ließ sich sein Knie neu machen. Die Experten für solche Verletzungen sitzen dort. Wenn man Informationen will, schnelle Informationen, muss man für sie zahlen.

Das tat ich.

Fand jede Menge Information, einschließlich eines ganz speziellen Stücks von Bills Familiengeschichte, das ich, war mir sofort klar, verwenden konnte, um ihn zu manipulieren. Ich hatte nie damit gerechnet, es zu finden; es tauchte einfach während meiner Suche auf.

Verfolgte die Spur des Tresenmanns, der bei Sweeney's gearbeitet hatte. Er war Rausschmeißer in einem Klub in der Eglington Street. Als ich ihn schließlich am Wickel hatte, machte er gerade Pause und trank an der Bar. Ich sagte:

»Wie geht's?«

»Verpissen Sie sich.«

»Sie kennen mich?«

Er sah mich nicht mal an, sagte:

»Ist mir egal, wer Sie sind, verpissen Sie sich.«

»Etwas Geld gefällig?«

Jetzt sah er hin, sagte:

»Taylor ... Ja, ich erinnere mich an Sie.«

»Also wollen Sie das Geld oder nicht?«

»Was soll ich machen?«

»Mir sagen, wo Bill Cassell ist.«

Ich zeigte ihm den Packen Geld. Er trank sein Glas aus, rülpste, massierte sich dann seinen Bierwanst, sagte:

»Klar, kann ich Ihnen sagen.«

»Dann los.«

»Bill ist im Hospiz. Der Krebs ist im letzten Stadium. Der olle Bill wird nicht zurückkommen.«

Ich gab ihm das Geld, sagte:

»Richtig traurig klingen Sie nicht.«

»Seinetwegen? Soll sich bloß verpissen, der Arsch. Seinem starken Mann, dem hat einer ins Knie geschossen.«

»Wer?«

»Irgendein Arsch, der nicht zielen konnte.«

»Nicht zielen konnte?«

»Ja, sonst hätte er ihm den Kopf runtergeschossen.«

Er stand auf, sagte:

»Ich muss wieder zur Arbeit, ein paar Schädel spalten.«

Ich ging früh am Morgen zum Hospiz. Hatte zuerst angerufen, um mir bestätigen zu lassen, dass er da war, und mir die Besuchszeiten sagen zu lassen. Man hätte ein finsteres, deprimierendes Gemäuer erwartet.

War es aber nicht.

Voller Licht, heller Farben und nettem, fröhlichem Personal. Als ich im Empfang nach Bill fragte, lächelte die Frau, sagte:

»Ah, Besuch?«

»Ja.«

»Folgen Sie mir.«

Ich hatte Blumen, verschiedene Schokolade, Obst und Lucozade dabei: alles Zutaten bösen Karmas. Wir hielten vor einer hellblauen Tür, und sie klopfte. Wir hörten:

»Herein.«

Sie sagte:

»Ich lasse Sie allein; dann können Sie ihn überraschen.«

»Das habe ich auch vor.«

Ich machte die Tür auf. Zuerst konnte ich ihn nicht sehen, dann wurde mir klar, dass er bereits erheblich geschrumpft war. Sein auf das Kissen gestützter Kopf war fast transparent. Die Augen hatten ihre Wildheit behalten.

Oscar Wilde hat gesagt:

»Gib einem Mann eine Maske, und er wird dir die Wahrheit sagen.«

Ich hoffte, dass ein Krankenhausbett den gleichen Effekt haben würde. Ich durchquerte das Zimmer, schob mit dem Fuß den Papierkorb zurecht, ließ die guten Sachen hineinpoltern, sagte:

»Was, du glaubst, ich hätte dir was mitgebracht?«

Ging direkt zu ihm, zog ihn mit der linken Hand am Pyjama hoch. Er wog nichts. Mit der rechten Faust schlug ich ihm zweimal seitlich gegen den Kopf.

Harte, solide Schläge.

Die Wildheit glitt ihm aus den Augen und wurde von Schock ersetzt. Ich bezweifle, dass ihn jemals jemand in seiner Zeit als Erwachsener berührt hatte. Ich ließ los, und er fiel zurück. Ich zog mir einen Stuhl heran, holte meine Lullen raus, sagte:

»Rauchen darf man hier wohl nicht?«

Zündete an.

Allmählich konnte er wieder kucken, und ich sagte:

»Sag mir was über Rita Monroe.«

Sein Atem kam in mühsam gekeuchten Schüben, als er anfing:

»Sie war ein Biest aus der Hölle. Quälte mit Genuss die Magdalenen-Mädels. Ließ meine Mutter in nasse Laken gewickelt im Freien stehen. Hat ihnen die Haare abrasiert, plus tägliche Prügel und Essensentzug. Ihr Lieblingstrick war, meine Mutter in kochend heißes Wasser zu stellen, um das Böse herauszubrühen!«

»Wer hat ihre Neffen umgebracht?«

Er lächelte knapp.

»Woher soll ich so was wissen? Aber wenn man jemanden richtig quälen will, richtig leiden lassen, nimmt man ihm das, was er am meisten liebt. Sie hatte keine Familie, aber ich habe gehört, dass sie diese Jungs vergötterte. Ich hatte gehofft, ihr in die Augen zu sehen, sie zu fragen, wie es sich anfühlt.«

Er wedelte mit der Hand, um auf seine Lage zu verweisen, sagte:

»Wie du siehst, bin ich verhindert.«

»Du hast mein Zimmer auf den Kopf gestellt?«

»Ich ...? Aber du wohnst, habe ich gehört, immer noch im Bailey's.«

»Und die Einbrüche in ihrem Haus?«

»Ich weiß, wie gesagt, nicht, woher ich das wissen sollte. Die Vorstellung gefällt mir aber, wie sie schon mal für die Hauptattraktion kirre gemacht wird.«

Ich schubste den Stuhl zurück. Er zuckte nicht, sagte:

»Was? Du willst mich totschlagen. Da würdest du mir einen Gefallen tun. Noch eine Woche, dann bin ich sowieso tot. Du fragst dich, warum ich dich eingestellt habe? Weißt du, ich brauchte einen Zeugen. Ich hätte diese Fotze jederzeit finden können. Du siehst, wie leicht es war, die Neffen aufzustöbern, aber du musstest davon überzeugt werden, dass es eine echte Suche ist, was für ein Zeuge wärst du sonst gewesen? Ich wollte, dass sie sich sicher fühlt, glaubt, die Vergangenheit wäre erledigt. Aber sobald meine Zeit abzulaufen begann, musste ich ein bisschen Dampf machen. Ich habe mit dir rumgeblödelt. Dein Zimmer wurde als kleines Extra verwüstet, weil ich weiß, wie viel dir diese Kackbücher bedeuten. Warst du da sauer, hat dich das auf Touren gebracht? Ich habe dich immer gehasst, wie du als Polizist rumstolziert bist, als wärst du was Besonderes. Jetzt hängst du mit drin, wie viel Stolzieren hast du jetzt noch drauf?«

Ich sah ihn an, sagte:

»Du hast mich aber angeheuert, weil du wusstest, dass ich sie finde?«

»'türlich. Dadurch bist du zum Komplizen geworden.«

»Dann, lieber Bill, wirst du nicht überrascht sein, wenn du erfährst, dass ich noch jemanden gefunden habe.«

Er versuchte, sich aufzusetzen, war ganz Ohr. Ich sagte:

»Ich habe über deine Schulzeit nachgedacht, was ich so über dich wusste, dann ist es mir eingefallen: du hattest eine Schwester.«

Spucke bildete sich in seinen Mundwinkeln, er krächzte:

»Da hältst du sie raus. Sie hat nichts damit zu tun.«

Ich hatte seine volle Aufmerksamkeit, sagte:

»Maggie. Ruhiges Mädel, hat nie geheiratet und ...«

Ich machte eine Pause, als wollte ich die Information im Geiste zurechtrücken, dann:

»Wohnt ganz allein in der Salthill Avenue 14. Keine erkennbaren Einkünfte. Du kümmerst dich um sie, stimmt's?«

»Ja und?«

»Ja, und deshalb möchte ich, dass du die nächste Woche hierüber nachdenkst.«

»Du bleibst ihr vom Leibe, hörst du.«

»Stell dir vor, Bill, so ein zierliches Persönchen, wie so was wohl auf eine regelrechte Kampagne von Belästigungen und Einschüchterungen reagiert. Ich brauche dir nicht zu sagen, wie leicht es ist, einer alleinstehenden Frau einen Schrecken einzujagen.«

Wut zerrte an seinem ausgemergelten Leib. Er fragte:

»Was willst du?«

»Mensch, Bill, gar nichts will ich. Ich glaube nur nicht, dass Maggie sehr gut zurechtkommen wird, wenn du einmal nicht mehr bist.«

»Ich werd dir sagen, wer der Totschießer ist.«

»Okay.«

Er schloss die Augen. Der Kampf darum, nicht nachzugeben, spannte seine Stirn, dann:

»Michael Neville. Er wohnt in einer der Wohnungen neben Spanish Arch. Im obersten Stock. Etwas stimmt nicht mit ihm, nicht nur dass er ohne Ende Juicy Fruit kaut. Es gibt ihn nicht wirklich; es ist, als imitierte er einen Menschen, aber ohne sich sehr anzustrengen.«

Ich wollte gehen, und er fragte:

»War's das?«

»Ja.«

»Du lässt sie zufrieden ... Maggie ... Sie ist nicht wie wir ... Sie ...«

»Also, Bill, ich werde darüber nachdenken.«

Ich öffnete die Tür, und er rief:

»Heiland, Jack, komm zurück. Gib mir irgendeine Garantie.«

Ich schloss die Tür, ging den Korridor entlang. Traf die Empfangsfrau, die fragte:

»Schöner Besuch gewesen?«

»Schöner Besuch gewesen.«

»Da wird er eher innere Ruhe finden.«

»Würde ich auch sagen.«

»Nett von Ihnen, dass Sie gekommen sind.«

»Wir kennen uns schon ganz lange.«

Das verdaute sie, suchte nach einem passenden Klischee, sagte:

»Alte Freunde sind die besten.«

»Besser hätte ich es auch nicht sagen können.«

Als ich zur Hauptstraße kam, näherte sich ein Bus. Er hätte mich direkt in die Stadtmitte gebracht. Ich beschloss zu gehen. Kam an einer Telefonzelle vorbei und dachte:

»Zwei Minuten, ich könnte bei der Polizei anrufen, sagen, was ich weiß, und Michael Neville wäre in null Komma nix geschnappt. Plus, ich würde bei Clancy punkten.«

Ging weiter.

Oder ich konnte die *ban garda* anrufen, sollte sie den Ruhm genießen.

Nein, dies war etwas, was ich alleine machen musste. Als ich in Bohermore angekommen war, überquerte ich die Straße. Stand vor den Toren des Friedhofs. Ich wollte eintreten, Brendans Grab besuchen, ihm ein bisschen Ehrerbietung erweisen. Meine Füße wollten nicht von der Stelle.

Holte eine Zigarette heraus und quengelte:

»Na los, ist doch kein großer Akt. Geh rein, finde das Grab, sag Hallo, und schon bist du wieder weg.«

Schaffte es nicht.

Teilweise, weil ich wusste, wie er auf die Behandlung reagiert hätte, die ich Bill hatte angedeihen lassen. Konnte ihn hören:

»Du hast *was* gemacht? Bist in das Zimmer eines sterbenden Mannes gegangen, hast ihn im Bett geschlagen?«

So unverblümt klang es wirklich grob. Ich hätte ihn zu beschwichtigen versucht:

»Er war ein Stück Scheiße, Müll. Er hat zwei unschuldige junge Männer ermorden, eine gebrechliche alte Frau terrorisieren lassen.«

Er hätte den Kopf geschüttelt.

»Gott vergebe dir, denn sonst wird es niemand tun.«

Und wenn ich verzweifelt genug war, würde ich es so versuchen:

»Aber ich habe Ergebnisse erzielt, stimmt's? Der Fall ist gelöst.«

»So etwas ist nicht richtig, Jack. Du weißt, dass es nicht richtig ist.«

Ein Totengräber kam zum Tor heraus. Noch ein Typ aus meiner Schulzeit, mit Thermos und Stullen, sagte:

»Jack, du führst Selbstgespräche.«

»Schlechtes Zeichen, oder?«

»Ach, mach dir keine Sorgen. Ich führe ständig Selbstgespräche.«

Er sah, dass ich sein Mittagessen betrachtete, sagte:

»Ich esse meistens auf dem Friedhof.«

Nickte hinter sich, fuhr fort:

»Aber manchmal zieht's mich hinaus, da bin ich gern unter Menschen.«

Das konnte ich verstehen, sagte:

»Das kann ich verstehen.«

»Nein, nicht was du denkst. Der Friede da ist unbeschreiblich, aber irgendwann werde ich lang genug dort sein. Also zwinge ich mich dazu, mich ein bisschen zu tummeln.«

Ich beschloss, auf den Besuch zu verzichten, sagte:

»Gut, mit dir zu reden.«

»Weißt du, wo ich bin, werden wir alle sein. Der Kalender löst alle Probleme.«

»Ein solches Verhalten vonseiten der Persönlichkeit wirkt wie eine Vergiftung des Körpers mit Arsen.«

Gary Zukav, *Die Spur zur Seele*

Ich stand vor dem Apartmentgebäude bei Spanish Arch. Bill sagte, Michael Neville wohnt im obersten Stock. Ich las die Namen auf dem Klingelbrett. Tatsache, da war er, 5A. Ich klingelte bei 5A. Die Gegensprechanlage blieb stumm. Wenn er was gesagt hätte, weiß ich nicht, was ich gesagt hätte. Ich hoffte unverdrossen, dass mir ein ausgeklügelter Plan einfällt.

Er ließ es bleiben.

In den Filmen klingelt der Held immer bei einem anderen Mieter, und der lässt ihn dann immer rein.

Klappte aber nicht.

Ich beschloss, die Fertigkeiten aus meiner Polizeiausbildung zu nutzen. Leicht war es nicht, aber laut. Reine rohe Gewalt. In der Eingangshalle fand ich die Treppe und erstieg sie. Oben stand ich vor 5A, lauschte. Kein Geräusch deutete auf Aktivität hin. Klopfte an die Tür und hörte:

»Ja?«

»Stromableser.«

»Augenblick.«

Adrenalin pumpte mir durch die Adern. Ich hörte eine Entriegelung und das Aufschließen mehrerer Schlösser, dann ging die Tür auf. Ein Mann mit Weste und Boxershorts stand da. Er wischte sich Schlaf aus den Augen. Ich fragte:

»Michael Neville?«

»Ja.«

Ich drosch ihm in den Magen. Und gleich noch einen aufs Kinn. Er fiel rückwärts in die Wohnung. Ich sah mich im Korridor um, trat dann über ihn hinweg. Zerrte ihn ins Wohnzimmer und machte die Tür zu. Er war in den frühen Dreißigern, dünn und nicht schwer zu verräumen. Ich sah schnell in den anderen Zimmern nach, ob jemand da war.

Wenn er Besuch hatte, war ich im Arsch. Hatte er nicht. Ich

durchsuchte das Schlafzimmer, fand einen Browning Automatik und meine eigene Pistole. In einem Schuhkarton waren ein Kokainvorrat und ein schönes Sümmchen Geldes. Steckte mir Koks, Geld, H&K in die Jacke. Behielt den Browning in der Hand. Hörte Neville stöhnen, als er wieder zu Bewusstsein kam.

Ich ging zurück ins Wohnzimmer, zog einen Stuhl heran und setzte mich über den Erwachenden. Die Pistole hielt ich locker aufs Knie gestützt. Seine Augen öffneten sich, er setzte sich auf und massierte sich das Kinn. Ich sagte:

»Moin.«

Er starrte mich an, sagte:

»Taylor! Ich habe Bill gesagt, wir hätten Sie umlegen sollen. Haben Sie schon Gelegenheit gehabt, sich *Die durch die Hölle gehen* auszuleihen?«

Er versuchte aufzustehen, und ich sagte:

»Keine gute Idee, wenn Sie nicht wollen, dass ich Ihnen die Zehen abschieße.«

Neben mir bemerkte ich ein Buch. Ich war so überrascht, dass er eins hatte, ich musste es aufheben. Man bringt Auftragsmörder einfach nicht mit Lektüre in Verbindung. Der Titel war *Liebesspiele*.

Ich sagte:

»Hey, niemand liest mehr Henry Green.«

Er starrte mich verwirrt an, fragte:

»Wovon reden Sie überhaupt?«

Meine Konzentration ließ nach. Ich kann Bücher nicht für das Chaos in meinem Leben verantwortlich machen, aber sie haben mich immer dorthin begleitet. Ich sagte:

»Er ist ein bekannt vernachlässigter Autor und wird etwa alle zehn Jahre wiederentdeckt.«

Jetzt stand er fast. Ich fuhr fort:

»In den letzten zwanzig Jahren seines Lebens hat er nichts mehr geschrieben.«

Neville sagte:

»Ist nicht meins. War in der Wohnung, als ich kam. Wollte es wegschmeißen, aber man weiß ja nie. Wenn mir das Klopapier ausgeht, hab ich Verwendung dafür.«

Eine Art höchst persönlicher Wahnsinn. Ich war fest entschlossen, ihn über diesen Autor aufzuklären. Ich sagte:

»Er hat sich nie fotografieren lassen, benutzte dieses Pseudonym und gab Interviews, die nur wenig enthüllten. Kritiker beschrieben sein Werk als schwer fassbar und rätselhaft, Charakterisierungen, mein lieber Neville, die auch Ihr Werk recht gut kennzeichnen würden.«

Jetzt stand er und sagte:

»Verpissen Sie sich.«

Ich wedelte mit dem Buch in seine Richtung und sagte:

»Sein richtiger Name war Henry Vincent Yorke. Geboren in Tewkesbury, England. Diente im Zweiten Weltkrieg als Hilfsfeuerwehrmann. Danach kehrte er zur Firma der Familie in den Midlands zurück und schrieb während seiner Freizeit.«

Neville war näher gekommen, sagte:

»Sie haben den Arsch offen, wissen Sie das? Sie haben einen groben Fehler gemacht, aber ich werde Ihnen was sagen: Geben Sie mir die Knarre, dann dürfen Sie wieder weg.«

Ich beobachtete ihn, sah, wie sich seine Muskeln spannten, sagte:

»Sie wollen nichts über Henry erfahren, stimmt's? Dass er zehn Romane geschrieben hat. Hören Sie zu, manchmal hört man doch von einem ›Schriftsteller-Schriftsteller‹. Henry Green wurde als ›Schriftsteller-Schriftsteller-Schriftsteller‹ beschrieben.«

Er stürzte sich auf mich. Als ich hintüberkippte, ging die

Pistole los. Hörte sich nicht mal an wie ein Schuss, eher wie ein gedämpftes Plopp. Ich lag auf dem Boden, Neville quer über mir. Er bewegte sich nicht. Ich stieß ihn beiseite, und er rollte auf den Rücken, die Augen blicklos. Ein kleines Loch in der Brust. Wenn ich gezielt hätte, wäre mir das nie so gut gelungen.

Ich ging an die Tür, lauschte, hörte aber nichts. Ging zurück zu Neville, fühlte ihm den Puls. Es gab keinen. Ich holte das Koks raus, zog zwei Linien rein, um mich zu stabilisieren, und begann dann systematisch alles abzuwischen, was ich angefasst hatte. Auf dem Fußboden lag eine ansehnliche Ansammlung von Juicy-Fruit-Kaugummi, und ich ließ sie liegen. Während mir das Koks ins Hirn haute, ging ich noch einmal über jede Oberfläche. Wieder das unvergleichliche Gefühl, wie mir das Eis hinten die Kehle heruntertröpfelte, die Euphorie und das physische Wohlbefinden, das die Droge verströmte. Ich verstreute das, was vom weißen Pulver übrig war, auf der Leiche. Einen Briefumschlag mit seinem Namen und seiner Adresse gab es, und ich steckte ihn ein. Ich hoffte, dass das Kokain die polizeilichen Ermittlungen beeinflusste.

Ich sah seine Leiche an, dachte:

»Ich weiß absolut nichts über dich.«

Ich steckte mir die immer noch warme Pistole in die Jackentasche. Sah mich noch einmal um, hoffte, nichts übersehen zu haben. Öffnete die Tür, niemand auf dem Korridor. Treppe runter, das Koks schießt mir die Nervenstränge entlang. Wenn ich jemandem begegnete, war es aus mit mir. Raus aus der Haustür, Kopf gesenkt. Innerhalb von Minuten war ich bei Jury's Hotel und riskierte einen Blick zurück. Keine heulenden Polizeiautos oder alarmierten Bürger.

Ich versuchte mir zu sagen:

»Heiland, hast du Glück gehabt.«

Es ist ein bisschen schwer, Glück zu erwähnen, wenn ein Mann mit einer Kugel im Herzen auf der Auslegware liegt.

Ging in Richtung Quay Street. Bog links ab und ging in die Kirwan's Lane.

»Aber ich würde für Geld niemanden umbringen. Ganz egal, wie dringend ich es brauche. Ich bin dafür nicht geeignet. Mein Gedächtnis ist zu gut. Ich will nicht immer und immer wieder irgendeinen armen Trottel vor mir sehen, der vom Gewicht des eigenen Bluts nach unten gezogen wird.«

John Straley, *Große Fische*

Kirwan's Lane wird als Galways wichtigste mittelalterliche Passage angesehen. Die Kirwans waren einer der zwölf Stämme, die die Stadt gegründet haben. Es gibt dort ein kleines Theater, in dem Wolfe Tone aufgetreten ist. Es wurde von einem Mann begründet, der auf den wunderbaren Namen Humanity Dick Martin hörte.

Aus dem Busker Brown's kam Musik. Diese Kneipe umfasst Teile des »Schiefernen Nonnenklosters«, eines Gebäudes, im Jahre 1686 von John Kirwan den Dominikanerinnen präsentiert und somit das erste Kloster der sogenannten Präsentationsnonnen.

Ich wusste nicht, weshalb mir das alles durch den Kopf ging. Die einzige Geschichtsschreibung, von der ich besessen bin, ist meine eigene.

Vielleicht dachte ich, ich könnte damit die Gegenwart auslöschen.

Wie denn wohl.

Ich wusste, dass ich dringend mit jemandem reden musste. Fand eine Telefonzelle, die nicht mutwillig beschädigt worden war, und rief bei Nestor's an. Jeff ging ran. Ich sagte:

»Hier ist Jack, hast du viel zu tun?«

»Nein.«

»Könnten wir uns irgendwo treffen?«

»Klar.«

Wir trafen uns in einem Coffeeshop in der Quay Street. Er sagte:

»In diesen Teil der Stadt komme ich nie.«

»Hier spielt sich alles ab.«

»Deshalb komme ich nie hierher.«

Er sah aus wie ein Motorrad-Rocker. Verhauene Harley-Jacke, Jethro-Tull-Sweatshirt, schwarze Cordhose und schwere Stiefel. Ich sagte:

»Das ist retro.«

Er lächelte leichthin, sagte:

»Ich hatte eigentlich vor, mit der Soft Tail nach Clifden rauszufahren, sie einfach mal hochbollern zu lassen, zu spüren, wie es brandet.«

Clifden hielt sehr schlechte Erinnerungen für mich parat. Bevor sie sich festsetzen konnten, fragte Jeff:

»Was hast du im Sinn? Du siehst nicht so richtig gut aus.«

Ich atmete ein, sagte:

»Neulich, zwei Menschen, die ich getroffen habe, einen Priester und ... einen Säufer ... Ich weiß nicht, wie ich das ausdrücken soll, aber sie scheinen nicht real gewesen zu sein.«

Das schien ihn nicht zu verdattern, er dachte drüber nach, bat:

»Erzähl mir von ihnen.«

»Wie meinst du das?«

»Was es für Menschen waren, was du für sie empfunden hast.«

Also beschrieb ich, wie ich P. Tom getroffen hatte und dann die Begegnung mit Danny. Falls Jeff meine Nacht im Knast überraschte, überspielte er das gut. Er sagte:

»Lass mich mal sehen, ob ich das richtig mitgekriegt habe. Du hast dich wohlgefühlt, konntest dich leicht mit ihnen unterhalten.«

»Ja.«

Dann bedachte er mich mit einem nachdenklichen Blick, sagte:

»Wenn ich raten soll, wirfst du Ludes, Schwarze, ein paar andere schwere Downer ein und kippst weiterhin ordentlich Alk drauf. Habe ich recht?«

Ich fühlte mich ausgestellt, verletzlich, und fand keine Antwort.

Er sagte:

»Jack, ich war in einer Band, schon vergessen? Ich habe alle Trips gemacht und verstehe die Zeichen zu deuten.«

»Du meinst, ich büße ihn gerade ein?«

»Ich glaube, dass so regelmäßiger Gebrauch, wie du ihn betreibst, vorhersehbar lebhafte Halluzinationen mit sich bringt.«

»Ich komm nicht mehr runter?«

»Es ist interessant, dass diese Menschen dich nicht bedroht oder verurteilt haben. Auf perverse Weise sind sie wie Manifestationen deiner Persönlichkeit.«

»Ich bin also im Arsch.«

»Jack, hör zu. Du stehst unter schwerem Stress und dein Unbewusstes hat dich mit Freunden versorgt, zu denen du eine Beziehung unterhalten konntest.«

»Was soll ich tun?«

»Runter von den Drogen.«

»Heiland.«

Wir saßen eine Zeit lang schweigend da, dann fragte er:

»Was wird mit deiner Anklage wegen Körperverletzung?«

»Ich habe einen Anwalt.«

Er lächelte, sagte:

»Klingt, als würdest du einen brauchen.«

Ich erzählte ihm den Hintergrund, weswegen ich den Typ geschlagen hatte, ließ ihn das verarbeiten, fragte dann:

»Wenn du ich gewesen wärst, Jeff, hättest du das so sehr viel anders gemacht?«

»Ich weiß nicht, Jack. Ich würde gern denken, dass ich eingegriffen hätte, aber ich wäre wahrscheinlich weitergegangen.«

Das Café begann sich zu füllen, und wir machten uns davon. Gingen in Richtung Shop Street. Ich sagte:

»Ich rechne es dir hoch an, dass du dir die Zeit genommen hast, Jeff.«

»Ich bin dein Freund, du solltest mich häufiger besuchen.«

Im Hotel saß ich dann auf dem Bett und fragte mich, ob ich nicht einfach nach London abhauen sollte. Spielte mit dem Gedanken, aber er wollte nicht richtig abheben. Legte die Pistolen ins Bett, dachte:

»Ich bin bis an die Zähne bewaffnet.«

Ich wusste, dass ich den Browning wegschmeißen sollte. Wenn die Leiche von Neville gefunden wurde, hatten sie die Kugel. Wie schwer war es, von ihr auf die Waffe zu schließen, aus der sie geflogen gekommen war? Wenn sie je auf die Pistole stießen, hatten sie die Partie verdient gewonnen.

Ich beschloss, sie zu behalten. Ich betrachtete den Umschlag mit Nevilles Namen und Adresse und fragte mich, warum ich ihn mitgenommen hatte, weitere erdrückende Beweislast. Ich legte ihn zu der Pistole und versteckte den ganzen Kram. Vorratshaltung.

Die Leiche wurde erst nach drei Tagen entdeckt. Zuerst hieß es nur, ein Mann sei tot in einem Apartment in der Stadtmitte aufgefunden worden. Dann später, dass die Polizei den Verdacht hätte, es könne sich um eine Straftat handeln.

Das ist bei Einschusslöchern ganz normal.

Schließlich wurde eine Ermittlung wegen Mordes mit allem Drum und Dran gestartet. Die Polizisten, hieß es, verfolgten bei ihren Ermittlungen ganz fest umrissene Verdachtsmomente. Ein Sprecher sagte:

»Wir werden einer Eskalation des Drogenhandels in dieser Stadt mit aller gebotenen Härte entgegentreten.«

Ich konnte atmen, wenn schon nicht leicht, so doch immerhin, ohne dass sich mir die Brust zusammenschnürte.

Mein Anwalt rief mich zu sich.

Seine Kanzlei war in der Mainguard Street. Zwei Treppen hoch, an der Empfangsdame vorbei und in seinen Bau. Seine Urkunden hingen gerahmt die ganze Wand entlang. Zu zweit bewunderten wir sie einen Moment lang, dann sagte er:

»Gut, Mr Taylor, ich habe ermutigende Neuigkeiten.«

»Toll.«

»Möglicherweise wird das Verfahren eingestellt.«

»Warum?«

»Der ... Das *Opfer* ... Nicht, dass wir so eine Bezeichnung je außerhalb dieser vier Wände ... Habe ich recht?«

Dagegen hatte ich nichts einzuwenden, sagte:

»Von mir werden Sie nie hören, dass ich ihn ein Opfer nenne.«

»Großartig, das ist die Marschrichtung. Sie haben einen ganzen Batzen über die Jurisprudenz gelernt.«

Er trug einen Anzug, der still proklamierte:

»Ich bin ein Gewinner
... und du bist eindeutig
keiner.«

Er blätterte ein paar Seiten durch, sagte:

»Also, die Polizei könnte sich auf die mutwillige Sachbeschädigung versteifen.«

»Oh.«

Dies tat er mit einem Wedeln der Hand ab.

»Die machen nur Lärm, zeigen uns, dass sie an der Sache dran sind. Wenn Sie willens sind, Entschädigung zu zahlen, kann ich die Sachbeschädigung abbiegen.«

Er hielt inne, schlug einen strengeren Ton an, sagte:

»Sie sind dazu willens?«

»Natürlich.«

»Guter Mann. Ich werde sofort veranlassen, dass man sich darum kümmert. Sieht besser aus, wenn Sie gezahlt haben, bevor es zur Verhandlung kommt. Zeigt, dass Sie reuig sind ... Und das sind Sie doch ... Stimmt's, Mr Taylor?«

»Komplett.«

»Okey-dokey, alles klar. Ich melde mich, sobald ich weitere Informationen habe. Mein Näschen sagt mir, dass Sie nicht einmal vor Gericht werden erscheinen müssen.«

»Das ist verblüffend.«

Er lehnte sich auf seinem Drehsessel zurück, sagte:

»Nein, es ist Zweckdenken.«

»Und Ihr Honorar?«

»Braucht Sie zu Ihrer Freude nicht zu kümmern.«

»Warum nicht?«

»Sagen wir, ich bin in der glücklichen Lage, Kirsten behilflich sein zu können.«

Wir waren uns beide seines Gebrauchs ihres Vornamens wohl bewusst. Ich ließ ihn im Raum stehen, sagte dann:

»Danke.«

»Mr Taylor?«

»Ja.«

»Verlassen Sie sich in Zukunft nicht auf mein Zweckdenken. Es ist nicht unerschöpflich.«

Ich hatte die Tür erreicht, als er hinzufügte:

»Sie werden die Menschen, die Ihnen geholfen haben, nicht vergrämen wollen.«

»Mensch, das klingt ziemlich wie eine Drohung.«

Er hob die Augenbrauen, sagte:

»Ich bin Jurist. Juristen drohen nicht.«

»Sie scherzen. Sie machen nichts anderes. Der einzige

Unterschied ist, dass Sie dafür die passenden Diplome besitzen.«

Ich hatte mich mit den Pillchen eingeschränkt. Statt der üblichen zwei zum Frühstück hielt ich bis mittags durch und nahm dann eine. Instandhaltung nannte ich das. Kalter Entzug war das Letzte, was ich schieben wollte. Ich ging zurück in Richtung Hotel und fragte mich, warum ich angesichts der Nachrichten vom Anwalt nicht erleichtert war. Es sah aus, als müsste ich nicht ins Gefängnis, aber ich wusste, dass ich nicht vom Haken war. Jemand würde erwarten, dass ich meine Schulden abzahlte. Im Empfang sagte Mrs Bailey:

»Da ist ein junger Mann für Sie da.«

»Oh.«

»Er wartet im Gesellschaftsraum.«

»Gut.«

»Mr Taylor, er scheint ein sehr zorniger junger Mann zu sein.«

»Sind wir das nicht alle?«

Es war Terry Boyle. Mit teurem Anzug, dem des Anwalts nicht unähnlich; eindeutig in derselben Preisklasse, einer Klasse, die mir stets verschlossen bleiben würde. Er schäumte vor Wut. Ich sagte:

»Terry.«

Er bebte vor Übellaunigkeit, knurrte:

»Sie ficken Kirsten.«

»Äh … Etwas leiser, bitte.«

»Nein!!!«

Ich erhob die Hand. Er trat einen Schritt zurück, und ich sagte:

»Okay, setzen wir uns, und Sie versuchen sich zu beruhigen.«

Wir setzten uns.

Ich zog meine Lullen hervor, steckte mir eine an. Er wedelte den Rauch fort, sagte:

»Ich gebe Ihnen einen Auftrag, und was machen Sie? Sie steigen mit der Schlampe ins Bett.«

»Wer hat Ihnen das gesagt?«

»Die Schlampe selbst.«

»Und Sie haben ihr geglaubt?«

Es war, als hätte er auf eine solche Antwort gewartet. Er fragte:

»Haben Sie einen Engel auf die Brust tätowiert?«

»Ich …«

»Sie haben einen … Herrje … Zeigen Sie her.«

Griff nach meinem Hemd, riss die Knöpfe ab. Ich erwischte sein Handgelenk, sagte:

»Auf vorige Woche verteilt, habe ich drei Menschen k. o. geschlagen. Das Dumme ist, ich beginne, Geschmack daran zu finden. Hier kommt die Frage, die Sie sich stellen müssen: ›Möchte ich ein gebrochenes Handgelenk?‹«

Ich verbog es in Richtung Fußboden, und er sagte:

»Schon gut … Gott, was sind Sie physisch.«

»Werden Sie sich benehmen? Die Warnungen sind Ihnen sowieso ausgegangen.«

Er zog sich zurück, massierte sein Handgelenk, stöhnte:

»Hat wehgetan.«

Ich versuchte, mein ruiniertes Hemd zu ordnen, sagte:

»Ich habe das Hemd gemocht. Sie haben ja keine Ahnung, wie oft ich die komplette Garderobe erneuern muss.«

Seine Lippe schürzte sich, hob sich, genauer gesagt, am rechten Mundwinkel, und er sagte:

»›Elegant‹ ist nicht unbedingt das Adjektiv, das einem zuerst einfällt, wenn man Sie beschreiben soll. Man hat den

Eindruck, dass die Läden, die von karitativen Einrichtungen betrieben werden, alles führen, was Sie von einem guten Herrenausstatter erwarten.«

Er war die Art Typ, dem man lebenslänglich auf den Kopf hauen konnte, ohne die Lust dran zu verlieren. Ich sagte:

»Terry, ich habe Kirsten überprüft. Egal, wie sehr Sie sie verabscheuen –, es gibt keinen Beweis, dass sie Ihren Vater umgebracht hat.«

»Und Sie haben natürlich mit voller Kraft ermittelt, besonders in seinem Bett. Da gab es vermutlich auch keine Indizien, oder waren Sie anderweitig zu beschäftigt?«

»Lassen Sie's, Terry. Es ist Zeitverschwendung.«

Er sprang auf, sagte:

»Nächste Woche treffe ich sie. Und dann mache ich das Flittchen fertig, so oder so.«

»Kommen Sie, Terry.«

»Lecken Sie mich am Arsch, Jack Taylor. Sie sind ein verabscheuungswürdiges Subjekt.«

Und weg war er.

Mrs Bailey kam herüber, fragte:

»Kann ich Ihnen was bringen?«

»Nein ..., vielen Dank.«

»Der junge Mann, konnten Sie ihm helfen?«

»Ich glaube nicht.«

»Wenn Sie nichts dagegen haben, dass ich das so ausdrücke, Mr Taylor, so scheinen konstant Gewitterwolken über Ihnen zu schweben.«

»Das haben Sie sehr treffend gesagt.«

DAS MAGDALENENSTIFT

An dem Tag, an dem Luzifer die Wäscherei verließ, stand sie früh auf, packte ihren kleinen Koffer und starrte den Schmuck an, den sie besaß. Zwei kleine Claddagh-Ringe, einen Rosenkranz mit Perlen und ein kleines Goldkreuz an einer Silberkette. Die Stücke hatten den »Märtyrerinnen« gehört, den Mädchen, deren Tod sie verursacht hatte. Sie betastete das Kreuz, überlegte, ob sie es zum Pfandleiher in der Quay Street bringen sollte, aber es verschaffte ihr einen betörenden Schauer der Erinnerung, das berauschende Machtgefühl, das sie verspürt hatte, als diese Mädchen starben. Mit einem Seufzer packte sie das Kreuz in ihre Tasche, beschloss, es zur Erinnerung an jene glorreichen Zeiten zu behalten.

Solche Zeiten würde es nie wieder geben, und sie wusste, dass es von nun an mit ihrem Leben nur noch bergab ging. Ihre Schwester hatte zwei Söhne, und Luzifer vergötterte sie. Sie dankte der dunklen Macht, zu der sie betete, dass ihre Schwester keine Mädchen bekommen hatte. Nach ihrer Zeit im Magdalenenstift hatte sich ihr Frauenhass noch tiefer festgesetzt, weil die Weiber so schwach waren, ständig winselten, immer Ränke schmiedeten. Ein leises Lachen entrang sich ihr, als sie dachte: »Den kleinen Gänsen habe ich aber wirklich Manieren beigebracht. Die werden mich so schnell nicht vergessen.«

Ich ging hoch, zog das zerrissene Hemd aus. Untersuchte es in der vagen Hoffnung, es könnte zu retten sein, aber hier kam jede Hilfe zu spät. Schmiss es in den Papierkorb. Das Telefon klingelte. Ich nahm ab, sagte:

»Ja?«

»Jack ... Hier ist Bríd ... Bríd an Iomaire.«

»Undinchen.«

Konnte ihre Verstimmung hören, dann sagte sie:

»Ich habe die Information, die Sie wollten.«

»Über Kirsten?«

»Ja.«

»Braves Mädchen.«

»Seien Sie nicht so herablassend.«

»Brave Frau?«

»Ich bin um acht bei McSwiggan's.«

Klick.

Ich begann, bei den Todesmeldungen in den Rundfunknachrichten aufzuhorchen. Wie bescheuert ist das denn? Anstatt meine Morgendrogen zu nehmen, hörte ich mir Nachrufe an. Auch Abusus, aber anders. Viele Namen klangen bekannt. Ich war in dem Alter, in dem man nicht mehr auf den beruflichen Erfolg von Freunden achtet, sondern auf die Nachricht von ihrem Hinscheiden wartet.

Dann:

»Bill Cassell.«

Ich rannte zum Radio, um es lauter zu stellen, merkte mir den Beisetzungstermin und:

»Es wird gebeten, von Blumenspenden abzusehen. Stattdessen sind Zuwendungen an das Galway-Hospiz willkommen.«

Ich wusste nicht, ob das eine Beerdigung sein würde, der ich beiwohnen wollte. Sollte nächsten Vormittag um elf ab

Augustinerkirche losgehen. Wenn ich schon sonst keinen Grund hatte, sollte ich hin, um sicherzugehen, dass er tatsächlich mause war.

An jenem Abend trug ich ein Sweatshirt, Jeans und meinen Polizeimantel. Er war zwar angesengt, aber immer noch heil. Um Viertel nach acht kam ich zu McSwiggan's. Undinchen war bereits da und spielte mit einer Flasche Diät-Coca. Ich fragte:

»Soll ich Ihnen noch eine holen?«

»Nein.«

Ich bestellte einen doppelten Jameson; fand, dass ich mit meinem eingeschränkten Pillenkonsum bisher prima zurechtgekommen war. Ich setzte mich ihr gegenüber hin, sagte:

»Wir gehören hier schon fast zur Einrichtung.«

Kein Lächeln, keine Reaktion. Sie trug ein weißes T-Shirt, Marine-Jeans. Ihr Gesicht war ohne Make-up, und dadurch sah sie streng aus, unnahbar. Sie griff in ihre Handtasche, zog ein Notizbuch heraus, sagte:

»Interessante Person, diese Kirsten Boyle.«

»So kann man sie auch beschreiben.«

Sie starrte mich voll an, fragte:

»Haben Sie ein Verhältnis mit ihr?«

»Kein sehr gutes.«

»Das ist nämlich ihr Tätigkeitsgebiet, sie sammelt Männer.«

Ich gab keinen Kommentar, und sie hob an:

»In Wirklichkeit heißt sie Mary Cowan. Aus Waterford, unterer Mittelschichtshintergrund, normal aufgewachsen, nichts Ungewöhnliches. Mit sechzehn hat sie einen reichen Typ aus England kennengelernt, ist mit ihm nach England durchgebrannt.«

»Ist kein Verbrechen.«

»Zehn Jahre später taucht sie in Galway auf, hat einen neuen Namen, einen neuen Akzent und einen vor Kurzem verstorbenen Ehemann.«

»Oh.«

»Vor fünf Jahren hat sie wieder geheiratet und wurde Mrs Boyle. Vor und nach dem Tod ihres Mannes hatte sie einen ziemlichen Männerverschleiß. Ihr Mann starb an einem Herzinfarkt; er wurde zügig eingeäschert. Offensichtlich hat sie Freunde, die zweckdenken können. Normalerweise hätte es eine Obduktion gegeben.«

Ich wiederholte:

»Zweckdenken.«

»Was?«

»Das Wort scheint an ihr zu kleben.«

»Was an ihr klebt, ist Einfluss. Sie kennt die richtigen Leute.«

»Da haben Sie nur allzu recht.«

Sie nahm einen Schluck Coca, fragte:

»Warum interessieren Sie sich für sie?«

»Ich sollte sie überprüfen.«

»Sie überprüfen sie ... Nein, nein ... Sie überprüfen den Tod ihres Mannes.«

Als ich nicht antwortete, sagte sie:

»Es gibt nichts, was beweisen würde, dass sie irgendwas getan hat.«

Ich fragte:

»Wie haben Sie so viel herausgefunden?«

»Mein Onkel Brendan war mir ein guter Lehrmeister. Sein Lieblingsspruch lautete: ›Wichtig ist nicht, was du weißt, sondern wo du's herkriegst.‹«

Ich sagte:

»Er wäre bestimmt stolz auf Sie gewesen.«

Etwas Gepeinigtes glitt ihr übers Gesicht, dann sah sie wieder streng aus. Sie sagte:

»Ich bin so sauer auf ihn.«

Ich nickte, und sie schnappte:

»Auf Sie bin ich auch sauer.«

»Auf mich?«

»Sie waren doch sein Freund, oder?«

»Äh ... Ja.«

»Warum haben Sie nicht auf ihn aufgepasst?«

»Ich konnte mich nicht konzentrieren ...«

Sie stand auf, spuckte fast:

»Und wann können Sie sich konzentrieren? Wenn Sie sich große Whiskeys bestellen, hören Sie dann besser zu? Sie waren die jämmerliche Karikatur eines Freundes.«

Als sie weg war, fiel mir ein, was Babs Simpson einst gesagt hatte:

»Alkoholiker sind fast immer charmant. Das müssen sie sein, weil sie ständig neue Freundschaften schließen müssen. Die alten werden zu schnell aufgebraucht.«

Sie war Herausgeberin von *Vogue* und *Harper's Bazaar* gewesen.

Ihre Anklage hatte mir in der Seele wehgetan. Ich glaube nicht einmal, dass sie als Anklage gemeint gewesen war. Wahrscheinlich sprachen nur Verständnis und Resignation aus diesen drei Sätzen.

Ich weiß nicht, wie lange ich so dasaß und in mein Glas stierte. Aller Kummer, den ich bewirkt und erlitten hatte, war auf meine Seele eingestürmt gekommen. Selbst zu den allerbesten Zeiten hatte ich mich selbst nie »gemocht«. In diesem Augenblick war ich voller Selbstekel. Dann verstand ich, wie Brendan es geschafft hatte, eine Schlinge zu knüpfen, auf einen Küchenstuhl zu steigen und zu baumeln. Eine Frau mittleren Alters räumte und wischte die Tische ab. Teilnahmslos betrachtete ich einen Anstecker an ihrer Bluse. Eins dieser gottverschissenen Smiley-Dinger. Mit der Bildunterschrift:

»Put on a happy face«.

Ich hätte es ihr frohen Herzens herunterfetzen und sie zwingen können, es zu fressen. Sie zeigte auf Undinchens Diät-Coca, fragte:

»Kann das weg?«

»Oh ja.«

Sie hielt inne, und ich wusste, dass sie mich eingehend musterte. Ich sah nicht auf. Sie sagte:

»Kopf hoch, vielleicht passiert's ja gar nicht.«

»Es ist bereits passiert.«

Setzte sie matt, aber nicht lange. Sie hätte in der Politik was werden können. Sie sagte:

»Man weiß nie, was gleich um die Ecke kommt.«

Jetzt sah ich doch auf, nagelte sie mit allem, was ich empfunden hatte, fest, sagte:

»Wenn es auch nur die mindeste Ähnlichkeit mit meiner Vergangenheit aufweist, und sei die Ähnlichkeit auch noch so entfernt, bin ich ernsthaft im Arsch.«

Sie machte, dass sie wegkam. Rasch.

Bill Cassells Beerdigung rangiert unter den elendesten, die ich je erleben durfte, und ich habe weiß Gott ein gerüttelt Maß an Beisetzungen hinter mir, alles von fröhlich über mitleiderregend bis hin zu schlicht traurig. Aber was das schiere Elend betrifft, war diese der Gipfel.

Ein grausiger Tag, die Sorte strömenden Regens, die einen

durch und durch aufweicht. Man spürt, wie er in den Nacken träufelt, die Beine hinunterrinnt, die Socken bis zum Überquellen nässt. Er lässt nicht nach, die Kälte ist grimmig, und man versteht die wahre Bedeutung von »erbärmlich«. Insgesamt vier Menschen am Grab. Der Priester, P. Malachy, der versucht hatte, sich eine Zigarette anzuzünden. Er war gescheitert. Ein Totengräber und eine winzige gebrechliche Frau. Ich war Nummer vier. Malachy hudelte durch irgendeinen inhaltsleeren Psalm. Ich half dem Totengräber beim Hinunterlassen des Sarges. Er grunzte vor Anstrengung. Ich fragte:

»Seid ihr nicht normalerweise zu zweit?«

»Bei dem Wetter wollte er nicht raus.«

Und er konnte auch nicht viel. Die Seile schnitten mir in die Handflächen, und zwei Fingernägel brachen mir ab. Als wir fertig waren, trat die Frau vor, ließ eine einzige weiße Rose hinunterflattern. Ich ging zu ihr, fragte:

»Maggie?«

»Ja?«

»Sie sind Bills Schwester?«

Sie zuckte vor mir zurück, als wollte ich sie tätlich angreifen. Ihre ganze Haltung war die eines geprügelten Hundes. Sie hatte nicht nur die Körpersprache eines Opfers, sondern ihre Augen sagten, dass sie in der Furcht vor weiterer Bestrafung lebte. Ich versuchte, so unbedrohlich zu wirken, wie ich konnte. Nicht leicht, wenn man in einen Polizeimantel gemummelt, durchnässt und neunzig Zentimeter von einem offenen Grabe entfernt ist. Sie antwortete:

»Ja.«

Als hätte sie sich schuldig bekannt.

Ich streckte die Hand aus, sagte:

»Jack Taylor.«

Langsam kam ihre Hand meiner Hand entgegen, und sie fragte:
»Waren Sie Bills Freund?«
Sie hatte große Untertassenaugen; sie waren nie mit Tücke oder Arglist in Berührung gekommen. Ich wollte einen solchen Menschen nicht schamlos anlügen und sagte:
»Wir sind zusammen zur Schule gegangen.«
»Bill hat die Schule nicht gemocht.«
»Ich auch nicht.«
Dies schien ihre Befürchtungen zu mildern, und sie sagte:
»Sie waren so gut, zu kommen, und das an einem solch jammervollen Tag.«
Ich hatte keine wahrheitsvolle Erwiderung. Malachy berührte mich an der Schulter, fragte:
»Ganz kurz?«
Ich sagte zu Maggie:
»Entschuldigen Sie mich einen Moment.«
Und ich wandte mich ihm zu, sagte:
»Was?«
Er zuckte zurück. Heiland, jeder zuckte zurück. Meine Ausstrahlung muss tödlich gewesen sein. Er sagte:
»Ich bin überrascht, dass du hier bist.«
»Als ginge Sie das was an.«
Er unternahm eine vergebliche Anstrengung, sich Regen aus dem Gesicht zu wischen. Sogar sein Priesterkragen war durchnässt. Er sagte:
»Deine Mutter hatte einen Schlaganfall.«
»Ach ja?«
»Lieber Gott, Mann, mehr hast du dazu nicht zu sagen?«
»Wo ist sie?«
»Sie ist jetzt wieder zu Hause. Wirst du sie besuchen?«
»Ich werde darüber nachdenken.«

»Du hast das Herz des Teufels.«

»Danke.«

Ich wandte mich Maggie zu. Sie starrte zutiefst untröstlich das Grab an. Ich hätte ihren Arm genommen, aber dann wäre sie bestimmt gesprungen. Ich sagte:

»Maggie, kann ich Ihnen ein Taxi besorgen?«

»Nein, nein, ich habe ein Auto.«

Sie sah mein Erstaunen, sagte:

»Bill hat es gekauft. Er hat mich gezwungen, Fahrunterricht zu nehmen. Ich war nicht sehr gut und hätte aufgegeben, aber Sie kennen ja Bill. Er war kein Mann, dem man sich widersetzen konnte.«

Ich nickte. Das konnte ich wirklich bezeugen. Sie sagte:

»Ich wusste nicht, was ich danach machen soll.«

»Danach?«

»Ach, die Leute mieten Hotels und bieten den Trauergästen etwas an, aber ...«

Ihre Verzweiflung über den Mangel an Menschen war offenkundig, also sagte ich:

»Gehen wir doch und trinken was, Sie und ich, heben das Glas zu seinem Gedenken.«

Es war scheußlich, wie sie sich an die Rettungsleine klammerte. Fast weinte sie:

»Würden Sie ... Oh ... Das wäre wunderbar ... Ich werde zahlen ... Wir können über Bill reden ... Und ...«

Mir sank das Herz.

Ihr Auto, ein Toyota, stand vor dem Tor. Als sie sich hinter das Steuerrad setzte, schien sie komplett desorientiert. Bevor ich etwas sagen konnte, hatte sie sich berappelt, und nach zwei Fehlstarts nahmen wir am Straßenverkehr teil. Sie lächelte als Zeichen ihrer Niederlage, sagte:

»Ich bin gar nicht gut in so was.«

»Machen Sie sich bitte keine Sorgen.«

Die machte *ich* mir nämlich schon, und es reichte für uns beide. Wir fuhren im Schneckentempo durch Bohermore. Andere Autofahrer wüteten. Ich schlug vor:

»Vielleicht mal in den dritten Gang.«

»Oh.«

Als wir bei Tonery's vorbeikamen, sagte ich:

»Fahren Sie hier ran.«

Noch mehr Reifenquietschen, als wir ebendies versuchten. Wir versetzten einem geparkten Lieferwagen einen Seitenhieb und kamen mahlend und knirschend zum Stehen. Ich stieg schnell aus, wartete im Regen auf sie. Sie fragte:

»Steht das Auto hier gut?«

Zumindest, bis der Fahrer des Lieferwagens kam. Ich sagte:

»Klar.«

»Als alles dichtmachte,
Spürte ich, wie es in mir auch dichtmachte,
Und was
Fing ich dann an
Mit Konzeption wie Erlösung?«

K. B.

Die Kneipe hat hintenraus einen großen Wintergarten. Draußen ging die Welt unter, aber hier war es hell und anheimelnd. Der Barmann nickte, sagte:

»Ich komm gleich vorbei.«

Wir setzten uns, und sie sagte:

»Ich gebe einen aus.«

Ich nahm an, dass sie so was nicht allzu oft sagen konnte. Als der Barmensch kam, sagte sie:

»Einen kleinen Sherry.«

Ich bestellte Jameson.

Wir saßen schweigend, bis die Getränke kamen. Es schien ihr nicht unbehaglich zumut zu sein, als hätte sie mit so was reichlich Erfahrung.

Ich erhob mein Glas, sagte:

»Auf ... Bill.«

Und sie fing an zu weinen.

Nicht auf die laute schluchzende Weise. Schlimmer, dies tiefe innere Wogen, dessen Zeuge zu sein so entsetzlich ist. Tränen rollten ihr die Backen herunter, tropften plink in ihr Glas. Ich starrte hinaus in den Regen.

Ich dachte an eine Stelle bei Merton, die eine Saite in meiner Seele angeschlagen hatte:

> *Ich hielt die Augen geschlossen, mehr aus Apathie als aus was anderem. Aber egal, es war nicht nötig, die Augen aufzuschlagen, um den Besucher zu sehen, um den Tod zu sehen. Der Tod ist jemand, den man sehr deutlich mit Augen im Zentrum des Herzens sieht, Augen, die nicht sehen, indem sie auf Licht reagieren, sondern indem sie auf eine Art Kälte im innersten Mark des Herzens reagieren.*

Sie trocknete ihre Augen, sagte:

»Schön ist es hier.«

»Stimmt.«

»Ich komme nicht oft vor die Tür.«

Ich suchte nach einem Klischee als Antwort, konnte keins finden, fragte:

»Hat Bill je über eine Rita Monroe gesprochen?«

Ein Schauder lief über ihren Körper, dann:

»Er war von ihr besessen.«

»Warum?«

Sie trank etwas von dem Sherry, fing an:

»Bill hat meine Mutter abgöttisch geliebt. Aber sie war nicht ... Nun, ich glaube, sie war sehr ... anfällig.«

Sie lachte nervös, fuhr fort:

»Hat mir das, glaube ich, vererbt. Auf jeden Fall war sie immer krank und hat sich ... Schaden zugefügt. Dann war sie lange im Krankenhaus. Bill konnte es nicht verstehen. Er steigerte sich in eine Wut hinein, schob es auf meinen Vater, schob es auf mich. Als sie nach Hause kam, war er so froh. Die paar Male, wenn es ihr gut ging, war er total anders. Stand in Flammen vor Freude. Als sie gestorben war, setzte uns unser Vater hin, erzählte uns über ihre Zeit im Magdalenenstift, dass sie sich nie davon erholt hatte. Wie diese Frau, Rita Monroe, sie sich herausgegriffen hatte, um sie mit ihren Grausamkeiten zu verfolgen. Sobald Bill das wusste, war er wie besessen.«

Sie sah mich an, fragte:

»Wissen Sie über Hass Bescheid, Mr Taylor?«

»Bitte, sagen Sie Jack zu mir. Ja, ich weiß darüber Bescheid.«

Ihre Augen bohrten sich in meine, und ich sah in ihren Augen eine Kraft. Sie sagte:

»Ja, ich glaube, dass Sie wissen, was Hass ist. Für Bill

wurde er zum Lebensinhalt. Es ist seltsam, aber er war nie lebendiger, als wenn er seinem Hass Nahrung verschaffte. Als hätte Elektrizität ihn durchzuckt. Unermüdlich plante er Rachefeldzüge. Wissen Sie, wovor er am meisten Angst hatte?«

Ich konnte es mir nicht vorstellen, sagte:

»Nein.«

»Dass sie schon tot sein könnte.«

»Oh.«

»Er wollte, dass sie so leidet, wie unsere Mutter gelitten hatte.«

Ich überlegte kurz, ob ich ihr sagen sollte, was ich wusste. Bevor ich es entscheiden konnte, sagte sie:

»Ich hoffe, er hat sie nicht gefunden.«

Sie schüttelte den Kopf, sagte:

»Wenn sie so ... dämonisch wäre ..., wie man uns gesagt hat ..., würde das Leben selbst sich angemessen um sie kümmern.«

Ich trank aus, sagte:

»Ich bin nicht sicher, ob ich auch dieser Ansicht bin.«

»Mr Taylor, Jack, mein Bruder hat sein Leben mit Hass zerstört und einen bösartigen Schatten auf meins geworfen. Wenn er diese Frau gefunden hätte, wäre das kein Unterschied gewesen. Er wäre genauso geworden wie sie. So was schafft der Hass.«

Ich fragte, ob ich ihr noch ein Getränk oder was zu essen besorgen kann, aber sie lehnte ab. Sie sagte:

»Ich werde hier noch ein Weilchen sitzen. Es ist friedlich.«

Ich stand auf, meine pitschnassen Klamotten juckten auf der Haut, fragte:

»Was werden Sie ohne Bill machen?«

»Sein Grab pflegen.«

»Wenn Sie irgendwas brauchen, finden Sie mich in Bailey's Hotel.«

»Danke, Jack. Bill hatte Glück, dass er einen Freund wie Sie hatte.«

Als ich an die Kneipentür kam, sah ich mich um. Sie betrachtete den Regen. Vielleicht lag es an der Beleuchtung, aber sie schien zufrieden. Ich wusste, dass ich sie nicht wiedersehen würde. Machte die Tür auf, zog vor der Sintflut den Kopf ein.

Ich saß in meinem Zimmer mit trockenen Klamotten auf dem Bett und blätterte in *Spirit Brides* von Khalil Gibran.

Nach meinem Treffen mit Bills Schwester wollte ich in Ruhe lesen und mich neu sortieren. Weiß nicht, was mich geritten hat, dass ich ausgerechnet dieses Buch aufschlug. Hier ist die Stelle, auf die ich stieß:

> *Wehe dieser Generation, denn in ihr wurden die Verse des Buches ins Gegenteil verkehrt, die Kinder essen unreife Trauben, und dem Vater ist es ein Grausen. Gehe hin, Fromme Frau, und bete für deinen wahnsinnigen Sohn, dass der Himmel ihm helfe und zurückführe in die Vernunft.*

Meine Mutter hätte das geliebt. Ich dachte darüber nach, was P. Malachy mir gesagt hatte, über den Schlaganfall. Das war das Letzte auf der Welt, was ich wollte, sie besuchen gehen. Ich überlegte hin, ich überlegte her, ging schließlich ans Fenster. Der Regen hatte aufgehört. Ich schüttelte meinen Allwettermantel aus, beschloss, es hinter mich zu bringen. Ging die Forster Street entlang und blieb stehen vor dem, was früher das Magdalenenstift gewesen war. Bald wollte ich Rita

Monroe besuchen. Keine Ahnung, was ich ihr sagen würde. Einfach mal sehen, was sich ergab.

Kam zum Haus meiner Mutter, atmete tief ein, klopfte. Die Tür wurde von einer Frau mittleren Alters in Schwesterntracht geöffnet. Sie fragte:

»Ja?«

»Ich bin Jack Taylor.«

Sie brauchte etwas Bedenkzeit, ehe sie sagte:

»Der Sohn?«

»Ja.«

Sie schien verblüfft. Ich sagte:

»Kann ich reinkommen?«

»Äh …, natürlich. Ich bin überrascht.«

Als sie beiseitetrat, um mich vorbeizulassen, fragte ich:

»Warum?«

»P. Malachy hat Sie erwähnt …, aber er hat gesagt, es sei unwahrscheinlich, dass Sie kommen.«

»Er hatte unrecht.«

Sie führte mich in die Küche, sagte:

»Ich bin Mrs Ross. Ich bin jetzt wieder im Pflegebereich tätig, im privaten Pflegebereich.«

Sie hatte gerade Tee gemacht, und eine Schachtel Jaffa-Kekse stand offen auf dem Tisch. Das Radio spielte. Sinéad O'Connor stimmte »Chiquitita« an.

Wir sprachen nicht, bis der Song vorbei war. Sie sagte:

»Ich liebe ABBA. Ich hätte nicht gedacht, dass jemand anderer diesen Song singen könnte.«

Ich wollte sagen:

»Sie haben Tee, Kekse und das Radio. Wo ist denn nun Ihr scheißprivater Pflegebereich?«

Aber es war ein bisschen zu spät für die Nummer mit dem besorgten Sohn. Ich fragte:

»Wie geht es ihr?«

Die Schwester warf einen Blick auf die Tischplatte, verschränkte dann die Arme, sagte:

»Ich möchte nicht so tun, als wäre es nicht recht ernst gewesen. Sie hat jedoch bemerkenswerte Fortschritte gemacht. Die rechte Seite ihres Körpers und ihres Gesichts sind gelähmt, und sie hat ihr Sprechvermögen noch nicht wiedererlangt. Sie bekommt alles mit und erholt sich zusehends.«

Ich nickte, und sie fuhr fort:

»Ihre Mutter ist eine Heilige. All die guten Werke, die sie in der Gemeinde verrichtet hat. Ich habe sie immer bewundert.«

Sie schwieg. Das war mein Einsatz. Jetzt war ich mit meinem Teil des Nachrufs dran. Ich fragte:

»Kann ich sie sehen?«

Ich wäre entzückt gewesen, wenn sie das abgelehnt hätte, aber sie sagte:

»Natürlich. Sie ist oben. Ich komme mit.«

»Nicht nötig, Sie haben Ihren Tee.«

Sie bestand nicht darauf. Ich ging hoch, wartete kurz, klopfte. Schnallte dann, dass sie nicht »Herein!« sagen konnte. Ich trat ein. Hätte man meine damaligen Gefühle mit einem Text versehen wollen, wäre dieser angebracht gewesen:

> *Maria, Mutter der zölibatären Geistlichen, die sich von der menschlichen Liebe abgewandt hatten, hätte Augustinus die perfekte himmlische Projektion seiner eigenen dominanten Mutter geboten.*

Aus: *Wie die Iren die Zivilisation retteten* von Thomas Cahill.

Ich hatte mich darauf vorbereitet, dass sie anders aussehen würde. Hatte mich nicht gut genug vorbereitet. Sie war eine alte Frau. Die eine Charaktereigenschaft, die sie immer besessen hatte, war Energie gewesen. Sicher, es war die dunkle Sorte, nicht aus einer Quelle der Güte gespeist. Basierte mehr auf einem Gefühl des Grolls und einer tiefen Bitterkeit. Was es auch sonst gewesen sein mag, es versorgte sie mit Brennstoff, sodass sie immer in Bewegung gewesen zu sein schien.

Sie saß auf einem Sessel, und ihr ganzer Körper hatte sich verringert, als wäre sie in sich zusammengebrochen. Der rechte Arm lag nutzlos auf ihrem Schoß, ihr Gesicht war verzerrt, und eine Spur Speichel rann ihr von den Lippen. Ihr Haar, einst ein schimmerndes Schwarz, war vollkommen weiß.

Das Schlimmste: ich wusste nicht, wie ich sie anreden sollte. Ich stand nah bei ihr, sagte:

»Mutter.«

Genau so gestelzt und unnatürlich hörte sich das an. Ich setzte mich aufs Bett, fiel aber eigentlich fast um. Ich dachte, meine Mutter hätte die Fähigkeit eingebüßt, diesen Effekt auf mich auszuüben. Ihre Augen hatten einen stumpfen Glanz, sahen nichts. Sie nahm meine Anwesenheit nicht wahr.

Die Stille war verstörend.

Ich hatte sie nie ohne beständiges Gelaber erlebt, meist mit Beschuldigungen und vagen Drohungen durchschossen, aber eindeutig lebendig. Ich sagte:

»Ich bin's, Jack.«

Und fühlte eine Enge in der Brust, fügte hinzu:

»Dein Sohn.«

Ich versuchte mich zu erinnern, wann ich ihr nah gewesen war. Kein einziger Vorfall tauchte auf. Woran ich mich aber sehr wohl erinnerte, das war die konstante Herabsetzung meines Vaters. Er ertrug sie ohne Vergeltung. Als meine Leidenschaft für Bücher wuchs, hatte er mich ermuntert. Hatte ein großes Regal gebaut, für das meine Mutter nur Verachtung übrighatte.

»Bücher! Die sollen wohl die Miete zahlen.«

Außerdem hatte ich Hurling entdeckt. Die zwei, Bücher und Sport, hielten jeden Augenblick besetzt. An meinem ersten Tag in Templemore hatte meine Mutter die Bücher verkauft und das Regal verbrannt. Mein Vater sagte:

»Deine Mutter hatte ein schweres Leben.«

Vielleicht war es mein erstes erwachsenes Bewusstsein. Ich hatte geantwortet:

»Und will uns unseres noch schwerer machen.«

Jetzt war sie an der Reihe. Ich ging zum Waschbecken, nahm ein Handtuch, ging damit zu ihr. Wischte ihr vorsichtig die Spucke vom Mund, dachte:

»Was würde es mich kosten, sie zu umarmen?«

Schaffte es nicht.

Als ich bei der Polizei rausgeflogen war, sagte sie:

»Ich hab gewusst, dass aus dir nichts wird.«

Je schlechter ich mich benahm, desto besser passte das zu ihrem Martyrium. Ich starrte ihre Hilflosigkeit an und sagte:

»Man sollte meinen, jetzt wäre es an der Zeit für eine Versöhnung. Aber was ist es …? Traurig ist es.«

Ich ging zur Tür, wollte zurückblicken, aber sie war mir bereits in die Seele gebrannt. Ich ging hinunter, die Pflegerin erschien und fragte:

»Ist es gut verlaufen?«

»Ja.«

»Ich bin sicher, es hat ihr sehr gutgetan.«

Ich konnte nicht anders, fragte:

»Was macht Sie so sicher?«

Sie zögerte nervös, dann:

»Ich meine, zu wissen, dass ihr Sohn da ist.«

»Einen Scheiß weiß sie.«

Die Wildheit verblüffte uns. Ich hatte nicht so vom Leder ziehen wollen, aber jetzt hatte sie es abgekriegt. Ich sah meine rechte Hand an, so fest ums Geländer gekrampft, dass sie durchscheinend wirkte. Die Pflegerin machte sich auf in die Küche. Ich sagte:

»Rufen Sie mich an, wenn eine Änderung eintritt.«

Ich war an der Haustür, als sie sagte:

»Ich kann verstehen, dass es schwierig für Sie ist.«

Ich wollte mich umdrehen, ihr ihr Verständnis um die Ohren hauen, begnügte mich aber mit:

»Schwierig? Stimmt, das ist es.«

Ich hoffe, ich habe die Tür nicht zugeknallt.

Ich ging die College Road entlang, ein Gefühl von Schwärze auf den Fersen. Wenn ich mich umdrehte, würde sie sich, meinte ich, um mich wickeln. Die Versuchung, die Dunkelheit zu umarmen, war zwingend. Der Refrain aus dem Todestrakt, »Toter Mann unterwegs«, spielte immer wieder in meinen Ohren ab. Alkoholiker leben von Tag zu Tag mit dem Gefühl, das Verhängnis stünde unmittelbar bevor.

Als ich zum Fair Green kam, fuhr gerade ein Reisebus los. Ein überwältigender Wunsch, in ihm zu sitzen, nahm mich gefangen. Ich setzte mich aufs Mäuerchen, ohne Aussichten, Träume und Pläne.

Der totalen Kapitulation so nah wie noch nie.

In einem dieser unerklärlichen Momente von mehr-Glück-als-Verstand setzte sich ein lädierter Penner neben mich. Er breitete ein halbes Dutzend Plastiktüten zu seinen Füßen aus. Aus einer wählte er eine Flasche Buckfast, stellte sie sich auf den Kopf. Ich war nicht weiter von ihm entfernt als eine Zigarettenlänge, sah ihn direkt an. Er nahm weder mich noch sonst wen wahr.

Er begann zu singen, wieder ABBA. Ich konnte es nicht glauben.

»Fernando«.

Seine Stimme war klar, mit einer Stilsicherheit, die mich erstaunte. Ich spürte Tränen in den Augen und schalt mich wegen krasser Sentimentalität. ABBA ...! Ich meine ... Aber ehrlich jetzt.

»Ich schrieb, ohne zu lügen. Wenn einem also Selbsthilfeschriftsteller raten, man solle das innere Kind finden, nehme ich an, dass ich nicht gemeint bin.«

Andrea Dworkin, *Heartbreak*

Frühmorgens rief mein Anwalt an. Er fing an mit:

»Sie sind für den Schaden aufgekommen, den Sie an der Drogerieschaufensterscheibe verursacht haben.«

»Bin ich.«

»Das hat geholfen.«

»Hat es das?«

»Oh ja. Ich kann Ihnen mitteilen, dass die anderen Anklagepunkte fallen gelassen wurden.«

»Sogar die von der Polizei?«

»Ich spiele Golf mit Clancy. Ein überaus entgegenkommender Bursche. Von sich aus möchte er bestimmt keine Anklage aufrechterhalten.«

»Er hat das gesagt?«

»Nicht wörtlich, aber Sie waren ja mal Polizist.«

»Ich bin verblüfft.«

»Das ist mein Job, Menschen verblüffen.«

»Was kann ich sagen? Danke.«

»Danken Sie nicht mir.«

Und er legte auf.

Ich rief Kirsten an. Dauerte ein bisschen, bis sie ranging, dann:

»Ja?«

»Kirsten, hier ist Jack.«

Einen Augenblick, dann:

»Du hast eine gute Neuigkeit gehört, glaube ich.«

»Ja, ich nehme an, dass du da etwas Einfluss ausgeübt hast.«

»Das nimmst du an?«

»Hast du Einfluss ausgeübt?«

»Ich sehe dich äußerst ungern in den Knast gehen … und andere auch nicht.«

»Ich weiß es zu schätzen.«

»Dann zeig das mal.«

Klick.

Der Nachmittag war hell, eine Andeutung von Hitze lag in der Luft. Ich ging zu Fuß nach Newcastle. Zeit, Rita Monroe ins Auge zu blicken. Ich wollte ihre Reaktion sehen, wenn ich ihr sagte, dass ich wusste, wer sie war. Vielleicht erinnerte sie sich nicht einmal mehr an Bills Mutter, aber an das Magdalenenstift erinnerte sie sich bestimmt, dafür würde ich schon sorgen.

Als ich bei ihr klingelte, bummerte mir das Herz. Nichts. Ich trat zurück, um zu den Fenstern hinaufzusehen. Ein Mann kam aus dem Nebenhaus, sagte:

»Da macht niemand auf.«

»Warum nicht?«

»Sie ist tot.«

»Was?«

»Ein Herzinfarkt, genau da, wo Sie jetzt stehen. Sie war einkaufen gewesen; die ganze Ware war über den Bürgersteig gekullert.«

»Wann?«

»Vor drei Tagen.«

Er sah mich prüfend an, sagte:

»Sie sind kein Verwandter?«

»Nein.«

»Wusst ich's doch. Sie ist immer sehr für sich geblieben. Durchaus höflich, aber freundlich könnte man sie nicht nennen. War vorher Lehrerin, habe ich gehört.«

Ich wandte mich zum Gehen, und er sagte:

»Das Haus wird verkauft, nehme ich an.«

Fügte dann hinzu:

»Hauptsache, es wird nicht an Studenten vermietet. Mensch, das wäre mal wieder typisch.«

In den nächsten paar Wochen verhielt ich mich still, schränkte das mit den Pillchen stark ein und rationierte meinen Ethanolkonsum auf wenige *pints* am Abend. Gelang mir, dem Whiskey fernzubleiben. Ich war fast clean, oder doch so clean, wie ich nur hoffen konnte.

Und ich las, zwar nicht so schnell ich konnte, aber zumindest so breit gefächert, wie mir zu Gebote stand. Begann der Welt wieder Aufmerksamkeit zu schenken.

Jeffrey Archer ging in den Knast, und überall wurde in herber Form Rezession vorausgesagt. Nicht, dass es Archers Schuld gewesen wäre, aber es kam eben eins zum andern. Massive Unruhen in Genua, und Tim Henman verlor wieder in Wimbledon.

Mrs Bailey bemerkte:

»Sie scheinen ein sehr ruhiges Leben zu führen.«

Ich lächelte sie rätselhaft an, um anzudeuten, dass es Teil eines größeren Plans sei, und sie fügte hinzu:

»Eine Zeit lang schien es, als wäre Ihnen das gesamte Universum auf den Kopf gefallen.«

Ich dachte viel über das Böse und seine verschiedenen Bekundungen in meinem Leben nach. Ich wusste nicht, ob es etwas in mir war, das es anzog, oder nur Zufall und Geratewohl. Bei Scott Peck suchte ich Aufklärung. Er sagte:

> *Wir haben böse Menschen bereits dadurch charakterisiert, dass sie andere als böse bezeichnen. Weil sie ihre eigene Unvollkommenheit nicht anerkennen können, müssen sie ihre Mängel wegerklären, indem sie anderen die Schuld in die Schuhe schieben. Notfalls werden sie andere im Namen der Gerechtigkeit sogar vernichten.*

Wenn Sie harte, solide Fälle des Bösen lesen wollen, ist Pecks *Die Lügner* schwer zu übertreffen.

Dachte über das ruhige Leben nach, das ich führte:

»Könnte mich dran gewöhnen.«

Abends schaute ich meist bei Nestor's vorbei, quatschte mit Jeff ordentlich was weg. Er sagte:

»Du hast nicht mehr diesen Blick, als spukte es in deinen Augen.«

»Ich spüre die Freiheit.«

Ich besuchte sogar meine Mutter einige, wenige Male. Ihr Zustand hatte sich nicht sichtbar geändert, aber in meiner Einstellung gab es einen deutlichen Unterschied. Mir graute nicht mehr vor den Visiten, und ich merkte, wie die Mauer der Abneigung sich zurückzuziehen begann. Ich erwartete, etwas von Terry Boyle zu hören, es gab aber keinerlei Kommunikation. Was hätte ich ihm gesagt? Ich verfolge Kirsten nicht, weil sie mich vor dem Knast gerettet hat?

Das Justizministerium schrieb seinen üblichen Brief und verlangte den Allwettermantel zurück. Wie üblich ignorierte ich das Justizministerium.

Ich saß bei Nestor's, genoss, wie einförmig mein Leben zu werden begann. Ein Mann kam rein, stellte sich vor mir auf. Ich brauchte ein paar Minuten, um das Gesicht aus meinem Gedächtnis hervorzuzerren. Er war jung, mit teigiger Haut. Ich versuchte es:

»Geraldo?«

Ich hatte ihn auf der Party getroffen; er war Terrys Lebenspartner. Er sagte:

»Ja ... Terry hat gesagt, Sie immer hier komme.«

Sogar auf der Party hatte ich den Eindruck gehabt, dass irgendwas an ihm war, das man mögen konnte. Ich sagte:

»Kann ich Ihnen was zu trinken besorgen?«

»*Nada* …, nichts …, *gracias*.«

»Setzen Sie sich.«

Er setzte sich.

Er schien gleich in Tränen ausbrechen zu wollen. Ich ließ ihn sich sammeln, fragte:

»Was stimmt denn nicht?«

»Terry.«

»Ja?«

»Er ist im Koma.«

Sprach es Komma aus, fuhr fort:

»Er ist gegangen diese Frau besuchen.«

Pause. Spuckte aus. Fuhr fort:

»Diese *diabla* …, und jetzt er ist in dem Komma.«

Ich brauchte nicht zu fragen, wer die Frau war, sagte:

»Kirsten. Erzählen Sie, was passiert ist.«

»Er ging zu ihr Haus. Sie sagt, er hat ein Drink …, viele Drinks …, vielleicht die Drogen.«

Er sah mich flehentlich an, weinte:

»Aber, Señor Taylor, Sie ihn kennen. Er nimmt ein … zwei Drinks … *todos* …, mehr nicht …, und die Drogen, niemals. Er hasst sie. Sie sagt, er nimmt viele Sachen. Sie geht ins Bett, und am Morgen er ist in der Krankheit.«

Das wusste ich.

Heiland, sie hatte das E flüssig behalten, sein Getränk damit aufgemotzt. Genau diese Worte hatte ich zu ihr gesagt:

»Das kann ein Koma bewirken.«

Er begann zu schluchzen. Jeff schoss einen fragenden Blick auf mich ab, aber ich wedelte ihn weg. Ich legte Gerald die Hand auf die Schulter, sagte:

»Ich werde das überprüfen, okay?«

Er wischte sich die Augen und sagte:

»*Gracias*. Glauben Sie, vielleicht er wird sein okay?«

»Klar. Klar erholt er sich wieder.«

Er stand auf, streckte die Hand aus. Ich ergriff sie und sagte:

»Versuchen Sie, sich keine Sorgen zu machen, okay?«

Als er weg war, dachte ich an Terry und wusste, dass er sich so sicher wie das Amen in der Kirche nicht wieder erholen würde.

Ich brauchte nicht lange, um den nächsten Schritt zu arrangieren. Die meisten Zutaten hatte ich bereits. Rief Undine an, sagte:

»Wenn ich sichergehen wollte, dass Sie auf einen Einbruch reagieren, wie würde ich das arrangieren?«

»Was?«

»Sie haben mich gehört.«

»Was planen Sie?«

»Undine, Sie werden auf einen Einbruch reagieren. Im Verlauf Ihrer Ermittlung werden Sie ein anderes Verbrechen aufklären, ein Kapitalverbrechen. Wieder ein paar Sprossen auf der Karriereleiter.«

»Es gefällt mir nicht, wie sich das anhört.«

»Glauben Sie an Gerechtigkeit, oder machen Sie nur Wind?«

Langes Schweigen, also sagte ich:

»Sie werden mir da vertrauen müssen.«

»Das ist der schwere Teil.«

Ich riskierte den Bankrott, fügte hinzu:

»Ihr Onkel hätte mir vertraut.«

Tiefer Seufzer, dann:

»Ich müsste in der Telefonzentrale sein, wenn der Anruf reinkommt.«

»Sagen Sie mir die Uhrzeit.«

»Kurz nach sechzehn Uhr.«

»Okay, sorgen Sie dafür, dass Sie um die Zeit da sind. Jetzt hören Sie genau zu: Wenn Sie in dem Haus sind, müssen Sie sich auf jeden Fall den begehbaren Wandschrank im Schlafzimmer ansehen. Da werden Sie einen Stapel Pullover auf einem Regalbrett sehen. Durchsuchen Sie sie sorgfältig. Alles klar, Nic an Iomaire?«

»Sie haben meinen Namen gesagt.«

»Was?«

»Nic an Iomaire. Sie haben ihn gesagt; Sie haben das irische Original verwendet.«

»Ja, äh, dann sehen Sie mal zu, dass Sie da sind, wenn der Anruf kommt.«

Ich legte auf.

Dann rief ich Kirsten an; allegretto sagte sie:

»Hallo!«

»Kirsten, hier ist Jack.«

»Wie geht es dir, Jack?«

»Gut. Hör zu, ich muss dich sehen.«

»Wo und wann, Geliebter?«

»Viertel vor vier bei Jury's. Bestell Champagner; wenn ich mich ein bisschen verspäte, fang ohne mich an. Vielleicht werde ich noch kurz aufgehalten.«

»Was feiern wir?«

»Es ist eine Überraschung.«

»Ich liebe Überraschungen.«

»Diese wird ein echter Knaller.«

Klick.

Um 15:30 Uhr war ich bei ihrem Haus. Ein paar Minuten später erschien ein Auto, ein BMW, Kirsten am Steuer. Sie bog links ab, fuhr den Taylor's Hill hinunter. Ich ging in die Einfahrt und näherte mich der Haustür. Zwei harte Tritte genügten, ich zog mir Handschuhe an und ging hinein. Warf mit Sachen um mich, stellte ein Zimmer nach dem anderen auf den Kopf. Dann die Treppe hoch, das Schlafzimmer verwüstet, die Tür zum begehbaren Wandschrank aufgerissen. Tief eingeatmet, dann Klamotten und Schuhe auf dem Fußboden verstreut. Der Pulloverstapel war da, wo ich ihn mir gemerkt hatte. Ich brachte ihn in Unordnung, griff dann in meine Tasche, holte Michael Nevilles Pistole und Briefumschlag mit seinem Namen und seiner Adresse heraus und steckte das alles unter die Pullover. So, dass der Umschlag ein wenig hervorlugte. Sah auf die Uhr: 15:45 Uhr.

Um drei Minuten vor vier war ich in einer Telefonzelle, rief bei der Polizei an, meldete den gerade stattfindenden Einbruch und legte auf. Gegen 16:15 Uhr hatte ich die Threadneedle Road hinter mir gelassen und war auf der Salthill Promenade. Der Anblick der Bucht machte das, was er immer machte.

Gute Laune.

ANMERKUNGSAPPARAT

19 *Tír na nÓg:* Land der Jugend

85 »Matt Talbot«, informiert uns Ken Bruen, »war ein Ex-Suffkopp, der zur Religion fand und sich mit Ketten zu umgürten pflegte, um zu büßen. Die Anti-Alk-Bande hat versucht, ihn seligsprechen zu lassen.«

103 Matthew Perry spielt in der US-Fernsehserie *Friends* mit.

106 Don McLean verdanken wir den Mitsinger »Miss American Pie«.

Haughey war irischer Premierminister, und Eamonn Dunphy ist ein angesehener Fußballkommentator.

110 *Dixon of Dock Green* ist die älteste britische Fernsehkrimiserie.

114 Louis Walsh ist Manager von Boygroups und sitzt in der Jury von *Irland sucht den Superstar.*

115 Psalm 137: »An den Wassern zu Babel saßen wir und weinten, wenn wir an Zion gedachten. Unsere Harfen hängten wir an die Weiden, die daselbst sind. Denn dort hießen uns singen, die uns gefangen hielten, und in unserm Heulen fröhlich sein: ›Singet uns ein Lied von Zion!‹ Wie sollten wir des HErrn Lied singen in fremden Landen? Vergesse ich dein, Jerusalem, so werde

meiner Rechten vergessen. Meine Zunge soll an meinem Gaumen kleben, wo ich dein nicht gedenke, wo ich nicht lasse Jerusalem meine höchste Freude sein. HErr, gedenke den Kindern Edom den Tag Jerusalems, die da sagten: ›Rein ab, rein ab bis auf ihren Boden!‹ Du verstörte Tochter Babel, wohl dem, der dir vergilt, was du uns getan hast! Wohl dem, der deine jungen Kinder nimmt, und zerschmettert sie an dem Stein!«

116 Es wächst ein Baum in Brooklyn: *A Tree Grows in Brooklyn* ist der Titel eines Romans von Thomas Boyle.

122 *M'Asal Bheag Dubh:* Mein fast schwarzer Esel

141 »Dem letzten Wächter«: Die irische Polizei heißt *Garda Síochána* (gesprochen »Garda Schikana«), und das heißt Wächter des Friedens.

155 »Reite weiter, Reiter!« –: »On limestone quarried near the spot / By his command these words are cut: / Cast a cold eye / On life, on death. / Horseman, pass by!« Das ist aus *Under Ben Bulben* von William Butler Yeats. (»Auf Kalkstein, hier von diesem Orte, / Befahl zu meißeln er die Worte: / Wirf einen kalten Blick / Aufs Leben, auf den Tod, / Und reite weiter, Reiter, nicht zurück.«)

178 *El hacedor:* Der Schöpfer

186 TD: Teachta Dála, Parlamentsabgeordneter

192 *»Glóir don Athair ...«:* Ehre dem Vater

193 »... mit den dunklen Gesichtszügen eines spanisch-irischen Erbes«: Als 1588 die spanische Armada besiegt wurde, war es den Iren bei Todesstrafe verboten, die spanischen Schiffbrüchigen zu retten, was die Iren sich natürlich nicht zweimal sagen ließen. Hinaus ging es mit den oft nicht hochseetüchtigen Fischerbooten und Schiffbrüchige gerettet, was das Zeug hielt. An Land vermischten sich die Geretteten, oft noch nass, zügig

mit der Bevölkerung. So entstanden die »Black Irish«, z. B. die vielen irischen Costellos (die man ungeheuer beiläufig auf der 1. Silbe betont: »KOSS-telo«).

198 »Der Finger regt sich ...« –: »The Moving Finger writes; and, having writ, / Moves on: nor all your Piety nor Wit / Shall lure it back to cancel half a Line, / Nor all your Tears wash out a Word of it.« Das ist aus *The Rubáiyát of Omar Khayyám* von Edward FitzGerald (1809–1883). (»Der Finger regt sich, schreibt, und hat geschrieben er, / So regt er sich von dannen nimmermehr. / Nicht Glaube, nicht Versteh'n / Nimmt auch nur eine halbe Zeile fort, / Und wäschst du es mit deiner letzten Trän', / So löschst du doch davon kein einz'ges Wort.«)
Für den (deutschen) Kafka-Text bedankt sich der Übersetzer bei Hans-Gerd Koch von der Kafka-Forschungsstelle an der Bergischen Universität zu Wuppertal.

292 Jeffrey Archer ist Bestsellerautor und war früher Unterhausabgeordneter (und Bill Buford, der auch irgendwo vorkommt, war früher beim *New Yorker* für Literatur hauptzuständig, schrieb ein Buch über Fußball-Hooligans, gründete die Literaturzeitschrift *Granta* und wurde Sternekoch. Fehlt sonst noch was? Bestimmt eine ganze Menge. Schönen Gruß erst mal).

Deutsche Erstausgabe
1. Auflage

Die Originalausgabe erschien 2003
unter dem Titel *The Magdalen Martyrs*
bei Brandon, Dingle

Aus dem Englischen von Harry Rowohlt
Umschlag: Rothfos & Gabler, Hamburg
Umschlagmotiv: © Thierry Prat / Sygma / Corbis
Satz: Greiner & Reichel, Köln
Druck und Bindung: GGP Media GmbH, Pößneck
Printed in Germany
ISBN 978-3-85535-046-9

www.atrium-verlag.com

JACK TAYLOR IN SERIE

(1) Jack Taylor fliegt raus
ISBN 978-3-85535-044-5
Bereits erschienen

(2) Jack Taylor liegt falsch
ISBN 978-3-85535-045-2
Bereits erschienen

(3) Jack Taylor fährt zur Hölle
ISBN 978-3-85535-046-9
Bereits erschienen

Der 4. Jack Taylor
In Vorbereitung